NASCI PARA BRILHAR

LYLA LEE

Nasci Para Brilhar

TRADUÇÃO
REGIANE WINARSKI

PLATAFORMA 21

TÍTULO ORIGINAL *I'll Be the One*

Plataforma21 é o selo jovem da VR Editora

DIREÇÃO EDITORIAL Marco Garcia
EDIÇÃO Thaíse Costa Macêdo
COLABORAÇÃO Pamella Destefi
PREPARAÇÃO Isadora Próspero
REVISÃO Érica Imenes
DIAGRAMAÇÃO Pamella Destefi
DESIGN DE CAPA Molly Fher
FOTOGRAFIAS DE CAPA © 2020 by Michael Frost | © CARACOLLA
(https://www.shutterstock.com/g/Verkensons)
ADAPTAÇÃO DE CAPA Pamella Destefi

Dados Internacionais de Catalogação na Publicação (CIP)
(Câmara Brasileira do Livro, SP, Brasil)

Lee, Lyla
Nasci para brilhar / Lyla Lee; Tradução Regiane Winarski.
– Cotia, SP: Plataforma21, 2020.

Título original: I'll Be the One
ISBN 978-65-88343-01-2

1. Ficção de fantasia 2. Ficção juvenil I. Título.

20-41277 CDD-028.5

Índices para catálogo sistemático:
1. Ficção: Literatura juvenil 028.5
Maria Alice Ferreira – Bibliotecária – CRB 8/7964

VR EDITORA S.A.
Via das Magnólias, 327 – Sala 01 | Jardim Colibri
CEP 06713-270 | Cotia | SP
Tel. | Fax: (+55 11) 4702-9148
plataforma21.com.br | plataforma21@vreditoras.com.br

PARA OS MEUS AMIGOS.
EU NÃO ESTARIA VIVENDO ESSE SONHO SEM VOCÊS.

Capítulo Um

GAROTAS GORDAS NÃO SABEM DANÇAR.

Minha mãe disse isso depois de um dos meus recitais de balé quando era criança. Eu já me sentia deslocada. Apesar de todas as meninas terem 5 anos, as outras já haviam perdido aquela gordurinha dos bebês e tinham pernas e braços finos e angelicais, enquanto eu exibia uma barriguinha proeminente de querubim que dava para ver até dos assentos no balcão.

Acho que uma criança normal teria chorado. Ou se desanimado. Talvez até tivesse desistido do balé naquele momento. Mas bati o pé no chão com toda a força que meus 5 anos me permitiam e gritei na cara da minha mãe: "AH, É? VOU PROVAR QUE VOCÊ ESTÁ ERRADA!". Continuei no balé por vários anos até que aquelas prima-donas esnobes acabaram me enojando tanto que mudei para o hip-hop e a dança moderna.

Acho que essa história toda da dança é uma ótima representação do relacionamento que tenho com a minha mãe. E é por isso que, em vez de contar a ela sobre *Você é minha estrela brilhante*, o novo programa de competição de K-pop em Los

Angeles, eu matei aula e peguei o trem para fazer a audição. E não lamento a mentira nem por um segundo.

Felizmente, meu pai me acompanhou nas audições preliminares quando veio à cidade semana passada. Ele esperou comigo na fila e assinou todas as autorizações de pais, uma coisa que minha mãe nunca faria.

As audições preliminares foram casuais e rápidas, mas a fila de hoje está se arrastando em velocidade de tartaruga, provavelmente porque todo mundo está sendo filmado com o potencial de aparecer na televisão. É a época do ano que eu mais detesto: final de agosto, quando Los Angeles fica úmida e quente como o próprio inferno. Depois de passar muitas horas na fila insuportável que serpenteia pelo Wilshire Boulevard, estou toda suada e ofegante quando entro no prédio chique onde as audições acontecem.

– Oi – falo para a moça da recepção enquanto seco o suor da testa. – Vim participar da audição pra *Você é minha estrela brilhante*. Meu nome é Shin Haneul, mas meu nome americano é Skye.

Quando falo meu nome coreano, trato de dizer o sobrenome primeiro, como meus pais me ensinaram. Sempre amei meus dois nomes, porque *haneul* significa "céu" em coreano, que, por sua vez, é *sky* em inglês. Skye foi uma variação legal para Sky que meu pai escolheu para mim quando falei que queria um nome americano para usar na escola. E o nome pegou.

A moça da recepção, uma coreana de uns quarenta e poucos anos com cara de quem poderia ser uma das amigas da minha mãe (sério, ela se veste *igualzinho* a elas... a mesma blusa preta e tudo) me olha de relance... então para e olha de novo com mais atenção. Ela nem esconde o choque total, talvez até repulsa, que sente ao me encarar.

– V-você vai se candidatar? – pergunta ela com sotaque coreano.

Eu passo a falar coreano.

– Vou. Já passei nas audições preliminares. Aqui estão os documentos assinados pelo meu pai e registrados em cartório.

– Ah... tudo bem.

Ainda com cara de dúvida, a moça pega meus papéis. Enquanto espero que ela me registre, tiro os óculos de sol de armação branca em forma de coração para ver o interior do prédio melhor.

Sem o tom rosado das lentes, o ambiente parece pular na minha cara. O prédio é bem velho, com cara de que foi construído nos anos 1920. Mas quase cada centímetro do saguão está coberto com pôsteres coloridos de celebridades que já foram jurados do programa, e as televisões de LED Samsung exibem sem parar o vídeo promocional de *Você é minha estrela brilhante*. Os jurados são os de sempre: Jang Bora, integrante agora aposentada do Lovey Dovey, um dos grupos de K-pop precursores dos anos 1990; Park Tae-Suk, criador do *Você é minha estrela brilhante* e fundador de uma das maiores empresas de entretenimento da Coreia; e Gary Kim, um rapper coreano-americano de destaque no cenário da Koreatown de Los Angeles.

Sinto a pele praticamente vibrar de empolgação por estar prestes a ver as três celebridades em pessoa. Durante minha audição, em poucos minutos, vou conseguir ver até os poros deles...

isso *se* eles tiverem poros. Minha mãe sempre diz que as celebridades sul-coreanas dão atenção especial à pele porque as telas HD agora mostram tudo. Não vejo tanta televisão coreana para ter certeza, mas tomo uma nota mental para conferir se ela está certa quando entrar na sala da audição.

Apesar de *Você é minha estrela brilhante* não ser a primeira competição de K-pop a oferecer audições globais, é a primeira a fazer audições exclusivamente nos Estados Unidos. Não consigo acreditar no quanto o K-pop cresceu. Meros oito anos atrás, as pessoas só conheciam o Psy e os momentos engraçados de "Gangnam Style" que viraram meme. Agora, o BTS é conhecido em todo lugar, e tem gente com todo tipo de experiência de vida formando a fila da audição.

Nas telas de televisão, os rostos dos jurados viram tela preta, e de repente estou vendo uma garotinha nervosa no palco. Seu cabelo está preso em marias-chiquinhas cacheadas e ela está usando uma camiseta vibrante amarela do Bob Espoja. A plateia ri e solta um "óunt" de fofura para ela, até que ela abre a boca e começa uma versão arrasadora e linda de "Hello", da Adele.

– Minha nossa! – comenta alguém na fila atrás de mim.

– Só pode ser piada. A gente tem que concorrer com *isso*? – diz outra pessoa.

Estremeço. Ninguém falou que a gente teria que ver as outras audições enquanto esperávamos na fila, mas acho que eu não devia ficar surpresa. Afinal, é uma competição. E não há forma melhor de incentivar o espírito competitivo do que fazer todo mundo ver o que precisa superar.

– Prontinho – diz a moça da recepção em inglês, chamando minha atenção de volta para a frente. – Vá pra fila da Porta Três. O tempo de espera atual é de vinte minutos. Você também pode se sentar na plateia antes ou depois da sua audição, mas avise alguém da equipe primeiro.

Não entendo por que ela está falando comigo como se eu fosse estrangeira sendo que já respondi em coreano, que falo sem sotaque. Mas daí reparo em como ela está me olhando: os olhos apertados numa careta leve, os lábios repuxados em preocupação. Há medo e desconfiança de verdade em seus olhos, como se ela tivesse medo de eu estragar a competição toda só de *estar* lá. Se um bando de animais selvagens entrasse de repente no local, ela provavelmente olharia para eles da mesma forma como está me olhando agora.

Por um momento, penso se vale a pena chamar a atenção dela pela grosseria. Costumo fazer isso, principalmente porque, em um contexto social americano, reclamar leva a alguma coisa. Mas estamos no meio da Koreatown, onde todas as placas, restaurantes e até os bancos são coreanos. No máximo, a moça me olharia de cara feia por ser uma "adolescente americana grosseira". Não vale a pena.

No final, tento ignorá-la e vou para a fila. Escolho ficar esperando de pé em vez de entrar no auditório. Embora sejam irritantes, as opiniões de estranhos sobre meu peso não são nada em comparação a uma vida inteira de comentários reprovadores da minha mãe.

Nesse momento, as portas se abrem e duas garotas entram. As duas são asiáticas; uma tem cabelo pintado de louro-avermelhado e a outra usa um corte chique na altura dos ombros, com os fios tingidos de azul. Seu delineador de gatinho e batom estão perfeitos, e elas usam lentes de contato coloridas que deixam os olhos em tons variados de âmbar e castanho-avermelhado.

Fico olhando para elas. Todo mundo fica. Cada centímetro delas é perfeito e suas roupas são vibrantes e coloridas sem ser extravagantes, conseguindo não ultrapassar o limite entre o brega e o estiloso. Parecendo que acabaram de sair das filmagens de um clipe de K-pop, elas seguem até a recepção, os saltos estalando em sincronia sinistra no piso de mármore.

– Bem-vindas! – exclama a moça da recepção, falando em coreano animado. – Por aqui! Só preciso dos seus papéis e documentos antes de mostrar aonde vocês devem ir.

Ora, que surpresa. Eu reviro tantos os olhos que é um milagre não ver meu próprio cérebro. Para ser como essas garotas, minha mãe (e a moça da recepção) depilariam até o corpo do satanás – se é que satanás tem pelos no corpo.

Depois que se registram, as garotas se separam. A de cabelo azul vai para a fila da Porta Dois, a da dança, e a de cabelo louro-avermelhado vai para a fila da Porta Um, a de canto. Vou tentar as duas coisas e é por isso que estou em frente à Porta Três. Tudo parece complicado, mas, depois de ver as pessoas entrando para as audições, entendo que estão revezando entre as filas de forma organizada e metódica.

A garota de cabelo louro-avermelhado se vira e me olha.

Eu a encaro sem hesitar. Isso costuma funcionar quando as pessoas me olham de uma forma grosseira.

Mas, em vez de afastar o olhar, ela inclina a cabeça e faz

uma bola de chiclete roxo entre os lábios pintados de azul. Não parece abalada, como a moça da recepção, só... curiosa.

– Oi – digo, erguendo a sobrancelha de forma significativa. – Sou Skye. Posso ajudar com alguma coisa?

Sem hesitar nem um momento, a garota abre um sorriso largo e estica a mão com unhas perfeitas na minha direção.

– Oi, eu sou a Lana. Você vai fazer audição pra cantar ou dançar?

A voz dela é vibrante e clara, parecendo o badalar de um sino de uma forma que as vozes humanas não deviam parecer. Faz com que eu pense nos anunciantes dos noticiários coreanos que meus pais sempre assistem. Se não fosse o sotaque de patricinha de Valley, eu acharia que ela era de Seul.

– As duas coisas – digo.

– Ah, talento em dobro. – Os lábios azuis brilhantes se abrem em outro sorriso. – Que interessante. A terceira fila é pra isso?

Eu assinto.

– E você? – Já sei a resposta, mas pergunto mesmo assim, só por educação.

– Sou mais de cantar – diz ela. – Até *sei* dançar... mas não tão bem a ponto de querer competir com dançarinas como *ela*.

Ela indica a garota com quem entrou no prédio. A outra me olha com cautela antes de sorrir e acenar para Lana. Se Lana repara no olhar, não diz nada. Só acena de volta.

– Sou o contrário – digo. – Passei a vida toda dançando e admito que sou melhor nisso. Mas também canto. Estou no coral desde o fundamental.

– Ah, legal! – Ela parece impressionada mesmo.

Aos poucos vou baixando a guarda e abro um sorriso modesto. Fico aliviada por a conversa estar rolando melhor do que eu esperava. Odeio admitir, mas uma parte de mim estava esperando que ela fizesse um comentário sobre meu peso, como as pessoas costumam fazer. Em geral é só questão de tempo até alguém como a minha mãe perguntar: "Como pode você não perder peso sendo tão ativa?" ou "Não seria melhor parar de dançar e se concentrar no canto? Você não pode esperar se tornar dançarina tendo esse tipo de corpo".

É verdade que isso é mais coisa da minha mãe. Mas, desde que me lembro, algumas pessoas me fazem perguntas assim todo ano. Quando era mais nova, eu me esforçava para responder e dizia que todo mundo da família do meu pai era grande e que a genética determina a forma de um corpo mais do que qualquer outra coisa. Eu falava que meu médico dizia que eu era saudável. Mas as pessoas não acreditavam, não importava o que eu dissesse. Acabei parando de tentar me explicar. Não valia o gasto de tempo e energia. E, sinceramente, meu peso não devia importar. Ser gorda não me torna uma pessoa pior.

Lana e eu olhamos para a televisão enquanto um cara é massacrado pelos jurados por cantar desafinado. Sinto muita pena dele, porque fica claro que só o deixaram passar pela audição preliminar para ele ser motivo de piada na frente das câmeras. Ainda estou pensando no quanto isso é horrível, quando reparo que Lana não está mais olhando para a televisão.

Ela está olhando para *mim*.

– Olha só – diz ela. – Me desculpa se for grosseria, mas...

Eu prendo a respiração. *Não pergunte sobre meu peso. Por favor, não pergunte sobre meu peso.* As coisas estavam indo tão bem entre nós e não quero mesmo que vá tudo por água abaixo. Eu me preparo, esperando o pior.

Mas ela pergunta:

– Fazer audição pras duas coisas não é meio arriscado demais? Ouvi falar que, com as pessoas que tentam as duas coisas, os jurados não deixam ir pra etapa seguinte se a pessoa não for boa em uma delas. Ou pode ser que te façam escolher uma ou outra na hora. Não quero ofender, mas é que eu nunca conseguiria fazer isso. É assustador demais.

– Bom – digo, tentando relaxar de novo –, o risco é dobrado, mas a recompensa também. Quem consegue entrar nos vocais e na dança tem mais uma chance depois, se for eliminada em uma categoria. É horrível eles poderem me eliminar nas audições se eu só for boa em uma das duas coisas, mas se eu entrar em ambas e acabar sendo eliminada em uma durante a competição, ainda vou poder ficar na outra.

Mais uma vez, Lana não me questiona. Ela só me olha com uma expressão curiosa e surpresa.

– Uau, você é muito corajosa – diz ela. – Boa sorte!

Eu abro um sorriso.

– Obrigada. Pra você também.

Lana se vira para conversar com a amiga e eu olho para a minha fila. Alguém deve ter entrado, porque só tem uma pessoa na minha frente agora.

Apesar de não costumar ter medo de palco, sinto as mãos tremendo um pouquinho. Não comentei com Lana, mas o maior risco que corro nessa competição é não ser levada a sério. Graças a Hollywood, os padrões para corpos já são bem ruins em Los Angeles, mas são ainda piores no mundo do K-pop, onde é comum que garotas já magras como palitos ouçam pedidos de "cortar um pouco da papada" ou "fazer cirurgia para pálpebras duplas". Não sou magra como um palito e não tenho pálpebras duplas e só posso imaginar a longa lista de "sugestões" que os profissionais da indústria fariam para mim.

Perca cinquenta quilos!, eles diriam. *Faça plástica no nariz! Suba correndo cinco mil degraus todas as manhãs! Jogue-se aos tubarões!*

Bom, é possível que não incluíssem esse último. Mas eu preferiria fazer isso em vez de qualquer outro item da lista.

A questão é que eu me aceito do jeito que sou. Durante muito tempo, tentei ser a filha magrela "perfeita" que minha mãe sempre quis. Aguentei anos de dietas, rotinas rigorosas de exercícios, sucos detox e qualquer outra porcaria supostamente saudável que ela descobria toda semana. Eu cresci em Orange County. Não era difícil encontrar esse tipo de coisa.

Mas agora já superei isso. *Tudo* isso. E se a minha mãe não conseguiu me mudar nos últimos anos, ninguém mais consegue.

Nesse momento, a porta externa se abre de novo. Há gritos do lado de fora e quase espero que um tornado bizarro entre no prédio. Mas um guarda-costas enorme de quase dois metros de altura usando terno e óculos de sol entra e segura a porta para uma pessoa.

– Ugh – resmunga Lana. – É *ele*.

A garota de cabelo azul, cujo nome percebo que ainda não sei, também resmunga.

Seja lá quem "ele" for, coisa boa não parece ser.

Estou prestes a perguntar, mas acabo nem precisando. Eu *sei* quem ele é. Na verdade, é difícil *não* saber quem ele é, porque quase todos os coreanos de Los Angeles e com certeza todos os da Coreia do Sul conhecem o garoto que passa pela porta.

De certa forma, a fama de Henry Cho é meio ridícula. Diferentemente das outras celebridades, ele não é integrante de uma *boy band* e não participou de nenhum K-drama.

Lembro-me vagamente de ter lido um artigo num site de notícias coreano que dizia que Henry vem de uma família *chaebol* muito poderosa, como as que aparecem nos K-dramas. Os *chaebols* são basicamente empresas enormes comandadas por famílias que têm negócios em diversas indústrias, como de tecnologia, alimentos e hotelaria. Isso, somado ao fato de a mãe do Henry ser uma atriz famosa, deve explicar por que as pessoas sabem quem ele é na Coreia do Sul.

Mas é estranho o quanto ele é conhecido aqui, onde a maioria das pessoas não sabe quem são os pais dele. Nos Estados Unidos, as únicas coisas notórias sobre Henry são que ele é rico e absurdamente lindo. Por algum motivo, isso basta para que ele seja contratado como modelo de marcas de luxo, e que seu Instagram tenha mais de 5 milhões de seguidores do mundo todo.

Ora, até *eu* o sigo no Instagram (em minha defesa, ele tem uma husky siberiana branca muito linda) e simplesmente *sei* quem ele é, da mesma forma que todo mundo nos Estados Unidos simplesmente *sabe* quem são as Kardashians.

Sejamos realistas. As pessoas só devem segui-lo porque ele é gato.

Henry Cho deve ter 1,80 de altura, com ombros largos e maçãs do rosto acentuadas que acompanham os olhos brilhantes. E é tão atraente em pessoa quanto nas fotos. Ele estava loiro na última *selfie* que postou, mas está (ao menos na minha opinião) impossivelmente mais lindo agora, com o cabelo castanho bem escuro natural. Tudo, do cabelo penteado para trás à camisa de botão rosa-bebê e calça branca, exala a ideia de "descolado sem esforço", enquanto o blazer marinho jogado nos ombros faz com que ele pareça ter acabado de sair da sessão de fotos de uma revista de moda.

Está quase 38 graus lá fora. Por que ele está carregando uma porcaria de blazer?

A moça da recepção dá um *gritinho*... isso mesmo, um gritinho. E quase tropeça nos próprios pés quando sai correndo para cumprimentar Henry na porta.

– Bem-vindo, sr. Cho! – exclama ela em coreano, se inclinando tanto que a cabeça para na altura da cintura dele. – Obrigada por vir participar da audição.

– Meu Deus – diz Lana, revirando os olhos. – Ele ganha um *agradecimento* só por *aparecer* em uma audição. Por acaso o Henry sabe cantar? Dançar? Odeio que essa indústria idolatra caras como ele sem motivo. Sempre dois pesos e duas medidas.

Ela tem razão. Não consigo me lembrar de ter ouvido nada sobre os talentos musicais do Henry – ou a falta deles. E mais estranho ainda é que ele nem anunciou que ia participar das audições. Era de se pensar que uma pessoa famosa como ele faria um anúncio espalhafatoso sobre esse tipo de coisa. Mas sua última postagem no Instagram, de uns três dias atrás, era uma foto do cachorro relaxando no sol.

Assim que penso isso, tenho vontade de bater na minha testa. *Como e por que eu sei disso?* As redes sociais me assustam muito às vezes.

Há um estrondo repentino atrás de nós e uma equipe de filmagem da SBC, o canal oficial que transmite *Você é minha estrela brilhante*, entra correndo no saguão, junto com Davey Kim, o apresentador do programa.

Lana e a amiga se empinam e sorriem, se preparando para a equipe. Mas as câmeras passam direto, como se fôssemos fantasmas. Pela forma como disparam na direção do Henry, é um milagre ninguém esbarrar em nós.

Davey aborda Henry com uma enxurrada de perguntas em coreano. Henry consegue responder de uma forma tão calma e controlada que é difícil acreditar que só tem 17 anos, só um a mais do que eu. Enquanto fala, ele passa a mão pelo cabelo e abre um sorriso relaxado para a câmera.

Não consigo ouvi-lo em meio aos gritinhos de empolgação das pessoas ao redor, mas o que ele diz faz todo mundo rir e olhar para ele com carinho. Esse cara leva jeito.

– Skye Shin.

Eu me viro para a frente e vejo uma moça com um tablet Samsung me esperando na Porta Três.

– Fique atenta para a chamada – acrescenta ela, franzindo a testa ao ver minha expressão confusa.

Ah, é. A audição.

Eu estremeço. É perturbadora a forma como meu cérebro se esvaziou completamente de todos os outros pensamentos assim que o Henry entrou no saguão. Como pude deixar que me distraísse tanto?

Ele pode ser celebridade, mas é só um garoto, digo para mim mesma. *Você precisa se concentrar.*

Balanço os braços e as pernas, um antigo hábito que mantive desde quando comecei a dançar. Todo mundo também está ocupado se aquecendo e não achei que eu chamaria a atenção até reparar em *Henry Cho* me olhando do outro lado do saguão com uma expressão divertida no rosto.

Sinto o calor subir para as bochechas, mas ignoro a sensação e me viro rapidamente enquanto continuo o aquecimento. Não posso deixar um aspirante fofo a integrante do BTS me distrair do verdadeiro motivo de eu estar aqui. Ensaiei uma eternidade de meses para isso. Cantei e dancei em cada segundo livre entre fazer os deveres de casa e estar na escola.

Respiro fundo e sigo a moça pela porta.

Capítulo Dois

OS BASTIDORES ESTÃO UM CAOS. A NOTÍCIA DA CHEGADA do Henry deve ter se espalhado, porque as pessoas estão correndo para a porta por onde entrei para dar uma olhada nele. Seja no *American Idol* ou no *America's Got Talent*, ou até mesmo nas competições coreanas como *K-Pop Star* e *Show Me the Money*, as filmagens dos competidores nos bastidores sempre são cortadas ou aceleradas, e agora sei o motivo. As pessoas que não estão surtando por causa do Henry Cho estão entrando em pânico, gritando em coreano apressado e dando instruções umas para as outras com tanta rapidez que minha cabeça gira. No alto, as luzes fortes piscam enquanto os contrarregras ajustam a iluminação do palco. Mesmo de onde estou, ouço o barulho alto da plateia.

– Espere aqui até as câmeras começarem a filmar de novo – diz a moça do tablet com a voz cansada. Ela aponta para um X de fita adesiva azul aos meus pés. – Os jurados estão descansando um pouco. Aviso quando você puder ir para o palco.

Ela dá uma batidinha no fone que tem no ouvido.

Faço que sim com a cabeça enquanto meu coração dispara

no peito. Fora o episódio final, todos os outros de *Você é minha estrela brilhante* são gravados previamente, mas hoje tem uma plateia de estúdio composta de vários membros da equipe e das centenas de outras pessoas que apareceram na audição. Também tem um grupo de K-pop da PTS Entertainment (a empresa de Park Tae-Suk) na plateia, só para que os fãs assistam o programa para ver a reação deles.

Já me apresentei no palco inúmeras vezes em eventos da escola, mas essa é a primeira vez que vou me apresentar na frente de uma câmera sem ser a do meu pai (que ainda insiste que câmeras portáteis são melhores do que celulares) ou de outros parentes que gravam nossos shows.

Fico tentando imaginar qual será a reação dos meus pais se me virem na televisão coreana. Apesar de morarmos nos Estados Unidos, temos um plano de TV a cabo para assistir aos canais coreanos. Sei que meu pai ficaria empolgado de me ver na televisão. Mas e a minha mãe? Vou ter sorte se ela não me deixar de castigo por uma semana. Se a conheço bem, acho que vai fechar os olhos e desligar a televisão assim que eu aparecer, a *maior* vergonha dela (o trocadilho não foi intencional... sério), ali no palco.

– Estão prontos pra te ver – diz a moça do tablet, interrompendo meus pensamentos. Ela me entrega um microfone e acena para eu passar. – Vá até o X grande no meio do palco e espere que os jurados falem com você.

Meu coração bate mais alto a cada passo dos bastidores para o palco. Assim que estou visível, todo mundo me olha fixamente. Alguns garotos da fileira da frente cutucam os amigos, os quais também passam a me encarar de boca aberta. Alguns até riem, como se eu fosse a coisa mais engraçada que eles já viram.

Que ótimo. Então vai ser assim aqui também.

Por alguns segundos, tenho medo de que a competição só tenha me permitido passar pelas preliminares para que as pessoas possam rir de mim, como fizeram com o cara que não sabia cantar. É nojento saber que essa possibilidade existe, mas tirar sarro de gente gorda não é tão incomum na televisão coreana.

Uma coisa boa de estudar em escolas americanas é que as pessoas não seguem os mesmos padrões de corpo da imprensa asiática. Nas apresentações da escola, ninguém se importa de eu ser *plus size* (ou pelo menos as pessoas sabem que não devem dizer nada, nem reagir de forma evidente), porque tem muita gente com históricos de vida variados e corpos diversos. Mas, na imprensa coreana, quase todas as garotas são magrelas. E, se alguma delas veste um tamanho maior que 36 (ou, que absurdo, tamanho 50, como eu), é porque são comediantes ou personagens coadjuvantes que só estão ali para fazer os espectadores rirem e a personagem principal parecer ainda mais bonita. Garotas gordas só servem para alívio cômico.

Mas não vim até aqui para fazer ninguém rir. Eu vim pra vencer.

Levanto bem a cabeça. E daí se estão rindo de mim agora? Ninguém vai estar rindo em alguns minutos.

Os jurados, pelo menos, são profissionais e não reagem como a plateia. Mas, apesar de serem mais sutis, suas reações não são exatamente positivas. Park Tae-Suk, o produtor, ergue as sobrancelhas para mim. Os outros, Jang Bora e Gary Kim, só me encaram num silêncio perplexo.

Os três jurados parecem surpreendentemente normais e não as figuras imponentes que aparentam ser na televisão e nos pôsteres promocionais. Nem sei se os reconheceria se passasse por eles na rua. É verdade que Park Tae-Suk, conhecido pelos trajes excêntricos, está num terno azul-petróleo que contrasta com a gravata rosa vibrante. E Gary Kim e Jang Bora estão usando roupas descoladas e casuais que os deixam com cara de quem vai estourar com um disco novo de hip-hop. Mas, fora as roupas de marca e o cabelo e a maquiagem feitos por profissionais, eles até parecem... humanos.

Sei que é uma coisa estranha de dizer. Claro que eles parecem humanos. Eles *são* humanos. Mas sempre achei que as celebridades estavam num nível diferentes de nós, meros mortais, que só podemos idolatrá-los como os gregos antigos adoravam os deuses. Mas, agora, vejo as olheiras escuras sob os olhos da Jang Bora, as rugas no rosto do Park Tae-Suk e o suor escorrendo pelo rosto do Gary, como se o auditório estivesse quente demais para ele.

As celebridades... são como nós! Sempre vejo tabloides com clichês assim nas manchetes, mas nunca achei que fossem verdade até agora. De certa forma, é até reconfortante. Me permite pensar que um dia eu poderia ser como eles.

Abro meu melhor sorriso e me curvo intensamente, encarando os jurados e a plateia.

– Oi – digo no microfone e me apresento como devo, em coreano. – Meu nome é Skye Shin. Tenho 16 anos e moro em Orange County.

Posso ser a maior decepção da minha mãe, mas pelo menos não sou herege. A cultura coreana tem padrões próprios de comportamento sobre coisas nas quais o povo americano nem pensa. Regras sobre curvar o corpo e se apresentar de forma adequada seriam como tentar fazer malabarismo enquanto jogo Twister, se meus pais não tivessem me ensinado desde quando eu era pequenininha.

– Oi, srta. Shin – diz Bora. A voz dela é um pouco mais aguda (mas não menos bonita) do que na televisão. – Diz aqui que você vai cantar *e* dançar pra nós hoje. É isso mesmo?

Enquanto fala, seus lábios se curvam num sorrisinho. Quase não dá para perceber, mas é suficiente para me fazer apertar as mãos. A reação da plateia quando entrei no palco já destruiu a calma que senti quando estava conversando com Lana; o sorrisinho da Bora arranca o pouco que restava. Fica claro pela forma como ela me olha que espera que eu seja uma grande piada.

Tudo bem, penso. *É só mais uma pessoa que devo provar que está errada. Mais uma na lista.*

– É – digo com uma voz animada. Se tenho que fingir não perceber, ao menos por enquanto, que seja. – Vou dançar primeiro e depois cantar. Posso começar quando vocês quiserem.

Um contrarregra tira o microfone da minha frente e todos esperam com expectativa silenciosa, todos os olhos em mim.

Park Tae-Suk assente e levanta a mão.

As batidas iniciais da música que coreografei tocam no auditório, explosivamente altas e agressivas, fazendo cada nervo do meu corpo tremer e me sufocando. Não consigo ouvir meus batimentos e acho que é melhor assim. Não preciso que nada me distraia do que tenho que fazer aqui – nem mesmo as batidas frenéticas do meu próprio coração.

Garotas gordas não sabem dançar. Ouço as palavras da minha mãe na cabeça repetidamente, como um disco quebrado.

Bom, mãe, vim provar que você está errada.

Dou um pulo para a frente e começo a me mexer com o ritmo.

Capítulo Três

A DANÇA SEMPRE TEM UM EFEITO ENGRAÇADO EM MIM. Num momento, estou nervosa e ansiosa porque tenho que subir no palco, mas, no momento seguinte, parece que alguém desligou todas as partes do meu cérebro, menos aquelas que controlam os músculos e os ouvidos. Eu sou a música e sou os movimentos confiantes e ousados dos meus braços e pernas. Mais nada.

Eu nunca ensaiei essa coreografia no palco, mas me adapto rapidamente e aproveito bem o espaço, caminhando e desfilando pela superfície de madeira. Movimento os braços para cima e para baixo acompanhando a batida energética da música de um grupo feminino que escolhi. Em vez de ouvir meu coração, eu o *sinto*, como se meu peito fosse explodir com a energia que arde dentro de mim da cabeça aos pés.

A plateia fica num silêncio total no começo. Há choque e confusão no rosto das pessoas. Mas, quando começo a dançar o refrão, algumas e depois muitas delas começam a gritar e aplaudir, até que, em pouco tempo, o ruído da plateia vira um rugido ensurdecedor que só aumenta o fogo que arde dentro de mim. Vejo rapidamente a cara dos garotos que tinham rido de mim poucos minutos antes. Eles não estão rindo agora. Ainda estão me encarando, mas agora parece que eles vão ter um ataque cardíaco.

Estou terminando a coreografia quando Park Tae-Suk levanta a mão.

A música é interrompida. Eu me recupero rapidamente e assumo uma postura relaxada, com os dois pés no chão. Estou ofegante e suada, mas encaro os jurados enquanto espero que falem.

Não preciso esperar muito. Park Tae-Suk se encosta na cadeira e pega o microfone.

– Srta. Shin – diz ele em coreano. – Quando você começou a dançar?

O rosto dele está sem expressão nenhuma e não tenho a menor ideia do que ele achou da minha apresentação.

– Eu danço desde os três anos – digo depois que um contrarregra devolve meu microfone.

Park Tae-Suk levanta as sobrancelhas.

– Impressionante. E você vai cantar pra nós agora?

Faço que sim com a cabeça.

Seguro o microfone com força e olho para a plateia. Tenho a atenção de todos agora. Incontáveis rostos me olham com expressões variadas de deboche e admiração.

As notas iniciais da minha canção soam no auditório. A música da minha dança foi rápida e explosiva, mas essa é mais lenta e foi escolhida especificamente para exibir meu alcance vocal.

Músicas lentas são sempre um risco, mas tive o cuidado de escolher uma canção interessante, um sucesso de rock coreano dos anos 1980, que começa suave e fica alta e poderosa no refrão.

Assim que ouvem as notas iniciais, as pessoas mais velhas da plateia se sentam mais eretas, os rostos desenhando uma expressão feliz ao reconhecer a música. Mais uma vez, Park Tae-Suk levanta as sobrancelhas. Bora não reage, mas Gary respira fundo e se inclina para a frente na cadeira.

Ouvi a música da minha audição pela primeira vez quando meu pai estava cantando bêbado no karaokê, em uma das nossas muitas festas da família. Ele não conseguia alcançar as notas mais altas, mas se esforçou mesmo assim e acabou parecendo um pterodáctilo moribundo. Não que meu pai cantasse mal – ele até era o melhor dentre as pessoas da festa –, mas a música é difícil demais e foi cantada originalmente por uma das maiores lendas do heavy metal da Coreia do Sul.

Ao contrário do meu pai, eu consigo alcançar todas as notas altas. Ou consegui, pelo menos, quando ensaiei a música nos últimos meses. Apesar de meu coração começar a bater alto no peito de novo, estou determinada a cantar tão bem (ou até melhor) do que cantei nas salas de ensaio da escola.

Enquanto estou cantando, os rostos cheios de expectativa da plateia somem e é como se eu estivesse de volta aos eventos de coral que já frequentei por anos com a minha mãe. Cantar foi a única coisa em que ela me apoiou ao longo dos anos. Ela até vai em todas as apresentações do meu coral e se inscreveu para ser uma das mães da organização, um contraste enorme com o fato de que, fora os primeiros recitais de balé, ela não foi a nenhum dos meus eventos de dança nos últimos treze anos.

Mas quase desejo que minha mãe *não fosse* aos eventos do coral, porque ela sempre faz comentários do tipo "Sabe, talvez seja bom você ser mais fortinha. Como era a Adele! Essa sua cintura mais arredondada deve ajudar a cantar" e "Querida, Deus teve motivo pra te dar um corpo grande. Acho que você devia pensar em parar de dançar e só ficar no coral mesmo".

Nunca tenho coragem de responder porque sei por experiência que ela vai fazer outro comentário cruel. Já me acostumei a ficar dizendo "aham" até ela parar de falar, apesar de cada palavra dela ser como uma agulha afiada perfurando minha pele.

Chega. Eu me forço a voltar ao presente. Respiro fundo e deixo minha voz levantar voo e planar acima da guitarra e da bateria trovejante do meu acompanhamento instrumental. Alimentada pela frustração e pela dor que senti em todas essas conversas com a minha mãe, eu não só alcanço as notas – eu arraso totalmente nelas, como se tivesse nascido para cantar essa música.

A plateia está ofegante. De onde estou, vejo as pessoas me olhando hipnotizadas. Algumas até em lágrimas.

Estou prestes a fechar os olhos e mergulhar completamente na música quando vejo flashes de câmera vindo da plateia. Mas não é de mim que as pessoas estão tirando foto. Elas estão com os celulares virados para Henry Cho, que está me olhando de uma cadeira na plateia.

Estão tirando fotos dele *com o flash ligado*. Durante a *minha* audição. Que grosseria.

Apesar das pessoas ao redor, a atenção do Henry está todinha em mim. Suas sobrancelhas estão unidas de leve e seus olhos parecem tristes, como se ele estivesse totalmente mergulhado nas emoções da música. Quando nossos olhares se encontram, eu afasto o meu e sinto o rosto esquentar num rubor inegável.

Park Tae-Suk levanta a mão. A música é interrompida de novo e volto a atenção para os rostos dos jurados.

Gary Kim está com um sorriso largo, mas Park Tae-Suk e Bora ainda estão com uma expressão pétrea.

Aperto as mãos com força. É o fim da minha audição. Se eles não estão reagindo de forma positiva agora, deve significar que não fui tão bem.

– Uau! – diz Davey, aparecendo no palco na minha frente. – Foi uma apresentação incrível! Pessoal, outra salva de palmas pra Skye!

As pessoas gritam, mas os aplausos são escassos. Todo mundo sabe que a falta de reação dos jurados é mau sinal.

Bora é a primeira a falar e leva delicadamente o microfone aos lábios vermelhos.

– Srta. Shin – diz ela. – Você é talentosa, mas já pensou em perder peso? Por ter sido integrante de um grupo feminino por cinco anos, posso dizer com segurança que a câmera acrescenta uns quilos e infelizmente você é um pouco... redonda demais.

A plateia solta ruídos e sussurros de surpresa, mas ninguém vaia abertamente e nem fala nada contra ela. Penso no que aconteceria se fosse um show de talentos ocidental e tento lembrar se Adele ou Susan Boyle já foram envergonhadas por causa do peso na televisão.

Meu sangue ferve. Estou constrangida, sim, mas também estou com muita, muita raiva.

Inclino o microfone na frente da boca e minhas palavras saem altas e claras.

– Não – respondo. – Não vou fazer isso. Se eu só for aceita nessa competição com a condição de perder peso, prefiro não participar.

Os sussurros se intensificam. Por um momento, começo a refletir sobre o motivo de estar ali. Questiono por que me esforcei tanto se as pessoas nem querem me levar a sério.

A tensão no auditório está palpável quando Park Tae-Suk fala.

– Apesar de respeitar sua... confiança, eu tenho que concordar com a srta. Jang, ainda que por motivos diferentes. Como presidente da PTS Entertainment, já ajudei inúmeros aspirantes a virar estrelas, mas também testemunhei os que não conseguiram. Ser artista de K-pop exige muita disciplina e trabalho árduo. E não tem ninguém... do seu tamanho nesse ramo. Se já houve, a pessoa não ficou por muito tempo. É lamentável, mas é verdade. Tem algum motivo *específico* pra você ser tão contra perder peso?

Os jurados me olham com expectativa e, de repente, estou de novo na sala de casa, vendo um programa de talentos coreano parecido com *Você é minha estrela brilhante* com a minha mãe. Ela ama qualquer coisa relacionada a fama e glória, por isso era uma tradição nossa de mãe e filha ver shows de talentos juntas sempre que começavam as temporadas. Como ela estava sempre ocupada trabalhando, eu esperava ansiosamente esse momento especial, embora ela às vezes me mostrasse competidores como uma "motivação a mais" para perder peso.

– Olha, Haneul! Olha como aquela garota é bonita! – ela dizia. – Todo mundo é louco por ela! Você também pode ser assim. Só temos que dar um jeito de você se exercitar mais e comer menos!

É claro que, cada vez que dizia isso, ela estava falando de mais uma garota magrela com maquiagem perfeita e gosto impecável para roupas. Uma garota que vestia tamanho 34 e não se parecia nem um pouco comigo.

Mas, quando fui para o sétimo ano, tudo mudou.

Eu expiro lentamente e começo a falar.

– Alguns anos atrás, quando eu estava no sétimo ano – digo, fazendo contato visual com os jurados –, uma garota *plus size* ganhou uma competição coreana de talentos parecida com *Você é minha estrela brilhante*. Fiquei muito feliz porque parecia que finalmente as garotas gordas como eu podiam fazer o que quisessem. Mas, no primeiro ano de carreira, essa garota mudou perante meus olhos. A cada postagem de Instagram, foto nas revistas e aparição na televisão, ela ia ficando mais magra, até que um dia saiu uma notícia dizendo que estava hospitalizada por desnutrição e exaustão. Quando a entrevistaram, ela disse que foi "pelos fãs e pela carreira", e minha mãe a usava como exemplo de como eu podia ser se "me esforçasse mais um pouco".

Faço uma pequena pausa.

– Depois disso, prometi participar de uma competição de K-pop e nunca mudar dessa forma se conseguisse entrar. É por isso que estou aqui agora. Quero mostrar às pessoas que está tudo bem em não ser magra, que está tudo bem em não ser como os padrões que se exigem de modelos e que não é bom maltratar a saúde, muito menos a ponto de ter que ser internada num hospital. Aquela garota falhou comigo e eu quero ser minha própria heroína.

Quanto termino, a plateia toda está em silêncio.

Bora abre a boca com jeito de quem vai protestar, mas Gary pega o microfone dela. Ele ficou em silêncio esse tempo todo e quase esqueci que havia um terceiro jurado.

– Bom – diz ele, abrindo um sorriso largo –, está claro que você é talentosa e já tem um sim meu. Embora seja verdade que nosso ramo só costuma ter a mente voltada pra um... tipo específico de corpo, acho que está na hora de sacudir um pouco os padrões!

Ele bate no botão redondo à sua frente e fagulhas explodem acima da minha cabeça.

Algumas poucas pessoas comemoram.

Ao lado dele, Bora revira os olhos e murmura:

– Você é *tão* americano.

Ela se vira para mim com uma expressão fulminante.

– Desculpe, vou ter que dizer não – diz Bora. – Não é pessoal, só estou sendo realista. Ganhar peso assim é sinal de falta de disciplina. E ser uma estrela do K-pop exige muita disciplina, não uma asa de frango a mais no jantar.

Ela ouviu alguma coisa que falei? Mordo o lábio para não responder, lembrando que a filmagem vai passar na televisão. Vai ter gente de toda a Coreia do Sul e de outras partes do mundo vendo se eu gritar com Bora e deixar bem claro o que penso. Por isso, em vez de responder ao que ela disse, aceno brevemente, o gesto mais educado que consigo fazer agora.

Todo mundo se vira para olhar Park Tae-Suk. As sobrancelhas dele estão erguidas de novo, mas agora ele está sorrindo de leve, como se tivesse ouvido uma piada engraçada.

– Ora, ora – diz ele. – Parece que agora depende de mim.

Eu engulo em seco. Minhas mãos estão tremendo, mas tento não demonstrar nervosismo. A última coisa que quero é ouvir minha mãe comentar como eu pareço assustada quando o episódio for para o ar. Isso *se* ela assistir ao episódio.

– Você está apresentando uma questão interessante, srta. Shin – continua Park Tae-Suk. – Por um lado, acho você corajosa e muito talentosa. Concordo com Gary nisso. Mas, por outro lado, também concordo com a srta. Jang. Sei por experiência a disciplina rigorosa que é necessária para se ter sucesso nesse ramo. Nós botamos pressão nos artistas sem piedade porque esperamos que eles sejam grandes não só na Coreia do Sul, mas no mundo todo. E, como falei antes, nem todo mundo suporta isso. Na verdade, a maioria das pessoas não aguenta. Você não é a primeira garota *plus size* a subir no palco e me dizer que aguenta a pressão. Muitas passaram pelo treinamento antes de você e acabaram desistindo. Como posso saber se você vai ser diferente?

– Eu não vou desistir.

Seguro o microfone com força e tento pensar em algo que convenceria Park Tae-Suk a acreditar em mim.

– Se eu desistir – continuo um momento depois –, vou ter

que admitir pra minha mãe que ela estava certa depois de tantos anos. E isso não vai acontecer.

– Certa sobre o quê?

– Que garotas gordas como eu não sabem dançar. Que garotas gordas como eu não podem subir ao palco e arrasar como as outras. Você me viu aqui. *Sabe* que eu sou boa. Você mesmo disse. Então, por favor, só me dê uma chance. Posso me sair bem melhor do que hoje. Vocês ainda não viram nada.

Os cantos dos lábios de Park Tae-Suk se curvam. É quase um sorriso.

– É mesmo?

Faço que sim porque já falei tudo que pensei em dizer. Meu cérebro e meu coração parecem vazios agora, como se eu tivesse oferecido toda a minha alma.

Ao lado dele, Bora balança a cabeça. Os dois sussurram pelo que parece uma eternidade. Park Tae-Suk franze a testa e meu coração despenca. Eu me preparo para o pior quando ele se vira para mim.

– É melhor você provar que sua mãe está errada, srta. Shin – diz Park Tae-Suk. – Porque você acabou de entrar em *Você é minha estrela brilhante*.

Ele bate no botão à sua frente e, por um instante, só vejo luzes intensas.

Capítulo Quatro

QUANDO ESTOU SAINDO, VEJO LANA, QUE AINDA ESTÁ NA frente da fila para cantar.

– Você foi *incríííííível*! – diz ela, esticando a palavra. – Todo mundo na fila torceu por você. Ninguém conseguiu tirar os olhos das telas! E o discurso que você fez no final foi uma obra-prima. Também foi ensaiado? Olha, se não usarem sua fala como um dos pontos altos nos episódios das audições é porque eles não sabem mesmo o que estão fazendo.

– Que nada – digo. – Saiu tudo na hora. E, pra falar a verdade, duvido que façam isso. Vamos ser realistas. Vão acabar fazendo um especial de 15 minutos só sobre o Henry Cho.

Lana ri com deboche.

– Verdade. Você devia ter visto o que aconteceu depois que você saiu. Todo mundo insistiu pra que o Henry furasse a fila. Ou então ficavam agindo como se fossem os seus melhores amigos, dizendo que tinham "guardado o lugar dele". Felizmente, Henry preferiu esperar no auditório, mas foi uma das coisas mais patéticas que já vi.

– Ugh. Enquanto isso, entrei na fila às sete da manhã só pra conseguir meu lugar.

– Pois é, e ainda bem que você entrou! Tiffany e eu também tivemos que esperar muito tempo lá fora, mas pelo menos a gente podia se revezar na fila quando uma de nós precisava ir ao banheiro.

Quando percebo que Tiffany deve ser o nome da amiga de cabelo azul, meu celular começa a vibrar no bolso. Olho quem está ligando. *Minha mãe.*

– Tenho que ir – digo. – Boa sorte na sua audição e espero te ver no ensaio!

– Tchau – diz ela, estourando uma bola de chiclete. – Eu também espero. Ei, quer me dar seu número? Te mando uma mensagem se eu entrar, já que o programa só vai ao ar em outubro.

– Pode ser.

Entrego o celular para ela e fico mais tranquila porque, se Lana entrar, pelo menos vou ter uma amiga na competição. Mesmo sabendo que as amizades costumam durar pouco em competições implacáveis como *Você é minha estrela brilhante*, me sinto um pouco melhor por não entrar nisso sozinha.

Além do mais, ela é bonita de um jeito que abala um pouco meu coraçãozinho bi. Se eu pudesse namorar com garotas e se meus pais soubessem que não sou hétero, eu adoraria sair com ela.

Uma mão com unhas pintadas de preto aparece e pega meu celular da mão da Lana. Sigo a mão e vejo a garota de cabelo azul... *Tiffany*, lembra meu cérebro.

– O que é isso? – pergunta ela. – Lana, você não está me traindo, está?

A voz dela tem um tom de brincadeira, mas os olhos estão cheios de cautela quando se voltam para mim.

– Claro que não, querida. – Lana dá um beijinho na bochecha da garota. – Tiffany, essa é Skye. Skye, essa é Tiffany, minha namorada.

Tiffany abre um sorrisinho arrogante e passa os braços pelos ombros da Lana. Sei que é pra me deixar com ciúmes, mas só consigo pensar: *Ah, meu Deus, elas são queer como eu!*

Estou com um sorriso enorme e percebo pelo rosto confuso da Tiffany que essa não é a reação que ela esperava. Mas não consigo controlar. Estou feliz demais. A Associação de Alunos LGBTQ na nossa escola tem muitas meninas, mas nenhuma além de mim é asiática. Mesmo sabendo que há garotas asiáticas queer em algum lugar, eu estava começando a perder a esperança de encontrá-las.

– É um prazer te conhecer – digo, me esforçando para não parecer esquisita. Consigo controlar o rosto e não estou mais com o sorrisão estranho, pelo menos.

Tiffany cruza os braços.

– Ei, o que está rolando? – pergunta ela. – Por que você está agindo assim?

Até Lana parece um pouco preocupada, apesar de não falar nada.

– Não tem nenhuma outra garota asiática queer na minha escola – digo. – Pelo menos, nenhuma que tenha saído do armário. Desculpa, sei que devo estar com cara de lunática, mas é tão bom ver pessoas como eu. *Finalmente*.

Lana morde o lábio e parece nervosa pela primeira vez desde que nos conhecemos.

– Ah – diz ela. – A gente não saiu exatamente do armário. Bom, todos os nossos amigos sabem, nossas famílias também, mas se a gente tivesse *mesmo* saído do armário publicamente... não sei se teríamos chance nessa competição.

– Espera, então por que você me contou?

Lana dá de ombros.

– Achei que podia confiar em você. Além do mais, aquele jeito seu de me olhar não foi muito hétero.

– Ops.

Lana e Tiffany caem na gargalhada. Apesar do meu constrangimento, começo a rir com elas, porque não dá para negar que eu estava dando uma boa avaliada na Lana.

Nesse momento, uma pessoa do programa chama o nome da Lana.

Ela solta o ar rapidamente. Tiffany a abraça apertado.

– Boa sorte, amor – diz ela. – Canta com o coração.

Lana abre um sorriso doce para ela e acena para nós duas enquanto vai para o palco.

Eu aceno de volta.

– Boa sorte!

Meu celular vibra de novo e Tiffany o devolve para mim.

Droga. Eu tinha me esquecido da minha mãe.

Dou tchau para Tiffany e saio do prédio lotado. As filas estão dez vezes mais longas agora do que quando cheguei.

– Haneul? – A voz da minha mãe está frenética e aguda de

preocupação quando ligo de volta. Ela é a única pessoa que ainda usa meu nome coreano; todo mundo, até meu pai, me chama de Skye. – A escola ligou e disse que você não foi hoje. O que está acontecendo? Cadê você?

Eu suspiro. Lá vamos nós.

– Acabei de sair de uma audição – digo, já que ela vai acabar descobrindo mesmo.

Uma pausa.

– Foi para o *Você é minha estrela brilhante*?

– Você conhece?

– Ouvi alguns clientes falando do programa. A agenda ficou cheia nas últimas semanas porque todo mundo queria ter a melhor pele possível pra competição.

– Ah.

– E aí? Você entrou?

Por um instante, penso em mentir para a minha mãe. Ainda estou meio abalada pela audição e não quero ter essa conversa agora. Mas não contar a verdade vai acabar dificultando as coisas para mim mais para a frente, principalmente porque terei ensaios semanais. Por isso, respondo lentamente:

– Entrei.

– Ah, Haneul! – diz a minha mãe. A felicidade na voz dela é tão genuína que me surpreende. – Eu sempre falei que você tem voz boa. Você poderia ser a Adele coreana!

Faço uma careta.

– Não fiz audição só de canto – falo. – Fiz de dança também. Entrei nas duas categorias.

Silêncio. Qualquer outra mãe ou pai sentiria ainda mais orgulho de mim, pois é muito mais difícil entrar pelas duas coisas do que por uma categoria só. Mas minha mãe não diz "Estou orgulhosa de você" nem "parabéns". O que ela diz é:

– Ah, entendi.

O tom é completamente diferente agora, embora momentos atrás ela estivesse toda animada e simpática. Sua voz perde a entonação, como sempre acontece quando ela está prestes a gritar comigo. Mas ela não grita. Só fica em silêncio, e desejo não estarmos falando no telefone para eu poder ver a expressão dela.

– Podemos conversar quando eu chegar no seu salão – digo quando fica claro que ela não vai dizer mais nada. – Estou entrando no metrô agora.

– Tudo bem. Até daqui a pouco.

Ela vai tentar me convencer a sair da competição. Consigo ouvir na voz dela. Mas, antes que ela comece, eu desligo e desço correndo a escada do metrô.

O salão da minha mãe fica só a uma estação de metrô de distância, mas, nessa manhã quente e abafada, até esse trajeto rápido é horrível. O vagão está cheio de gente suada, com cara tão infeliz quanto a minha. O ar está com cheiro de xixi e os bancos estão grudentos, por isso fico de pé e espero o trem chegar na minha estação.

Minha mãe é uma das esteticistas mais famosas de Los Angeles, o que quer dizer que ela cuida da pele e faz a maquiagem de todo mundo, desde os amigos da nossa família até grandes celebridades. É assim que ela sustenta nossa família sozinha, trabalhando 12 horas por dia, seis dias por semana, desde que meu pai perdeu o emprego, alguns anos atrás.

É por isso que, de certa forma, entendo o motivo de ela ser tão obcecada pela minha aparência. O trabalho dela é deixar as pessoas mais bonitas. Mesmo assim, dói saber que ela não me acha bonita do jeito que sou agora.

Quando saio da estação do metrô para ir até o salão da minha mãe, são 5 da tarde, mas ainda está quente e úmido. Entro correndo e tenho a sensação de que morri e fui para o céu quando o ar condicionado gelado bate na minha cara.

– *Oso oseyo!* – Sally, a secretária da minha mãe, me cumprimenta com alegria em coreano. Quando ela vê que sou eu, a expressão muda na mesma hora para a de uma irmã mais velha preocupada com a caçula. Sou filha única, mas Sally, que trabalha para a minha mãe há cinco anos e foi minha babá nos dois primeiros desses cinco, é o que tenho de mais próximo de uma *unni*, uma irmã mais velha. – Skye, você está bem? Não estava andando lá fora, estava? Chegou a 37 graus hoje!

– Estava – digo, resmungando.

– Você foi mesmo participar da audição do *Você é minha estrela brilhante*? Ligaram da sua escola e tive que passar a ligação pra sua mãe!

Eu faço que sim, pois estou cansada demais para falar. Minha cabeça está começando a girar e me sento em um dos sofás da recepção. É superconfortável e o tecido continua tão macio e liso quanto no dia em que chegou. Ainda estou pingando de suor e só então percebo que talvez deixe manchas de suor no tecido. Mas Sally não fala nada para me impedir e estou exausta demais para me levantar.

– Você foi classificada?

Faço que sim de novo e fico vagamente surpresa por minha mãe não ter contado para ela. Passa pela minha cabeça que ela pode estar com tanta vergonha de mim que não quer contar para ninguém. Sinto enjoo e fecho os olhos.

– Aqui – diz Sally. Uma coisa fria encosta na minha mão. Abro os olhos e vejo um copo de água gelada. – Sua mãe está com a última cliente, mas, enquanto espera, toma uma água. Você não está com a cara boa *mesmo*.

Sinto um pouco de inquietação quando penso sobre as muitas vezes que vi filmes americanos e programas de variedades coreanos debochando da "garota gorda e suada". Principalmente nos programas coreanos, às vezes tem até risadas gravadas e gotas de suor inseridas digitalmente nos rostos, para que os espectadores possam rir do quanto as pessoas gordas estão fora de forma e sem fôlego. Apesar de me sentir à vontade com meu corpo na maioria das vezes e apesar de saber que uma pessoa magra ficaria tão suada quanto estou no calor sufocante que está lá fora, não consigo deixar de imaginar se é isso que a Sally está pensando quando diz que eu "não estou com a cara boa *mesmo*".

Termino a água em poucos goles, bebendo tão rápido que preciso respirar fundo para recuperar o fôlego quando acabo.

– Uau, está ruim assim, é?

Concordo pelo que espero que seja a última vez. Adoro a Sally, mas às vezes ela faz perguntas demais. Encosto a cabeça no sofá, fecho os olhos e finjo pegar no sono.

– *Haneul-ah?*

Abro os olhos quando ouço a voz da minha mãe. Esse "ah" que ela usa ao final do meu nome é como, na língua coreana, às vezes se chama alguém que é muito íntimo da gente. Bom, por fim eu tinha mesmo adormecido.

– Ela deve ter tido insolação – diz Sally, me entregando outro copo de água.

Bebo mais devagar desta vez, querendo fazer o copo de água durar. Enquanto estou bebendo, não preciso falar com a minha mãe.

De certas formas, minha mãe e eu somos iguais, mas, de outras, somos completamente diferentes. Temos os mesmos olhos castanho-escuros arredondados, o mesmo nariz de batatinha e o mesmo cabelo preto meio ondulado. Mas ela é miúda, enquanto eu tenho ossos grandes e sou corpulenta como meu pai, e ela ainda usa delineador preto suave e batom rosa como uma patricinha asiática adolescente, enquanto só costumo usar gloss labial rosa-pastel e rímel leve. Só estou de batom vermelho e maquiagem mais pesada hoje porque sabia que ia subir no palco.

Pensar na minha maquiagem quase me faz gemer. Eu suei tanto que devo parecer um palhaço meio derretido agora.

Minha mãe pega a cadeira de madeira da Sally e coloca na minha frente. Quando se senta, ela diz:

– Vamos lá. Você matou aula pra ir a uma audição de

K-pop. E... tudo bem, eu só queria que você tivesse me contado antes. Eu poderia ter pelo menos ligado pra escola pra justificar.

– Você não ia me deixar participar – digo secamente. – Principalmente na de dança.

– Bom. – Minha mãe bufa, mas não me corrige. – Eu só não quero que você faça papel de boba na televisão. Céus, Haneul. Imagine o que Karen-*imo* diria se visse você saracoteando no palco... usando *isso*. – Ela faz uma pausa para indicar minhas roupas. – Ou até todas as suas *imos* e *gomos* na Coreia!

Você está falando das mesmas imos *e* gomos *que você tem vergonha de me deixar visitar na Coreia?* A resposta surge na minha cabeça, mas não digo nada em voz alta.

Embora aqui nos Estados Unidos eu tenha muitas *imos* (tias maternas) que são, na verdade, amigas da minha mãe e não parentes de sangue, tenho muitas *imos* e *gomos* de verdade (tias paternas) que não vejo pessoalmente desde que atingi a puberdade. Perguntei inúmeras vezes se podíamos ir à Coreia visitá-las, mas todo ano minha mãe inventava uma desculpa qualquer até o verdadeiro motivo ficar claro. Ela tem vergonha de mim – mais especificamente, do meu peso.

Normalmente, eu só fecho os olhos e deixo que ela continue. Mas hoje, principalmente depois do que aguentei da Bora mais cedo, estou de saco cheio e não quero ficar quieta. Encaro minha mãe e digo:

– Meu traje está ótimo. Só estou usando um top esportivo e uma legging.

Eu costumo usar coisas mais extravagantes no palco, mas

queria que a plateia se concentrasse em mim e nas minhas habilidades de artista hoje. Por isso, escolhi um conjunto elegante de top e legging preta da Torrid, uma das minhas marcas favoritas com peças *plus size*. Estou resplandecente e sexy com essa roupa (ou estava, antes de começar o apocalipse suarento) e tenho consciência disso. Não é culpa minha se gente como a minha mãe acha que não é "apropriado" as pessoas gordas usarem roupas apertadas ou reveladoras.

– O programa é assistido no mundo todo, não só nos Estados Unidos e na Coreia do Sul – continua minha mãe, como se eu não tivesse dito nada. – Não te incomoda que todo mundo vai te ver dançar com as banhas do braço sacudindo e a barriga balançando como a do Papai Noel? O mínimo que você poderia fazer...

Uma coisa cai ruidosamente no chão e Sally exclama:

– *Omo!*

Essa é uma expressão de surpresa em coreano. Quando eu e minha mãe no viramos para olhar, ela abre um sorriso tímido.

– Desculpem.

Tem um copo estilhaçado aos pés dela. A água se espalhou pelo chão e um pouco chega a molhar o tapete felpudo da minha mãe.

– Sally, tome mais cuidado! Você se machucou? – A atenção da minha mãe se desvia na mesma hora para Sally e ela me esquece por um momento.

– Estou bem – responde Sally. – Desculpe, sra. Kang. Vou limpar tudinho agora.

Quando passa por mim para pegar toalhas de papel no banheiro, Sally me dá uma piscadela. Olho para ela com gratidão.

Minha mãe, alheia à nossa pequena interação, se inclina e diz:

– Vou ajudar.

Enquanto elas limpam a bagunça, eu expiro devagar e sinto que consigo finalmente respirar pela primeira vez desde que a minha mãe começou a falar. Eu me levanto para ajudar, mas minha mãe balança a cabeça para mim.

– Acabamos – diz ela. – Não foi nada demais. Prefiro que você se preocupe com as coisas que realmente importam, Haneul. Tipo a competição. Está tarde pra você ligar e pedir pra cancelarem sua filmagem?

Sally fica imóvel depois de jogar os cacos de vidro na lata de lixo. Eu também fico e me pergunto de onde vem isso. Minha mãe não pode deixar as coisas pra lá? Claro que não. Ela é minha mãe. E sei exatamente que tipo de pessoa ela é.

– Não quero que cancelem a minha filmagem – digo. – Acho que fui muito bem. E consegui entrar no canto *e* na dança. Se *algumas* pessoas não conseguem ver além da minha aparência e perceber como sou boa, o problema é delas.

– Bom, querida, não é porque você entrou que eles precisam usar suas imagens.

Eu me viro abruptamente para ela.

– Precisam sim, mãe. Eles sempre mostram as pessoas que entram. Só estão aceitando um por cento das milhares que participaram este ano. Você não pode só sentir orgulho por eu ter conseguido?

Não cito o fato de que a maioria dessas milhares de pessoas foi descartada nas preliminares, das quais eu não poderia ter participado sem meu pai. A última coisa de que preciso é que minha mãe fique com raiva dele por minha causa.

– Eu... – Minha mãe começa a falar, hesita e recomeça. – Eu *sinto* orgulho de você. Só acho que devia se importar mais com a sua aparência. Não liga mesmo que as pessoas possam rir de você?

Penso nas horas que passei na frente do espelho do banheiro de manhã. A ocasião era especial, mas houve uma época em que eu sempre passava várias horas na frente do espelho desejando poder me "consertar". Cada vez que olhava, alguma coisa em mim parecia errada. Mas eu nunca sabia identificar o quê. Não era só que eu queria ser mais magra e mais bonita, como a minha mãe queria que eu fosse. Tudo parecia *errado*. Eu me importava tanto com a minha aparência que nada parecia bom.

Quando me preparo para falar de novo, minha voz sai baixa.

– Ligar mais pra minha aparência é a última coisa de que preciso agora. E se as pessoas quiserem rir de mim, bom, que riam. Vou vencer mesmo assim. Vou pra casa agora. Não precisa escrever bilhete nenhum pra escola se não quiser. Eu posso ter uma falta não justificada.

Estou quase saindo pela porta quando ouço um ruído de caneta atrás de mim.

– Aqui – diz minha mãe. – Use isso como carta de justificativa. E não seja ridícula. Acabei o trabalho do dia e te levo pra casa de carro daqui a pouco. Pode esperar lá.

Ela me entrega uma folha de papel com a sua assinatura, como se fosse um tratado de paz.

Eu aceito o papel sem saber direito o que dizer.

– Obrigada.

– Você já comeu? – pergunta a minha mãe de repente. É uma virada tão radical do jeito como ela estava tentando me envergonhar pela minha gordura momentos atrás, que preciso de alguns segundos para me recuperar. Perguntar se alguém comeu é um jeito comum dos coreanos demonstrarem que gostam dos outros, mas fica deslocado demais no momento.

– Não – digo. – Vou comer quando chegamos em casa.

– Tudo bem. Você não devia pular refeições, Haneul. Não estamos na Coreia do Norte. Pense na sorte que você tem em comparação às crianças pobres passando fome.

– Está bem – digo com os dentes cerrados. Essa é a parte frustrante das mães coreanas. Em um momento, elas estão dizendo que você precisa perder peso e, no seguinte, estão pegando no seu pé por não ter comido.

Minha mãe assente de leve antes de fechar a porta.

Capítulo Cinco

– E AÍ? ELA TE MANDOU SAIR DA COMPETIÇÃO? – PERGUNTA meu pai enquanto vou andando para a escola na segunda seguinte.

Estou com o fone de ouvido ligado no celular, falando com ele pelo FaceTime, como faço em todas as manhãs de segunda antes da aula. Por sorte, nosso bairro é bem tranquilo e nunca fui atropelada por um carro – nem cheguei perto disso. Ainda não, pelo menos.

Meu pai trabalha agora na Bay Area e só nos visita a cada dois fins de semana, no máximo, porque ele tem que pegar um avião de San Jose. Sinto falta dele de vez em quando, mas nossas ligações semanais costumam quebrar bem o galho.

– Mandou – disse. – Você devia ter ouvido a voz dela quando falei que fiz audição de dança também. Parecia que eu tinha dito que assassinei alguém.

Meu pai ri.

– É só sua mãe sendo sua mãe, Skye. Eu estou orgulhoso de você ter entrado. Pelo canto e pela dança.

– Valeu, pai.

As palavras dele deixam meu coração um pouco menos dolorido, mas não ajudam com o fato de ele quase nunca estar em casa e de que a pessoa que tenho que aguentar diariamente seja a minha *mãe*.

– Sua mãe cresceu numa cultura diferente da sua e da minha – diz meu pai. – Você tem que entender isso, sabe.

– Sei.

Meu pai sempre diz coisas assim, como se fosse sua função me lembrar que, diferentemente de nós dois, minha mãe nasceu e cresceu na Coreia do Sul, onde os pais a criaram com expectativas altíssimas durante uma grande recessão. Quando ele morava com a gente, costumava chamar a atenção da minha mãe quando ela me envergonhava pelo meu corpo. Mas, desde que foi embora, passou a falar mais sobre "manter a paz". Acho que só quer curtir o pouco tempo que tem com a gente sem o drama.

– Estou quase na escola – digo. É meio verdade. Ainda estou a alguns minutos de distância, mas já vejo o telhado laranja-avermelhado em estilo espanhol da escola. Além do mais, meu pai não tem como saber se estou mentindo. Pelo jeito como estou segurando o celular, ele só consegue ver meu rosto.

– Tudo bem, nos falamos mais tarde – diz meu pai. – Tenho mesmo que ir trabalhar.

– Tchau.

Quando entro na escola, parece que nada mudou. E acho que, de certa forma, nada mudou mesmo. Ainda não, pelo menos. Apesar de eu ter entrado em *Você é minha estrela brilhante* na semana passada, ninguém vai saber antes da estreia do programa, em dois meses. E mesmo se for ao ar, a maioria da escola nem vai ligar. Embora o BTS seja bem famoso agora, a maior parte dos alunos nem deve saber o que é K-pop.

Vou para o refeitório, que está lotado de gente.

Não demoro para encontrar meu grupo de amigas de sempre porque uma delas, Clarissa Han, tem cabelo castanho-avermelhado brilhoso. As regras de vestimenta da escola são rigorosas sobre as cores que podemos usar no cabelo (só cores naturais!), mas não são específicas sobre o tom. E Clarissa tirou vantagem disso tingindo o cabelo preto natural do ruivo mais vibrante que conseguiu.

Clarissa e minha outra melhor amiga, Rebecca, estão jogando com o Nintendo Switch da Rebecca. Tecnicamente, não podemos levar jogos eletrônicos para a escola, mas nos deixam jogar antes das aulas desde que a gente guarde quando entrar nas salas. Nunca fui muito fã de jogos assim, mas gosto de ver minhas amigas jogarem, porque acabo tendo alguma coisa para fazer antes das aulas começarem. Hoje, elas estão jogando Pokémon.

Nós três somos melhores amigas desde que fomos colocadas na mesma turma no quinto ano. Não continuamos na mesma turma sempre depois disso, mas mantivemos a amizade e nos reunimos sempre que dá. Nenhuma de nós tem motivo para chegar cedo na escola, mas, como cada uma tem um cronograma diferente, o encontro no refeitório antes das aulas é nossa tradição diária.

Rebecca faz uma pausa no jogo quando me sento ao lado dela e diz:

– Você fez mesmo a audição? Como foi?

– Fiz. Foi tudo bem. Eu entrei.

– Como *é*? – grita Clarissa e bate no meu braço. – Minha nossa, parabéns! Arrasou, garota!

Os rostos delas se iluminam com surpresa e orgulho. Mais surpresa. Percebo que minhas próprias amigas não achavam que eu conseguiria entrar na competição. Dói um pouco.

– Eu soube que o *Henry Cho* apareceu na audição! – diz Clarissa. – Como ele foi? Muito bem?

– É verdade, eu o vi.

– Você *o quê?* – pergunta Rebecca.

– Você tirou foto com ele? – interrompe Clarissa. – Pegou um autógrafo?

Eu balanço a mão.

– Ei, meninas, calma. Não, eu estava ocupada demais com a *minha* audição pra me preocupar com isso.

Rebecca e Clarissa trocam olhares. Os olhos da Clarissa ainda estão meio arregalados, como os de um filhotinho de cachorro cheio de energia, mas Rebecca se acalma e limpa a garganta.

– Entendi – diz ela. – Quando o episódio vai ao ar?

– No meio de outubro – digo. – É quando o programa vai estrear. Se bem que, sinceramente, não sei quanto da minha audição vão usar. Acho que vou ter que esperar pra ver.

– Ué, você entrou, né? Certeza que vamos ver pelo menos um pouco. Seriam uns idiotas se te deixassem de fora. – Rebecca me dá uma cutucadinha brincalhona e eu abro um sorriso.

– Espera – diz Clarissa. – Acho que devem mostrar muito o

Henry, né? Ele é famoso na Coreia como é aqui? Você... *ai!* – Ela faz uma careta quando Rebecca enfia o cotovelo em suas costelas.

– Que tal a gente tentar dar um pouco mais de apoio? – diz Rebecca. – Skye pode ficar famosa um dia. Isso é só o começo.

– Verdade – diz Clarissa, esfregando o lugar onde levou a cotovelada. – Mas você pode pegar um autógrafo do Henry pra mim se por acaso der de cara com ele?

Dou um suspiro quando vejo a esperança brilhar nos olhos dela.

– Tudo bem – respondo. – Mas não prometo nada. Nem sei pra que categoria ele tentou.

Não menciono que não importa, já que entrei nas duas. Estou chateada porque a Clarissa parece se importar mais com o Henry do que comigo.

– Dança! – diz Clarissa. – As filmagens oficiais ainda não saíram, claro, mas vi os *stories* no Instagram de algumas pessoas. Ele foi *incrível*.

Ela dá um suspiro sonhador, e percebo pela expressão mais controlada – mas ainda cheia de admiração – de Rebecca que Henry não é só o *crush* da Clarissa. Ela só é mais transparente.

– Tudo bem – digo de novo. – Vou pedir um autógrafo do Henry. *Se* eu der de cara com ele. Mas não vou ficar procurando. Tenho mais o que fazer.

– Claro – diz Rebecca, assentindo intensamente. – Sua prioridade tem que ser você, tá? Isso é só se você tiver tempo nos intervalos, sei lá.

Clarissa dá um gritinho.

– Você é demais! Valeu, Skye!

Nesse momento, o sinal toca e todo mundo se levanta. Rebecca e eu temos psicologia avançada no primeiro tempo. A sala fica perto do refeitório e não precisamos correr para chegar à aula. Acabamos ficando perto da mesa, vendo a Clarissa abrir caminho pela multidão que sai para o corredor.

– Eu sempre falo que ela devia sair antes do sinal de cinco minutos porque o primeiro tempo dela é do outro lado da escola – diz Rebecca. – Mas ela sempre esquece.

– É...

– Só pra você saber, eu não ligo *tanto* assim para o Henry. Ele é... tudo bem, ele é um gato. Mas você é minha favorita, tá?

– Obrigada, Rebecca.

Aperto o braço dela de leve.

Mas mesmo quando estamos sentadas na aula de psicologia e mesmo quando o sr. Peterson começa a aula sobre condicionamento operante, não consigo esquecer que Clarissa quis saber mais sobre Henry Cho do que sobre a minha audição.

Vou ter que mostrar pra ela que sou melhor, eu penso. Não tenho ideia se Henry é bom mesmo, mas ele só deve ter participado para ganhar mais seguidores nas redes sociais. Por melhor que seja, ele é minha concorrência, e me esforcei demais e por tempo demais para perder para alguém como ele.

Podemos ter entrado os dois, mas, no final, todo mundo vai estar falando sobre mim.

Na metade do quinto tempo, recebo um e-mail com instruções detalhadas sobre os passos seguintes de *Você é minha estrela brilhante*, junto com nosso calendário de ensaios e datas de rodadas eliminatórias. Como podemos usar o laptop na aula de história, dou uma olhada rápida enquanto finjo estar anotando umas coisas.

O e-mail é longo, mas é bem direto e resume nosso planejamento no final. Há ensaios estilo "treino militar" todos os sábados, alternando entre vocal e dança a cada semana, o que quer dizer ensaios todos os fins de semana para mim. Três sábados são dedicados a rodadas eliminatórias até chegar a eliminação final ao vivo. O calendário da competição é assim:

29/8	Primeiro treino vocal
5/9	Primeiro treino de dança
12/9	Primeira rodada eliminatória (a determinar: Top 20)
10/10	Estreia de *Você é minha estrela brilhante* (os episódios vão ao ar todos os sábados às 18h)
17/10	Segunda rodada eliminatória (a determinar: Top 10)
7/11	Terceira rodada eliminatória (a determinar: Top 5)
28/11	Sem ensaios e sem eliminatória (feriado de Ação de Graças)
5/12	Rodada final (transmissão ao vivo; a determinar: 1º lugar em cada categoria)

6/6/2021 Os vencedores começam o treino na PTS Entertainment, em Seul

É bem puxado, mas estou feliz com a chance de ir para a Coreia do Sul se vencermos. Enquanto eu estiver em Los Angeles, posso continuar indo à escola. E ainda nem sei como vou até os ensaios todos os fins de semana.

Uma mensagem de texto aparece na minha tela.

LANA MIN: E aí, recebeu o calendário???

Só nessa hora eu lembro que eu e a Lana trocamos números na audição.

EU: Recebi!

LANA MIN: ESQUECI DE CONTAR MAS EU E A TIFFANY ENTRAMOS TAMBÉM! NÃO É IRADO?

Abro um sorriso por causa da mensagem toda em maiúscula e me arrependo na mesma hora quando a sra. Blankenship diz:

– Srta. Shin, tem alguma coisa engraçada que você queira contar para o resto da turma? Espero que não seja sobre doenças no período de colonização. Não tem nada engraçado em doenças, principalmente na varíola, uma das doenças mais mortais da história da humanidade.

Há algumas risadinhas na sala, mas são interrompidas por um olhar fulminante da professora.

– Acho que está na hora de um teste surpresa. Pessoal, tirem tudo das mesas. Podem agradecer à srta. Shin por isso.

As pessoas me metralham com o olhar. Mas, em vez de morrer de vergonha, ainda estou um pouco eufórica pela perspectiva de ir para a Coreia do Sul. Apesar de Koreatown, em Los Angeles, ser como uma "mini Coreia", eu quero ver como tudo mudou desde a minha última viagem.

A sra. Blankenship distribui o teste surpresa. Foi impresso em papel azul ainda quente da máquina de fotocópias e é assim que eu sei que ela já planejava dar o teste de qualquer jeito. Só me usou como bode expiatório.

É horrível, mas tenho um problema maior agora. O mais urgente é que preciso dar um jeito de ir a Los Angeles toda semana sem ter carro. A verdade é que eu não esperava que isso fosse um problema porque não achava que entraria no canto *e* na dança. Meu pai prometeu me levar, já que vem visitar a cada duas semanas, mas agora tenho que dar um jeito de ir a Los Angeles nos fins de semana em que ele não estiver aqui.

Apesar de eu ter idade para dirigir, não aprendi por causa da minha mãe. Sempre que tocava no assunto, ela perguntava: "Por que você está com tanta pressa de dirigir? Eu aprendi com 30 anos, depois que me casei e tive você. A escola fica perto, dá pra ir a pé!".

Meu pai e eu tentamos explicar para a minha mãe que a cultura dos Estados Unidos é diferente, que aqui tudo fica longe e não dá para fazer as coisas andando e de transporte público como na Coreia, mas ela nunca cedeu. Meu pai prometeu me ensinar, mas nunca chegou a fazer isso. Acho que é difícil considerando que ele quase nunca está aqui.

A sra. Blankenship limpa a garganta quando passa pela minha mesa e percebo tarde demais que ela já terminou de distribuir os testes. Não tem como minha mãe me deixar participar da competição se eu for mal na escola. Decido me preocupar com tudo isso depois. Tiro da cabeça todos os pensamentos sobre *Você é minha estrela brilhante* e me concentro no papel à minha frente.

Capítulo Seis

O PRIMEIRO DIA DE ENSAIO É NUM ESTÚDIO DE GRAVAÇÃO em West LA, a uma hora da minha casa. Meu pai só vem de San Jose na semana que vem e minha mãe saiu cedo para trabalhar, por isso acabo pedindo carona para Lana. Por sorte, nossa casa fica no caminho dela, entre Irvine e o estúdio.

Do lado de fora, o carro da Lana parece normal. É um sedã Toyota como os que todas as amigas da minha mãe têm. Mas, quando abro a porta do passageiro, um par de All Star rosa cai quase em cima dos meus pés.

– Desculpa! – diz Lana. – Tiffany e eu viemos do norte do estado e meu carro ainda está uma zona.

Entrego os tênis e ela os joga no banco de trás, junto com algumas outras coisas. Ela se move rápido demais e não consigo ver direito, mas poderia jurar que vi um pato de borracha e pelo menos cinco caixas de comida de restaurante. Decido não comentar sobre a bagunça e só entro no carro.

– Obrigada pela carona.

– De nada! – Lana abre um sorriso largo antes de pegar a

via expressa. Ela está tão linda quanto na audição, com o cabelo louro-avermelhado arrumado em cachos longos que caem elegantemente sobre os ombros. Desta vez, os lábios estão de um vermelho magenta e brilham tanto que fico tentando imaginar como ela consegue deixá-los assim. Nesse momento, estou convencida de que é magia. Se pequenos querubins cantarem em um coral celestial cada vez que essa garota acorda de manhã, eu não estranharia.

O trânsito está tranquilo, ou tanto quanto é possível em Los Angeles. Apesar de haver filas de carro em todas as pistas, pelo menos estamos em movimento. O trânsito típico de Los Angeles já é ruim o bastante para fazer qualquer alma corajosa ter um ataque de nervos.

– É sábado de manhã – resmunga Lana, apoiando a cabeça no volante. – Pra onde essa gente toda vai?

– Pra um *brunch*? – sugiro, embora eu não tenha ideia.

Moramos a menos de 50 quilômetros de Los Angeles de acordo com o mapa, mas é raro que eu vá à cidade, porque não sei dirigir.

– Então... vocês são do norte? – pergunto depois de alguns minutos, rompendo o silêncio esquisito. – Mas você mora em Irvine agora, né?

– Bom, eu sou daqui, mas fui fazer faculdade no norte do estado – responde Lana. – E meus pais se mudaram comigo porque, bom, eles não têm noção de limites. Mas, agora, Tiffany e eu estamos ficando com uma das minhas amigas de Irvine por causa da competição. Sinceramente, é um alívio. A gente mora juntas no norte, mas nossos pais vivem lá. E estão sempre tentando nos separar. É muito irritante.

Mordo o lábio porque sei que provavelmente aconteceria a mesma coisa comigo se eu namorasse uma garota. Já pensei nisso muitas vezes e às vezes sinto mais atração por meninas do que por meninos. Mas não tem como meus pais aceitarem. A primeira parada do orgulho LGBT da Coreia foi no ano 2000 e, mesmo agora, alguns grupos só vão para chamar as pessoas de "pecadoras". Sempre tem que ter a presença da polícia para que os manifestantes não saiam feridos.

As coisas podem estar melhores com as gerações mais novas, mas meus pais ainda são caretas demais para aceitar que eu namore uma garota. Eles provavelmente achariam que era uma fase até eu "encontrar o cara certo".

Meu coração dói só de pensar no tipo de dor que Tiffany e Lana devem ter sofrido por causa das famílias. Percebo que Lana está tentando falar numa boa, mas seus lábios tremem um pouco enquanto ela olha com determinação para a estrada.

– Há quanto tempo vocês estão juntas? – pergunto, tentando desviar a conversa para um assunto mais feliz. – Como se conheceram?

Dá certo. Lana abre um sorriso.

– Estamos juntas há dois anos. Nos conhecemos numa aula de introdução à teoria musical no primeiro ano de faculdade. Ela pediu minha ajuda para fazer um vídeo de música para uma amiga... mas acontece que a "amiga" era *eu*. Ela me chamou pra sair no final! O vídeo foi a coisa mais fofa que já vi na vida. Qualquer hora te mostro!

Não consigo evitar uma gargalhada porque está claro, pela

velocidade e empolgação das palavras, que Lana ama Tiffany de verdade. Fico muito feliz pelas duas, apesar de sentir uma pontada de inveja por ser o tipo de relacionamento que acho que nunca vou poder viver.

– Ei, chegamos! – diz Lana, e acordo com um susto. Devo ter adormecido no resto do caminho.

O estúdio é um prédio de tijolos de aparência normal, com portas marrons altas e longas colunas que o deixam mais parecido com um banco ou um museu. Se não fosse o celular da Lana dizendo que chegamos ao nosso destino, eu acharia que nos perdemos em algum momento.

– Ao que parece, *muita* gente famosa trabalhou aqui – diz Lana, levantando os óculos de sol Gucci para enxergar melhor. – Lady Gaga, Rihanna... e até gente como Bob Dylan e Ringo Starr.

Eu já sabia porque pesquisei o site do estúdio ontem, mas, só de ouvir em voz alta, tudo parece bem mais real. Minha pele formiga de expectativa quando penso em trabalhar no mesmo espaço que todos aqueles artistas famosos.

– Um amigo meu trabalha nos bastidores da competição numa função técnica e me disse que a equipe do *Você é minha estrela brilhante* teve que reservar o estúdio quase um ano antes pra nós – continua Lana enquanto caminhamos na direção da entrada. – Não quero nem pensar em quanto custa o aluguel deste lugar.

Dentro, o estúdio é bem mais bonito do que parece do lado de fora, com paredes cobertas de madeira e fileiras brilhantes de discos de ouro e de platina celebrando os álbuns e trilhas sonoras mais vendidos feitos no prédio.

A equipe do estúdio nos leva até uma sala de reuniões nos fundos onde os outros vocalistas que entraram na competição estão esperando, junto com Gary Kim e Tae-Suk. Como não fiquei muito tempo para ver quem mais entrou, não reconheço ninguém além da garota da camiseta do Bob Esponja que cantou Adele, que está sentada ao meio da mesa usando outra camiseta do Bob Esponja, agora cor-de-rosa e com a letra de uma canção do desenho, "Diversão".

– Que ótimo – sussurra Lana. – A criança prodígio está aqui. Melhor eu desistir logo.

Todo mundo, inclusive os jurados, está usando roupas casuais normais, de modo que os câmeras com as costas na parede são a única indicação de que não é uma reunião normal. Embora a maioria das pessoas seja coreana ou pelo menos asiática, há gente negra, latina e branca também. Como a competição é especificamente um programa de música coreana, as pessoas que não são fluentes em coreano tiveram que fazer a audição com músicas de K-pop. Pelo que ouvi, teve bem mais gente não coreana na categoria de dança, por não terem que lidar com a barreira do idioma.

– Bem-vindas, moças – cumprimenta Park Tae-Suk em coreano. – Estamos esperando algumas pessoas que faltam e já vamos começar.

Ele marca nossa chegada no tablet e nos entrega envelopes lacrados. Nossos envelopes são personalizados, com nossos nomes escritos em letra cursiva elegante.

A sala de reuniões é do tamanho das salas de aula da minha

escola e quase não comporta as quarenta pessoas que supostamente entraram na primeira rodada. A maioria das cadeiras está ocupada e o ambiente está bem apertado, e não posso deixar de notar como as pessoas me olham quando tento me espremer até chegar numa cadeira vazia.

Sou gorda e ocupo espaço, mas tudo bem, digo para mim mesma, repetindo um dos mantras que sempre penso em momentos assim. *Tenho direito de ocupar espaço tanto quanto todo mundo.*

– Sai! – reclama Lana com um cara que está ocupando uma fila toda com as pernas abertas. – A gente está passando e está na cara que tem dois lugares vazios do seu lado, não é tão difícil você se levantar e deixar a gente passar.

O cara sai da frente com uma expressão atordoada.

Lana revira os olhos e nos sentamos.

– Homens – sussurra ela baixinho, para que só eu possa ouvir. – Sempre esperam que a gente saia do caminho deles, mas nunca acham que precisam deixar a *gente* passar. É por isso que eu só saio com garotas. Não entendo mesmo como alguém sente atração por garotos.

– Lana, eu te amo – digo. – Como amiga, claro.

Ela pisca para mim.

– Garota, estamos juntas.

Outra pessoa chega quando estamos nos acomodando e conto a quantidade de vocalistas na sala. Trinta e nove, incluindo nós duas. Ainda falta uma pessoa.

Olho para o relógio. São 12:15 e a gente tinha que começar às 12h. Park Tae-Suk deve estar pensado a mesma coisa, porque olha para o *smart watch* e troca um olhar com Gary. Ele só dá de ombros, e Park Tae-Suk se vira para nós.

– Bom, oi, pessoal – diz Park Tae-Suk em inglês. – Meu nome é Park Tae-Suk, mas podem me chamar de sr. Park. Se a última pessoa não aparecer em cinco minutos, vamos ter que desqualificá-la. Reparem que estamos sendo flexíveis porque é nosso primeiro dia de ensaios. Nos próximos, esperamos que vocês estejam aqui ao meio-dia em ponto.

Todo mundo responde com um "Sim, senhor" e se mexe com desconforto na cadeira. Mas algumas pessoas parecem aliviadas, como se estivessem felizes de ter uma pessoa a menos na competição.

Nessa hora, há um estrondo do lado de fora da sala. Algumas pessoas gritam e passos rápidos se aproximam pelo corredor. Pela parede de vidro da sala de reuniões, vejo Henry Cho virar num corredor e entrar na sala como se fosse dono do lugar.

O que ele está fazendo aqui? Eu poderia jurar que Clarissa disse que Henry entrou na competição de dança, não de canto.

Todo mundo olha boquiaberto quando Henry abre a porta e espia dentro da sala, olhando de um lado para o outro como se estivesse procurando alguém. Seu cabelo está desgrenhado e seu rosto está tomado de pânico e dor, o oposto da tranquilidade e indiferença que ele exalava na última vez que o vi. Fico surpresa com a diferença na cara dele agora e percebo que é a primeira vez que o vejo como um ser humano de verdade e não como um modelo numa postagem do Instagram ou uma celebridade falando com os fãs.

A equipe responsável pelas filmagens no fundo da sala começa a agir na mesma hora e se reposiciona para ficar de frente para o Henry. Eles estão adorando.

Henry olha de cara amarrada, sai e fecha a porta.

Há mais passos no corredor e uma garota de cabelo louro platinado aparece, gritando com o Henry.

O som está abafado demais pelas paredes grossas de vidro para ouvir exatamente o que ela está dizendo, mas percebo que ela está falando muito rápido. Tem rímel escorrendo pelo rosto dela e seus olhos estão inchados, como se ela tivesse chorado por várias horas. Henry, por sua vez, fica em silêncio, o maxilar firme no que parece raiva mal controlada.

– Ah, uau, é a Melinda Jones! – diz uma das outras garotas presentes. – Ela apareceu na última edição da *Teen Vogue*! O que *houve* com ela?

Nessa hora, reconheço a garota lá fora como sendo a modelo loura bronzeada que via com frequência nos *stories* do Instagram do Henry. Lembro-me de ter lido boatos online de que ela e o Henry terminaram alguns meses atrás – e parece que os boatos eram verdade. Henry e Melinda parecem não se suportar.

A equipe de filmagem sai correndo da sala para conseguir imagens da briga.

– Ah, meu Deus – ouço Gary dizer atrás de mim. – Qual é a desse drama todo? Parece coisa do programa das Kardashians.

Henry e Melinda ficam paralisados quando veem a equipe de filmagem. De repente, como se eles não estivessem brigando poucos segundos atrás, Henry se aproxima e passa o braço de forma protetora em volta da Melinda. Ela se encolhe junto a ele, e me pergunto como pode tê-lo perdoado tão rápido. Mas então Henry a vira para ficar longe das câmeras. Melinda ainda parece estar irritada, mas a raiva está misturada com medo e uma gratidão inconfundível.

Henry fala com a equipe de filmagens e passa uma mão casualmente pelo cabelo enquanto a outra ainda abraça Melinda. Não consigo ver seu rosto, mas percebo pelas risadas da equipe de filmagem que ele está usando o charme de novo.

Ele está protegendo ela, percebo enquanto olho a estranha cena acontecendo na nossa frente. Apesar de mal conhecer o Henry, não deixo de sentir um certo orgulho dele. Um cara menos nobre teria deixado a Melinda por conta própria ou até se afastado da cena.

Finalmente, o sr. Park sai da sala e volta com Melinda.

– Esta é a srta. Melinda Jones. Ela é nossa última candidata da competição de canto deste ano.

Melinda limpa rapidamente o rímel do rosto e nos cumprimenta com um coreano com sotaque.

– *Ahnyeonghaseyo*. Sou Melinda. Aprendi coreano sozinha e não sou muito boa, mas falo o suficiente pra conseguir cantar.

Ela volta ao idioma original e explica que se interessou pela cultura coreana por causa do BTS e outros grupos. Enquanto fala, não consigo deixar de olhar para o Henry, que ainda está no corredor.

Ele está sozinho agora, porque a equipe de filmagem seguiu Melinda de volta à sala. Parece esgotado e não há sinal do sorriso que abriu para a câmera enquanto olha para baixo. De repente, ele enrijece e olha para a frente. Só quando nossos olhares se encontram é que me dou conta de que estava observando o que era para ser um momento particular.

Como um cervo sobressaltado, Henry me encara de olhos arregalados antes de sair andando bruscamente.

– Quanto *drama* – sussurra Lana no meu ouvido.

Eu assinto, me perguntando o que acabou de acontecer.

Depois que Melinda termina de falar, cada um de nós se apresenta. A maioria é de Los Angeles e de Orange County, mas também tem gente de outras partes dos Estados Unidos. A maioria dos competidores asiáticos é coreano-americana, como imaginei, só que alguns são chineses, vietnamitas e japoneses. Confesso que meu cérebro se desliga depois da décima quinta pessoa, mais ou menos, mas ouço alguns trechos depois disso. Uma garota de cabelo verde canta *trot*, um tipo mais antiquado e rítmico de música coreana. Uma das garotas latinas morou na Coreia do Sul por mais tempo do que eu e adora grupos coreanos de hip-hop como Epik High. E, claro, tem um monte de gente que é Army, como os fãs do BTS se intitulam, e espera conhecer os integrantes do grupo um dia.

Quando acabamos, Gary bate as mãos.

– Bem-vindos! Bem-vindos! – diz ele. – Nessa primeira rodada, todos vocês foram alocados em grupos com base em idade e/ou similaridade no estilo vocal, para equilibrar a concorrência entre membros de cada grupo. A partir disso, vamos escolher os melhores, ou, se nenhum dos membros merecer seguir em frente, vamos eliminar o grupo todo. Serão dez grupos de quatro pessoas. No entanto, não vai ser um exercício de dinâmica de grupo. Isso será testado mais para a frente. Nessa rodada, todo mundo do grupo vai ensaiar e se apresentar individualmente. Os integrantes só vão estar no palco ao mesmo tempo e ser comparados uns com os outros. Antes que alguém fale, quero ser direto e confirmar que, sim, isso *é* mesmo uma estratégia pra eliminar gente mais rápido.

Ele ri e outras risadas nervosas soam na sala.

– Mas não é por mera crueldade – diz o sr. Park. – Esse método tem sido muito eficiente e eficaz para identificar os melhores e os piores de vocês. A indústria do K-pop vai ficando mais saturada a cada dia. Se vocês não se destacarem em um grupo nesse tipo de ambiente, nunca vão se destacar no panorama real.

Gary nos orienta em uma sessão breve de aquecimento vocal e nos manda abrir nossos envelopes.

Do meu, tiro um pedaço de papel que diz *3*.

Lana se inclina e sussurra:

– O que você tirou?

– Três. E você?

– A mesma coisa! Parece que nossos estilos *são mesmo* parecidos.

Abro um sorriso. Essa rodada de eliminação parece assustadora, mas fico feliz de pelo menos conhecer alguém no meu grupo.

– Sigam para a sala correspondente ao seu número – instrui o sr. Park. – As salas são grandes e recomendamos que se espalhem e usem fones de ouvido para ensaiar individualmente suas músicas. Quem não tiver fones de ouvido pode pedir um na recepção. Vocês podem escolher qualquer música do gênero pop coreano ou americano nessa primeira rodada.

É agora, eu penso. *Que a competição comece.*

Com o coração disparado no peito, sigo para a sala de ensaios.

Capítulo Sete

AS DUAS OUTRAS GAROTAS DO NOSSO GRUPO SÃO ISABEL Martinez, a que falou que tinha morado na Coreia do Sul, e Melinda, a ex do Henry. Como só temos esse ensaio oficial para selecionar e ensaiar nossa música para a rodada de eliminação, todas começam a trabalhar na mesma hora, cada uma sentada junto a uma das quatro paredes da sala.

Como todo mundo está fazendo, abro a música no meu celular. Já sei qual vou escolher. É uma que sei de cor e sempre quis cantar se entrasse em uma competição de K-pop. Mas preciso lembrar a letra certinho e tenho que pensar em como reinterpretá-la no meu estilo.

Estou na minha quinta repetição de "1, 2, 3, 4", de Lee Hi, quando reparo em Melinda ao meu lado. É a primeira vez que a vejo de perto e demoro um segundo para me recuperar da sua perfeição.

Se Lana e Tiffany parecem prontas para estrelar um vídeo de K-pop, Melinda poderia participar de um vídeo da Taylor Swift. Acho que ela *apareceu* em um vídeo da Taylor Swift ou talvez tenha sido backing vocal dela. Ainda lembro que as fotos dela com o Henry no Instagram pareciam páginas de uma revista de moda.

– Hum – digo. – Poso ajudar?

– Minha nossa, *ahnyeong* – diz Melinda. – Que música boa. E Lee Hi é uma inspiração, né?

Eu me esforço para não rir do "minha nossa, *ahnyeong*".

– É verdade. Ela é incrível.

– Imagino que ela seja uma grande inspiração pra você, em especial. Ela foi tão humilhada por ser gorda, mas veja como ela está agora! Está indo tão bem! Linda e magra!

É assim que Melinda pula por conta própria para a minha lista de inimigos.

– Ela não era gorda, mas é verdade que as pessoas a humilhavam como se fosse. Uma coisa horrível – digo, tentando manter o tom civilizado. – Mas ser gorda e ser bonita não são coisas que se excluem, sabe. As pessoas gordas podem ser bonitas e as pessoas bonitas podem ser gordas.

Melinda me olha sem entender, como se eu estivesse falando um idioma estrangeiro.

– Tudo bem – diz ela lentamente. – Quer almoçar comigo no intervalo? Eu trouxe kimchi. Faz *muito* bem pra saúde.

Não acredito que uma garota branca está me dizendo que kimchi faz bem para a saúde. É estranho, porque ela sabe que sou coreana. Por que ela acharia uma boa ideia explicar a minha própria cultura alimentar para mim?

– Kimchi com quê? – pergunto, mais por curiosidade mórbida do que qualquer outra coisa.

– Como? – Ela pisca sem entender e não sei se solto um gemido ou uma risada.

– Kimchi não é pra se comer sozinho. Senão, é a mesma coisa que comer ketchup puro. A gente come kimchi com arroz.

Melinda franze o nariz.

– Eu não como arroz. Faço dieta de zero carboidratos.

Não sei como responder a isso e olho ao redor até encontrar Isabel e Lana olhando fixamente para Melinda. Isabel está com uma expressão de fascínio horrorizado, enquanto Lana cobre a boca como se estivesse segurando uma gargalhada. As duas me olham com solidariedade antes de voltarmos a ensaiar.

Melinda, felizmente, volta ao lugar dela logo em seguida.

Bom, eu penso. *Taí uma pessoa que não vou me sentir mal de vencer.*

Lana tem umas coisas para fazer com a Tiffany depois do ensaio e peço para ela me deixar no salão da minha mãe.

– Nos vemos em duas semanas! – diz ela quando saio do carro.

– Até lá! Obrigada pela carona!

Ela joga um beijo antes de se afastar e fico sozinha para encarar minha mãe.

A parte lógica de mim sabe que não devo esperar que minha mãe mencione o ensaio, mas, ao mesmo tempo, outra parte espera que ela me dê uma chance de falar no assunto, nem que seja com um simples "Como foi seu dia?".

Mas, quando entro no salão, ela só diz:

– Ah, você voltou.

Ela não pergunta como foi meu dia, nem onde estive. Sem olhar para mim duas vezes, ela arruma umas orquídeas roxas em um vaso na mesa da Sally.

– Cadê a Sally? – pergunto, pois ela não está em lugar nenhum.

– Ela teve que sair pra fazer umas coisas. O dia hoje está lento e eu disse para resolver tudo e voltar depois – responde minha mãe, ainda olhando para as orquídeas como se estivesse falando com elas e não comigo.

– Entendi. – É a única coisa que consigo pensar em dizer.

Sally costuma preencher os vazios nas conversas entre mim e a minha mãe. Ela é a ponte entre nós que nos faz parecer ao menos conhecidas e não estranhas. Mas a verdade é que nós mal nos conhecemos.

Eu me acomodo em frente à mesa da Sally e abro uns trabalhos de casa no Google Drive da escola. É o que faço nos dias mais lentos do salão e era como eu fazia a maior parte dos meus deveres quando criança, quando ela não queria me deixar sozinha em casa. Sally não se importa; na verdade, minha mãe e ela sempre me encorajam porque sabem que meus trabalhos da escola são online.

Apesar da tensão entre mim e a minha mãe, a rotina dá uma sensação familiar. Reconfortante, até. Física continua uma matéria confusa e estou tão absorta numa questão que só reparo que minha mãe está me olhando fixamente quando ela diz:

– Haneul, temos que conversar.

Na mesma hora eu aperto as mãos e olho para ela, todos os resquícios de tranquilidade que estava sentindo desaparecendo com essas quatro palavras. Por algum motivo, ela está infeliz comigo de novo. Vejo isso escrito no seu rosto franzido.

– Você precisa mesmo ir aos ensaios de dança *e* de canto? – pergunta minha mãe. – Li o e-mail que você encaminhou pra mim e parece que você vai ter que ir pra Los Angeles todos os fins de semana. Acho que semana que vem seu pai pode te levar, mas e depois? Como você vai pra lá?

Eu devia saber que isso ia acontecer. Por sorte, já resolvi tudo com a Lana no caminho de volta.

– Minha amiga Lana disse que pode me dar carona nos fins de semana que o papai não estiver aqui – respondo. – Vai dar certo porque ela mora em Irvine e pode me pegar no caminho.

– Entendi.

Não digo que nosso planejamento só funciona enquanto nós duas estivermos na competição. *É* uma situação meio óbvia, mas, se minha mãe desconfia, não demonstra. Espero que ela diga mais, mas ela só volta a arrumar as orquídeas. Já as tirou e botou de volta no mesmo lugar várias vezes. Não sei o que é pior, sua reprovação explícita quanto à minha dança na competição ou essa exibição passivo-agressiva que ela está fazendo agora.

Eu me pergunto se ela vai sequer mencionar o programa quando entrar no ar.

Depois de a ver arrumar as flores mais um pouco, pego os fones de ouvido na bolsa. Se ela não quer falar comigo, tudo bem. Não vou perder mais tempo esperando.

Sally volta mais tarde, enquanto minha mãe está com um cliente da tarde. Ela só dá uma olhada no meu rosto e diz:

– O que a sra. Kang disse desta vez?

Solto um gemido, mas não alto a ponto de ser ouvido acima da música clássica que vem da sala da minha mãe.

– Ela pegou no meu pé por causa da competição de novo.

Sally me olha com uma expressão solidária.

– Sinto muito, Skye.

– Tudo bem – digo, apesar de não estar.

Volto a fazer meu dever de casa (história americana avançada pode muito bem acabar comigo este ano) e estou prestes a botar fones de novo quando Sally diz:

– Não consigo entender por que ela não consegue te apoiar mais. Ela me mostrou vídeos seus cantando e dançando. Você tem tanto talento!

– Ela mostrou vídeos meus dançando? – pergunto, momentaneamente surpresa.

– Mostrou. Tem no celular dela.

Fico sem palavras. Antes de se mudar para o norte do estado, meu pai era o único que ia às minhas apresentações de dança, e sempre supus que minha mãe não ligava para essa parte da minha vida. Não é totalmente inacreditável que ela tenha visto os vídeos que meu pai gravava. Afinal, conhecendo meu pai, ele devia obrigá-la a assistir. Mas minha mãe ter vídeos salvos no celular *dela*? Fico até na dúvida se Sally e eu estamos falando da mesma pessoa.

– Ah – diz Sally. – Você não sabia que ela tem os vídeos.

– Eu nem sabia que ela tinha *visto*.

Sally suspira.

– Ela viu todas as suas apresentações. E me mostrou algumas. Acho que sente orgulho de você, do jeitinho estranho dela. Só que ela tem medo das pessoas e do que elas podem pensar. Não estou dizendo que isso justifica as coisas que ela diz pra você. Nada do que ela diz é legal. Mas é que... eu passo muito tempo com ela, acho. Normalmente, ficamos só eu e ela aqui o dia todo.

– Ela é cruel comigo porque tem medo... das outras pessoas? Que sentido tem nisso?

Sally se aproxima de onde estou, na frente do computador dela.

– Chega um pouco pra lá.

Eu me levanto na mesma hora porque, afinal, a mesa é dela.

Olho enquanto Sally mexe em várias pastas até encontrar uma intitulada "fotos antigas da família" em coreano.

Eu franzo a testa. Nem sabia que isso existia.

Sally olha com nervosismo para a porta fechada da sala antes de sussurrar:

– Não conta pra ela que te mostrei isso, tá? Ela só abre essa pasta depois que toma um pouco de vinho no fim de um dia particularmente exaustivo.

Ela clica na pasta e em uma das primeiras imagens. O nome só diz "15_03_1989".

Preciso piscar algumas vezes para acreditar no que estou vendo.

– Isso é...

– Sim, sua mãe – diz Sally. – Ela era gorda, como você.

A garota nas fotos parece uma versão minha em miniatura.

Ela era um pouco mais jovem, com uns 12 ou 13 anos, e mais baixa também. Mas, exceto por isso, é uma cópia exata de mim. Ou melhor, eu sou uma cópia exata da minha mãe. E ela está sorrindo para a câmera, deitada na praia de maiô.

Minha mãe é magra como um palito agora, tão magra que dá para ver a clavícula e as costelas. E acho que nunca a vi sorrir assim. Não em pessoa.

– O que *houve*? – Olho mais fotos para o caso da primeira ser falsa. Mas a garota aparece de novo. E de novo. Em uma delas, está brincando com um cachorrinho branco fofo e, em outra, está com os braços entrelaçados com as amigas na frente do que devia ser a escola dela na Coreia do Sul.

Por que minha mãe nunca me mostrou isso?, eu me pergunto enquanto continuo abrindo fotos. Mas sei por quê. Ela queria esconder essa parte dela de mim. De todo mundo.

Enquanto olho, começo a lembrar de coisas que minha mãe disse para mim ao longo dos anos.

Haneul, não coma tanto! Imagina o que todo mundo vai pensar de você quando estiver comendo livremente assim. Haneul, o que todo mundo vai pensar quando você usar roupas apertadas assim? Os americanos podem achar curvas sexy, mas os coreanos não acham. Todo mundo vai me achar uma mãe ruim!

Para minha mãe, o que "todo mundo" pensa de mim é sempre mais importante do que o que eu quero. "Todo mundo" pode ser nossos vizinhos, nossos parentes e até minhas amigas. Independentemente de quem ela esteja falando, ela sempre tem medo do que as outras pessoas podem pensar de mim, como se todo mundo nas nossas vidas estivesse observando cada gesto meu. Cada gesto *nosso*.

E agora, ver as fotos da minha mãe me deixa triste. Ela parece tão feliz nelas e me pergunto o que aconteceu para deixá-la com tanto medo do que "todo mundo" pensa de nós.

– Acho que ela sofreu *bullying* no ensino médio. Muito – diz Sally, como se estivesse lendo meus pensamentos. – A única vez que ela falou sobre isso foi quando tinha bebido demais, mas é verdade. As coisas eram e ainda são muito diferentes na Coreia do Sul. As regras contra *bullying* são menos rigorosas lá, ou pelo menos eram antigamente. E, na Coreia, as pessoas acham que o peso ideal pra uma mulher jovem é 50 quilos. Qualquer pessoa mais pesada sofre nas mãos das pessoas. Inclusive da família e dos amigos.

As fotos acabam de repente.

Sem dizer nada, Sally sai da pasta e abre outra. As fotos estão nomeadas com o ano, 1998. Sally clica na primeira.

A garota com o sorriso fácil sumiu. O que vejo é minha mãe na casa dos vinte anos, todinha a mulher magra como modelo e com olhos duros como aço que sempre conheci. E ela não está sozinha. De repente, meu pai está com ela, sempre com o mesmo sorriso bobo. Reconheço o ambiente da UCLA, apesar de saber que meu pai estudou na USC.

– Deve ter sido uma das vezes que seu pai foi visitar sua mãe na faculdade – diz ela em voz baixa. – Ela me disse que odiava tirar fotos, mas começou a gostar de novo depois que conheceu seu pai.

Antes que eu possa entender direito tudo que acabei de ver, minha mãe grita:

– Sally! A sra. Moon terminou.

– Droga. – Sally fecha todas as pastas na mesma hora. – Estou indo!

Olho para a tela do computador. De certa forma, o que sinto deve ser parecido com o que Harry Potter sentiu quando se olhou no Espelho de Ojesed e viu os pais mortos. Só que, em vez de ter meus pais vivos de novo, meu maior desejo era que minha mãe entendesse como é ser eu. E, claro, em vez de ser uma ilusão, as fotos que vi são reais. Infelizmente.

O fato de minha mãe já ter sido gorda só torna a forma como ela me trata pior. Se ela entende como é, por que não pode me deixar viver e ser feliz como eu sou? Ela tem tanto medo *assim* das outras pessoas?

Meu telefone apita. É uma mensagem de texto da Rebecca.

É só comigo ou o questionário de história americana avançada está IMPOSSÍVEL? É difícil acreditar que esses caras tenham sido responsáveis por criar nossa nação com uma escrita tão complicada. É por isso que os Estados Unidos não fazem sentido???

Afasto os pensamentos sobre a minha mãe da cabeça e volto a estudar, ainda mais determinada a não deixar que as pessoas me tratem como a trataram. Sinto pena da minha mãe, de verdade. Mas tenho problemas e responsabilidades próprias para resolver agora. E o que ela viveu no passado não é desculpa para a forma como me trata agora.

Capítulo Oito

MEU PAI É O OPOSTO COMPLETO DA MINHA MÃE NA FORMA como reage ao programa. No caminho até o estúdio de dança em North Hollywood onde vai acontecer o ensaio, ele me pergunta sobre cada detalhe de *Você é minha estrela brilhante*. Quer saber sobre a audição, sobre os jurados e até sobre Lana e Tiffany.

Com qualquer outro pai ou mãe, poderia parecer um interrogatório, mas com meu pai parece que estou contando as novidades para um velho amigo numa festa. Sei que eu deveria falar para ele como as coisas têm sido com a minha mãe, mas nem toco no assunto. Não quero estragar um momento bom. Nós dois estamos rindo e brincando tanto que é um milagre ele não bater o carro.

Teve um acidente em algum ponto da rodovia e o trânsito está horrível. Vejo muita gente de cara feia atrás do volante, mas estou me divertindo tanto conversando com meu pai que não me sinto assim. Quando ele me deixa no estúdio de dança, fico triste que o trajeto não foi um pouco mais longo para termos mais tempo juntos antes de ele voltar para a Bay Area amanhã de manhã.

Diferentemente do estúdio de gravação, o de dança parece moderno até de fora. Tem formato de cubo e está pintado de laranja. O estacionamento está cheio e sei que estou atrasada antes mesmo de entrar correndo no prédio e encontrar o sr. Park e Bora me esperando com os tablets na mão.

– Não falei em pontualidade semana passada, srta. Shin? – pergunta o sr. Park com a sobrancelha erguida.

– Me desculpe – digo. – Saí de casa às dez, mas houve um acidente horrível na 5.

Bora revira os olhos.

– Da próxima vez, saia às nove. Todo mundo veio de carro, mas só *você* chegou atrasada.

Que ótimo. Como se Bora já não estivesse de má vontade comigo.

Como meu pai nunca foi uma pessoa matinal, não tinha como eu ter saído antes. E eu nem poderia ter vindo dirigindo. Mas não falo nada disso em voz alta. Se eu contasse sobre minha situação em relação a carros, Bora provavelmente me diria para abandonar a competição, como minha mãe falou.

– Esse é seu primeiro e último aviso, srta. Shin – diz o sr. Park. – Talento não é desculpa pra preguiça. Você tem sorte de ser o primeiro ensaio de dança, senão teria sido eliminada.

– Sim, senhor – digo e me curvo por respeito. – Não vou me atrasar de novo.

– Todo mundo já se apresentou – diz Bora secamente. – E, infelizmente, não temos tempo pra você fazer o mesmo. Vá se sentar e esperar as instruções.

Imagino que todo mundo esteja espiando nossa conversa, mas, quando afasto o olhar dos jurados, vejo que só Tiffany está olhando na minha direção.

Tudo bem?, diz ela com movimentos labiais.

Faço que sim porque está mesmo. Fico surpresa com a preocupação no rosto dela, porque achava que Tiffany não gostava de mim depois do nosso primeiro encontro constrangedor. Mas, antes que eu possa ficar pensando na questão, vejo Henry Cho, que é o centro das atenções no momento.

Todo mundo, inclusive a equipe de filmagem, está em volta dele, no fundo do estúdio. Henry está no meio de uma história e é todo sorrisos e encanto, fazendo as pessoas em volta rirem. Algumas até batem nos joelhos e parecem prestes a chorar de tanto rir.

Encontro um lugar para sentar no fundo, o único que sobrou. O estúdio de dança é bem chique, com espelhos do chão ao teto e piso de madeira brilhante, mas não acomoda as quarenta pessoas direito.

Depois que me acomodo, tento ignorar Henry. Mas é difícil com todo mundo em volta dele fazendo tanto barulho. Não me viro em direção, mas não consigo deixar de olhar pelo espelho para ele e todo mundo à sua volta.

Há uma variedade maior de pessoas no grupo de dança e menos da metade é asiática. O resto é uma boa mistura de adolescentes negros, brancos e de outras etnias, e estamos todos usando roupas de hip-hop. Juntos, parecemos um grupo enorme e incrível de dança.

– Henry, Henry. O que aconteceu depois? – É uma pergunta, mas o cara que fala praticamente grita de tanta empolgação.

– Ah, bom, eu estava parado lá, tentando entender o que estava acontecendo...

Ele está tão diferente do Henry Cho que vi na semana passada que começo a duvidar que aquilo aconteceu. Eu me desligo dele e me concentro nas pessoas sentadas ao seu lado.

Henry está sentado com uma moça asiática miúda que está franzindo a testa para um tablet Surface Pro e de um cara grande como um lutador de luta livre que me lembra o The Rock. Ao que parece, a mulher é a agente e o homem é o guarda-costas.

Henry está prestes a continuar a história quando Bora bate palmas.

– Muito bem – diz ela. – Vamos começar agora. Quando chamarmos seus nomes, venham para a frente da sala. Vocês serão divididos em dez grupos de quatro. O sr. Park e eu agrupamos vocês por idade e/ou similaridade de estilo. Como cada estúdio só tem um sistema de som, cada grupo tem uma coreografia que vai ter que aprender junto. Durante a rodada de eliminação na semana que vem, os outros jurados e eu vamos eliminar o grupo todo ou escolher salvar alguns do grupo ou permitir que o grupo todo avance para a próxima etapa. Quando chamarmos seus nomes, vão para o corredor e encontrem seu estúdio de dança.

Solto um pequeno suspiro de alívio. É menos estressante saber que vão fazer com os dançarinos a mesma coisa que fizeram com os cantores na semana passada.

Todo mundo espera ansioso os grupos serem chamados.

– Estúdio um – diz o sr. Park. – Elisabet Hernandez, Tiffany Lee, Prithi Reddy e Katerina Kovacova.

Tiffany acena para mim, se levanta e se junta ao grupo. Aceno para ela antes de voltar a atenção para o sr. Park.

– Estúdio dois: Henry Cho, Doug Barton, Skye Shin e Imani Stevens.

Eu me ergo com um pulo, assim como os outros integrantes do meu grupo. Todo mundo nos olha quando nos levantamos. A maior parte da atenção está dirigida a Henry, mas também sinto alguns olhos me seguindo, assim como os outros do nosso grupo. E, claro, as câmeras observam cada movimento nosso.

Como estou sentada bem atrás, acabo saindo depois de Imani e Doug, que estavam perto da porta. Mas Henry espera. Ele está prestando atenção em mim.

Que estranho, eu penso.

Passo rapidamente por ele, pois não tenho tempo de socializar. Já estou bem ocupada com a escola e com os preparativos para a parte de canto da competição. Preciso de todo o tempo de ensaio que conseguir hoje.

Quando estamos na metade do corredor, Henry diz:

– Ei, espera.

Eu me viro contra a vontade e vejo que Henry está com o sorriso impecável de Instagram aberto. As duas pessoas da sua equipe o ladeiam, e a moça baixinha parece estar com dificuldade de acompanhar o nosso ritmo, então vou mais devagar. Estamos quase lá mesmo.

– Obrigado – diz Henry quando todos estão juntos.

De perto, ele é uma cabeça mais alto do que eu, e acho surpreendente porque tenho 1,67 metro. Eu queria poder dizer que ele não é tão lindo em pessoa quanto nas fotos, mas, na verdade, ele é ainda mais atraente de perto. Henry parece pronto para interpretar o mocinho numa comédia romântica antiga, tipo o Hugh Grant ou o Ryan Gosling asiático. Só que mais jovem, claro, e mais bonito, se é que isso é possível. Acho que ele é a pessoa mais linda que já vi cara a cara.

Apesar de morar perto de Los Angeles, o mais perto que cheguei de um encontro com celebridades foi quando vi Halsey tomando um latte no Urth Caffé. Mesmo assim, ela estava do outro lado do café, não a centímetros de mim, como o Henry. Ainda parece surreal que o mesmo Henry Cho por quem minhas amigas são obcecadas esteja bem ao meu lado.

– Oi, sou Henry. É um prazer te conhecer.

Ele estica a mão e eu a aperto.

– Oi, sou Skye.

Devo ter apertado com força demais, porque Henry faz uma careta leve. Mas ele é gentil e não diz nada. Só volta a abrir o sorriso calmo e controlado que vi incontáveis vezes nas suas fotos do Instagram. Só que agora que estou vendo de perto, percebo que o sorriso é falso. A boca está sorrindo, mas os olhos estão distantes e reservados, como se ele tivesse um grande segredo. Resisto à vontade de abrir o celular e olhar o Instagram para ver se os olhos estão assim em todas as fotos.

Como é o sorriso de verdade dele?, me vejo imaginando bem depois que Henry solta a minha mão.

Espero que ele diga mais alguma – afinal, ele me *pediu* para esperar. Mas ele não fala nada. Só parece satisfeito em andar comigo. Acho que ele só queria companhia.

Henry parece tão tranquilo que me pergunto se ele sabe que um *cameraman* da sala principal abandonou a equipe para andar silenciosamente atrás dele. Mas reparo como seus ombros largos estão empertigados, como se ele estivesse desfilando numa passarela. Ele sabe.

Não estou surpresa de o programa ter um *cameraman* exclusivo para seguir Henry por aí.

– Não te incomoda? – pergunto, fazendo um gesto para trás. – Ser sempre seguido por uma câmera?

Henry dá de ombros.

– Mais ou menos. Mas também estou acostumado. Minha família é sempre o centro das atenções na Coreia e meu trabalho é estar na frente das câmeras.

Fico surpresa com a franqueza, tanto que quase não reparo no pote de vidro na mão dele. Está cheio de um líquido amarelo misterioso e espero que não seja o que acho que é.

– Eca! – falo. – O que é isso aí?

Na mesma hora, o rosto dele se contorce em um sorrisinho torto. Não é um sorriso largo e não é o sorriso polido e simpático que ele usa na frente das câmeras, mas parece bem mais natural. Junto com as ruguinhas nos cantos dos olhos, ele fica tão adorável por um segundo que quase tropeço e caio de cara.

Por sorte, Henry acha minha reação tão divertida que não repara no rubor do meu rosto. Ou, se repara, não menciona.

Para!, digo para mim mesma. *Você não pode se encantar pelo maldito Henry Cho. Ele é seu rival, caramba!*

– É kombucha – diz ele. – Eu mesmo fiz. Quer experimentar?

– Não, valeu. Não sei o que tem gosto pior, kombucha ou... outro líquido amarelo – digo, porque a última coisa que quero é mencionar *xixi* na televisão. – E não pretendo descobrir.

Atrás de nós, ouço uma risadinha abafada, mas não sei se é do guarda-costas, da agente ou do *cameraman*.

– Nossa. – Henry ri quando chegamos na porta do estúdio. Ele a abre para mim e diz: – Depois de você.

A porta é estreita e roço nele quando entro. Ao passar, sinto o aroma da colônia com cheiro de brisa do mar que ele usa.

Ugh, penso. *Até o* cheiro *dele é bom.*

– Que droga só termos uma semana de preparação enquanto os cantores têm duas, né? – Doug está dizendo quando entramos na sala. Ele está se alongando com Imani, que parece tão de saco cheio que só posso supor que Doug esteve falando sem parar. – Talvez seja justo porque os dois grupos só têm um ensaio oficial. Mas queria que o sr. Park fosse capaz de se clonar, pra que os ensaios de voz e de dança pudessem ser no mesmo dia.

Imani se levanta assim que me vê, com uma expressão de imenso alívio no rosto.

– Ah, graças a deus – diz ela quando estica a mão na minha direção. – Oi, sou Imani. Você deve ser Skye. Estou tão feliz de ter outra garota no nosso grupo.

Meus olhos são atraídos na mesma hora pelos seus dreadlocks

cor-de-rosa, que são incríveis e destacam-se de forma estilosa da regata e da legging pretas.

– É um prazer te conhecer também.

– Não é maravilhoso estarmos aqui? – pergunta Imani. – Eu danço desde pequenininha e amo K-pop, então isso é como um sonho virando realidade.

– Eu também! – Eu abro um sorriso. – Qual é sua coreografia favorita de K-pop?

Conversamos sobre nossas danças favoritas enquanto nos alongamos juntas e sinto que vou relaxando mais a cada segundo. Melinda pode ter sido uma grande decepção, mas estou feliz de estar me dando bem com a Imani.

Um asiático alto e musculoso de vinte e tantos anos entra na sala. Ele está usando uma regata azul grudada e calça de moletom, então só posso concluir que é nosso professor. Dito e feito: ele vai para a frente da sala depois de acenar de leve para o *cameraman*.

– Oi, pessoal – diz ele com voz bem baixa. – Meu nome é Chad. A escolha para o seu grupo foi "Idol", do BTS.

Doug solta um grito agudo que faz todos nós erguermos as sobrancelhas. É difícil perceber se é um grito de alegria ou de pânico. Talvez uma mistura dos dois.

– Eu amo o BTS – diz ele. – Mas, meu Deus, essa dança é muito difícil.

Nós todos murmuramos, concordando. É uma das minhas coreografias favoritas, mas os próprios integrantes do BTS já admitiram que é uma das mais difíceis deles, pois mistura elementos de dança coreana tradicional com muitos pulos altos e movimentação intensa dos pés.

– É *mesmo* bem desafiadora – admite Chad. – Mas garanto que os outros grupos receberam coreografias igualmente difíceis. Vamos tentar não ser o grupo eliminado, hein?

– É mais fácil falar do que fazer – diz Imani.

Tenho que concordar com ela. *Não* vai ser nem um pouco fácil.

No pior cenário possível, pelo menos ainda tenho chance no canto.

Como a coreografia exige muito espaço, Chad nos coloca em duas fileiras atrás dele. Doug e Imani acabam um ao lado do outro (e eu lanço um olhar solidário para ela), enquanto eu fico ao lado do Henry.

Depois que tudo está organizado, Chad começa a nos guiar por todos os movimentos da primeira estrofe com uma velocidade que é metade da original e repetindo algumas vezes até pegarmos o jeito. Respiro fundo, devagar e com regularidade enquanto acompanho. Nessa velocidade, a dança não é tão ruim, e logo sinto confiança a ponto de permitir que meus olhos se afastem do Chad para ver como os outros estão indo.

Doug está todo enrolado e quase cai de cara várias vezes. Já Imani faz tudo parecer muito fácil. A execução da coreografia dela não é perfeita, mas percebo pela fluidez dos movimentos que ela deve ser a dançarina mais experiente de nós quatro. Henry está um pouco atrás e se move de maneira graciosa, seguindo todos os passos. Quando o vejo dançar, me pergunto por que ele nunca dança em seus vídeos. Se bem que é melhor não ter dançado. Só posso imaginar o caos que aconteceria se ele fizesse upload de um vídeo de dança. Acho que derrubaria o Instagram.

Nesse momento, eu tropeço nos meus próprios pés e caio estatelada no chão.

– Cuidado! – diz Chad. Há um toque de divertimento na voz dele. – A gente ainda nem chegou na velocidade real.

Com as bochechas ardendo, me levanto rapidamente e retomo a coreografia como se nada tivesse acontecido.

Foco!, digo para mim mesma. Constrangida demais para olhar para qualquer outro lugar, fico concentrada no reflexo do Chad.

Quando Chad passa a coreografia no tempo normal, todos estamos com dificuldades. Preciso me esforçar muito para não fazer papel de boba na frente da câmera. O rosto do Doug está tomado de terror descontrolado, Imani está com uma cara de concentração intensa e até a expressão altamente controlada do Henry vira uma careta de vez em quando.

Quanto mais pratico a dança, mais determinada fico de não ser eliminada na primeira rodada. Apesar da dificuldade, estou me divertindo muito, e seria horrível perder dançando uma coreografia que amo. Também não quero dar a Bora a satisfação de me ver fora da competição de dança tão rápido.

Eu consigo, penso, trincando os dentes para acompanhar. *Eu* não *vou ser eliminada na primeira rodada.*

Capítulo Nove

ACABO PASSANDO A MAIOR PARTE DA SEMANA SEGUINTE na escola, fazendo deveres de casa na biblioteca ou ensaiando para a rodada de eliminação no sábado. Por causa do *Você é minha estrela brilhante*, tive que abandonar o grupo de dança e o coral da escola ao longo do semestre, mas os professores foram gentis e me deixaram usar o estúdio de dança e as salas de ensaio quando ninguém precisava delas.

– Só não esquece a gente quando ficar famosa! – disse a professora de dança quando contei o que estava acontecendo. – E manda um oi para o BTS por mim!

Achei tanta graça que preferi não contar que acho que não vou ver o BTS tão cedo.

A primeira rodada de eliminação de canto vai melhor do que achei que seria. Lana, Isabel, Melinda e eu arrasamos tanto que os jurados só escutam um minuto ou dois de cada uma para nos avaliarem.

– Esse é um grupo de vozes angelicais – diz o sr. Park.

– Todas têm tanto potencial que eu queria poder formar um grupo de meninas com vocês aqui e agora.

– O mundo precisa ficar de olho em vocês, moças – diz Gary. – Uau. Só digo uau.

– Parabéns, moças – diz Bora. Ela faz contato visual e sorri para todas do grupo... menos eu. – Vocês vão para a próxima etapa.

Apesar de Bora ter fingido que não existo, ainda estou vibrando por causa dos comentários dos outros jurados quando corro aos bastidores para me trocar para a parte da dança. Meu grupo de canto foi um dos últimos a se apresentar, o que me deixa com menos de trinta minutos para me aprontar. Estou correndo como uma galinha sem cabeça quando dou um encontrão no Henry Cho.

Henry grunhe. Nós dois cambaleamos para trás. Mal consigo segurar um grunhido de frustração.

Por que minha vida virou um K-drama agora?

– Oi – digo. – Desculpa. Você está bem?

Por um segundo, tenho medo de ouvir que tenho que tomar cuidado por onde ando porque ocupo espaço demais. Algumas pessoas mais cruéis do fundamental diziam isso e passei a tomar cuidado para não esbarrar em ninguém no corredor da escola.

Torço para não estar corada quando olho com relutância para o Henry.

Em vez de raiva, a expressão do Henry é uma mistura de divertimento e preocupação. Quando o encaro, os olhos estão um pouco enrugados nos cantos.

– Estou perfeitamente bem – diz ele. – Você está correndo pra se arrumar, né? Pode ir, acho que todo mundo já está pronto.

Ele sai da frente com um grande floreio, o sorrisinho torto me dizendo que ele está de brincadeira.

Ugh, penso. *Como ele consegue ser cavalheiro e brincalhão ao mesmo tempo?*

Ainda estou lembrando a mim mesma que Henry é minha *concorrência* e não um potencial candidato a namorado quando entro no banheiro mais próximo para trocar de roupa. Como vamos nos apresentar apenas para os jurados hoje, tanto no canto como na dança, eu só levei um lindo top rosa com uma legging preta de ginástica como traje de dança.

Sinto a energia assim que visto a roupa e meu nervosismo se transforma em pura determinação. Minha mãe sempre diz que não devo usar cores fortes. Toda vez que vamos fazer compras juntas, ela diz que devo escolher cores "que emagrecem", como preto e marinho. Comprei o top rosa na Torrid quando fui fazer compras com Rebecca e Clarissa no verão e é uma das minhas peças favoritas. Tem uma abertura nas costas e a cor realça meu tom de pele lindamente. Fico linda e sei disso.

Depois de retocar a maquiagem e verificar se meu cabelo não virou um ninho de ratos, vou até onde meu grupo está esperando. Doug e Imani dizem oi, mas Henry não diz nada. Toda a malícia de antes sumiu de seus olhos meio arregalados quando ele me olha devagar da cabeça aos pés.

– Uau, Skye – diz ele. – Você está linda.

Henry abre a boca como se quisesse dizer mais, mas Doug o interrompe.

– Estou tão nervoso. Tem mais alguém nervoso ou sou só eu?

– Estamos todos nervosos – diz Henry secamente. – Quem não estaria? Nós...

– Ah, meu Deus, Henry, você também está nervoso? Ah, uau, estamos ferrados mesmo. Ouvi falar que *todo mundo* no grupo antes do nosso foi eliminado. Só Jesus na causa!

Henry fecha os olhos por uma fração de segundo e volta a atenção para mim. Sua expressão diz claramente: *Socorro*.

– Bom, acho que não tem problema ficarmos nervosos – digo. – A gente vai fazer uma coreografia que começou a aprender semana passada e os jurados podem nos eliminar a qualquer momento.

– Aff – diz Imani. – Falando assim...

– A gente só tem que fazer o melhor possível – continuo, dando de ombros. Não costumo ser otimista, mas sinto necessidade de dizer alguma coisa que tranquilize todo mundo. Não podemos *todos* surtar como o Doug. – Não tem mais nada que a gente possa fazer agora.

– Verdade – responde Imani. – Com sorte, pelo menos alguns de nós vão chegar na próxima rodada.

– Acho que você vai. Desculpa se parece coisa de gente doida, mas fiquei de olho em você no espelho quando a gente estava ensaiando no estúdio. Você é a melhor dançarina de todos nós.

– Ah, obrigada, amiga! Você também é ótima.

Estou prestes a responder quando ouço um som baixo e agudo, como o gemido de um animal moribundo. Sobressaltadas, Imani e eu viramos e vemos que Doug está *chorando* como se tivesse recebido uma sentença de morte.

– Acho que não fui feito pra isso – diz Doug. – Eu mal consegui passar na audição. O que eu estava pensando?

– Doug, calma – diz Henry com os dentes cerrados. O maxilar dele está contraído em uma linha firme e os ombros estão visivelmente tensos. É nessa hora que me dou conta: Henry tem *medo de palco*. Talvez tanto quanto Doug. Fico pensando se é por isso que o chilique do Doug está incomodando tanto.

Já participei de muitos recitais de coral e apresentações de dança e fico perfeitamente à vontade no palco. Claro que ainda fico nervosa, mas isso tem mais a ver com o que vem depois – a avaliação dos jurados – do que com a apresentação no palco em si.

Imani também parece estar bem. Está tensa pela expectativa, mas ainda bem calma. Já o Henry... ele esconde melhor do que o Doug, mas percebo como seus olhos estão um pouco arregalados e como sua respiração está curta e rápida.

– Você está bem? – pergunto com preocupação genuína. *Como ele conseguiu participar da audição se tem tanto medo assim de palco?*, me pergunto. Por que *entrou na competição?*

Ele olha para mim de novo, as bochechas ficando vermelhas. E tenho que admitir: é bom não ser a única a corar, ao menos desta vez.

– Estou bem – diz Henry. – Não se preocupe.

Nesse momento, o diretor de palco nos manda entrar. Mal nos posicionamos e as notas de abertura de "Idol" começam a tocar nos alto-falantes.

Eu me agacho parcialmente na mesma hora e deslizo os pés para trás e para a frente pelo chão junto com a música. Mesmo depois de horas de ensaio, "Idol" continua sendo minha música favorita do BTS, no mínimo por ser tão barulhenta e bombasticamente coreana. A confiança e o gingado dos passos de dança me eletrizam, tanto que, quando chegamos ao refrão, tenho a sensação de estar voando.

Estou no meio de um salto com giro quando ouço Henry gritar:

– Ai! Cuidado!

Há um estrondo e consigo seguir o impulso o suficiente para cair em segurança no chão.

A música para. Olho para trás e vejo Doug e Henry caídos no palco. Pelo que parece (e pelo ponto em que estávamos na coreografia), meu palpite é que o Doug deve ter girado acidentalmente para cima do Henry no salto, fazendo os dois caírem.

– Ah, meu Deus, vocês estão bem? – pergunto. Estou em fôlego, uma coisa em que nem tinha reparado quando estava dançando, mas fica tão aparente agora que respiro com dificuldade.

Imani também está ofegante enquanto olha com espanto para os dois garotos e a confusão no rosto dela me diz que também não faz ideia do que aconteceu.

– Doug Barton, você está oficialmente eliminado da competição – diz Bora. – Pode ir pegar suas coisas.

Doug, parecendo atordoado, *se levanta* lentamente e sai sem dizer nada.

Durante o tempo todo, Henry fica parado, e percebo que estou mais preocupada com o bem-estar dele do que deveria. Se levanta, suplico em pensamento. *Por favor, esteja bem.*

– Ei, Henry – diz Gary, com uma expressão preocupada. – Você está bem, cara?

Ao ouvir seu nome, Henry se senta devagar com os braços em torno do abdome.

– Estou – diz ele. – Felizmente, ele não acertou minhas costelas, mas me deixou sem ar.

Nesse momento, a porta dos bastidores se abre e a equipe do Henry aparece correndo no palco.

– Parem as câmeras – diz o guarda-costas. – Parem agora mesmo, senão haverá consequências.

A agente se ajoelha ao lado do Henry, que parece tão constrangido quanto estava antes da apresentação.

– Eu estou bem – ele diz para ela, baixinho. – Acho que só vai ficar um hematoma. Mas não vou fazer nenhuma sessão de fotos sem camisa tão cedo, então não tem problema.

Seguro um ruído de deboche. *Claro* que a possibilidade de ficar sem camisa na frente das câmeras seria uma grande preocupação para o Henry agora.

– Se o sr. Cho está bem – diz o sr. Park com voz alta e autoritária –, eu gostaria de recomeçar a filmagem. Ainda temos que fazer a avaliação do grupo e não podemos ter mais nenhum atraso na agenda já tão apertada.

A agente do Henry sussurra algo e ele responde:

– Eu estou bem. De verdade. Se ainda estiver doendo mais tarde, eu aviso. Mas obrigado.

A equipe toda sai do palco, e o sr. Park manda nós três ficarmos lado a lado no palco.

– Fora o sr. Barton, esse grupo se mostrou excepcional – diz ele quando as câmeras estão gravando de novo. – Não foi revelado a vocês até agora, mas esse grupo foi escolhido porque os integrantes fizeram as apresentações de dança mais energéticas de todas as audições. Podemos dizer que o sr. Barton também tinha muita energia, embora infelizmente não soubesse dominá-la. Os outros três demonstraram não só uma quantidade de energia enorme, mas também uma grande capacidade de controlá-la. Muito bem. Todos vocês têm meu voto.

– Imani Stevens e Henry Cho – diz Bora –, parabéns. Os jurados votaram com unanimidade pra que vocês sigam pra próxima etapa. Podem sair do palco.

Imani e Henry me olham com preocupação quando saem.

Ah, que ótimo, penso quando a câmera aponta para mim. *Fiquei só eu agora.*

Enquanto espero que os jurados continuem, tento entender o que pode ter acontecido. Tenho certeza de que sabia a coreografia toda de cor. O que deu errado?

– Skye – diz Gary. Ele olha para Bora com cautela de um jeito que não passa despercebido. – Você é fantástica. Pegou a coreografia do BTS e a transformou em sua. Admito que sou mais rapper do que dançarino, mas reconheço um talento quando vejo. E amo, amo, *amo* seu estilo.

– Obrigada – digo.

Eu me viro para Bora e já devia mesmo estar preparada. Em vez de me encarar, como os outros jurados, ela olha para o microfone enquanto fala.

– Srta. Shin, você já sabe minha opinião sobre sua dança. Você *é* talentosa, sim. Mas, sinceramente, estragou essa coreografia.

Espero que ela se explique, mas ela não fala nada. E, sinceramente, fico aliviada. Os motivos devem ser as mesmas porcarias que ela disse depois da minha audição.

– Srta. Shin – diz o sr. Park –, parabéns. Estou ansioso pra te ver na próxima rodada.

Ainda estou pensando nas palavras da Bora quando sou dispensada do palco, mas a esqueço na mesma hora quando vejo Henry Cho *sem camisa* nos bastidores.

O guarda-costas está parado de um jeito que bloqueia a visão de todas as câmeras enquanto a agente borrifa uma coisa no hematoma. De onde estou, tenho um vislumbre do peito largo e do abdome de tanquinho.

Meu Deus do céu. Como isso pode ser real?

Nesse momento, entendo perfeitamente por que a incapacidade do Henry de ir a sessões de fotos sem camisa é uma preocupação grande. Caramba, uma parte do meu cérebro está convencida de que seria uma crise internacional.

– Está gostando da vista? – pergunta Henry com uma curvinha nos lábios.

– Sim... quer dizer, não – eu gaguejo e desvio o olhar. – Tudo bem, sim, mas desculpa! Foi invasão de privacidade.

Henry ri e seu rosto se ilumina por uma fração de segundo antes de se fechar numa careta de dor.

– Ai, acho que eu não devia rir por um tempo. Mas não tem problema olhar. Não me importo.

– Claro que não se importa – eu resmungo. – Esses modelos.

A agente termina de passar o spray e Henry abre um sorriso enquanto veste a camisa.

– Então – diz ele. – Eu...

Mas, antes que ele possa terminar, Tiffany vem correndo junto com o seu grupo. Como eu estava ocupada me arrumando, perdi a apresentação do grupo dela. Mas ouvi sussurros no corredor de que elas foram incríveis. Ao que parece, pareceram deusas fazendo a coreografia de "Love Whisper", do GFRIEND.

– Skye! – exclama Tiffany. – Ainda bem que você conseguiu. Fiquei preocupada por um segundo.

– Pois é – digo. – Mas acho que não corri risco real de ser eliminada, porque Gary e o sr. Park votaram em mim. Bora só queria pegar no meu pé. Ou isso ou queria aumentar o drama do programa.

Tiffany revira os olhos.

– Provavelmente as duas coisas.

– Verdade. Mas tudo ficou bem. Quer dizer, o Henry se machucou, mas acho que ele está bem...

Paro de falar quando percebo que Henry não está mais atrás de mim. Ele e a equipe devem ter saído enquanto eu estava falando com a Tiffany.

É isso, então?, penso. *Só vou vê-lo de novo semana que vem?*

Sei que é bobagem, mas não consigo evitar uma certa mágoa por ele ter ido embora sem se despedir. Apesar de não termos interagido muito, ensaiamos juntos por várias horas na semana passada. Ele poderia ao menos ter acenado antes de ir.

É melhor assim, digo para mim mesma. *No fim das contas, ele é só mais uma pessoa que você precisa vencer.*

Tiffany levanta uma sobrancelha para mim, mas felizmente muda de assunto.

– As meninas e eu vamos comer uns cupcakes no Sprinkles. Quer vir? Lana está buscando o carro.

A ideia de cupcakes é perfeita depois do dia que eu tive.

– Claro – digo. – Vou ver se a Imani ainda está aqui e quer vir com a gente.

– Perfeito. A gente se encontra lá na entrada!

Afasto os pensamentos sobre Bora e Henry e vou para os fundos dos bastidores.

Capítulo Dez

COMER CUPCAKES COM AS OUTRAS GAROTAS FOI TÃO LEGAL que quase esqueço que somos concorrentes. Nós trocamos números, seguimos umas às outras no Instagram e prometemos nos ajudar nas redes sociais quando o programa estrear no mês seguinte.

De certa forma, é legal. Não entrei na competição procurando novas amizades, mas estou gostando dos momentos divertidos com Lana, Tiffany e Imani. Durante a semana, Lana me envia links de postagens de #positividade no Instagram e fotos lindas das praias que ela e Tiffany estão frequentando, enquanto Tiffany envia memes hilários no nosso grupo. Imani e eu nos aproximamos por causa das coreografias e clipes que ambas amamos, e também por causa dos novos restaurantes que estão surgindo em Los Angeles.

Depois do caos da semana passada, esta é bizarramente tranquila. Além de alguns trabalhos e projetos da escola, não tenho nada para fazer e até passo um tempo com minhas amigas da escola. Clarissa e Rebecca me perguntam tudo sobre a competição, mas tomo cuidado para não revelar detalhes. Contar tudo para o meu pai é uma coisa, mas quero que minhas amigas apreciem o programa sem *spoilers* quando entrar no ar.

No sábado, pego carona com a Lana de novo até o estúdio de gravação. O carro dela continua uma zona, como da última vez, e hoje o pato de borracha voa na minha cara quando Lana faz uma curva fechada. Mas só acho graça mesmo. Tenho a sensação de que vou ter que me acostumar com essas coisas enquanto andar no carro dela.

Deve ter havido um acidente grande na estrada de novo, porque, apesar de ser sábado, os carros vão se arrastando. Por sorte, ao contrário do meu pai, Lana é uma pessoa matinal e nós saímos bem cedo.

Lana se encosta no banco, derrotada, quando fica claro que o trânsito não vai melhorar tão cedo.

– E aí – diz ela. – Algum palpite sobre qual vai ser o próximo desafio? Parece que programaram duas semanas de ensaios oficiais tanto pro canto como pra dança antes da segunda rodada de eliminação, por isso acho que vai ser grandioso.

– Sei lá – digo. – Mas espero que não seja tão puxado. Será que não vai ser alguma coisa em grupo? Eles não falaram alguma coisa sobre testar nossa dinâmica de grupo numa outra rodada?

Lana faz um ruído de surpresa.

– Isso faria sentido. E também explicaria termos mais tempo pra ensaiar. Uau, um desafio intensivo de grupo logo depois dessa última rodada. Eles querem *mesmo* se livrar da gente rapidinho!

Alguns dias atrás, o comitê da competição nos mandou uma mensagem comunicando o número de pessoas que sobraram no programa. Como tinham avisado, eliminaram metade das pessoas no canto e na dança, deixando um total de vinte em cada grupo.

Não sei se é bom ou ruim, mas, no fim das contas, estou certa. Assim que chegamos, o sr. Park nos manda escolher nossos grupos.

– Muitos dos nossos vencedores anteriores acabaram entrando em *grupos* de K-pop, em vez de estourarem como artistas individuais – explica ele. – Na minha empresa, pelo menos, há uma chance maior de estrear como integrante de grupo do que como artista solo. E mesmo os artistas solo costumam colaborar com outras pessoas. Saber cantar e dançar como parte de uma equipe é uma habilidade essencial nesse ramo.

– Embora a maioria dos grupos de K-pop tenha mais de duas ou três pessoas, vamos limitar o número de membros nos grupos de vocês pra dar mais flexibilidade – diz Gary. – Estamos atentos tanto ao seu desempenho na interpretação da música quanto na sua apresentação em geral, então sejam criativos! Rappers, fiquem à vontade pra improvisar! Cantores, experimentem notas novas! Como artistas, a capacidade de tornar uma música *sua* é superimportante, então considerem isso como uma oportunidade de ouro.

Claro que formo uma dupla com Lana. Ela foi incrível na rodada anterior e quero ficar com alguém com quem sei que vou me dar bem.

Cada equipe tem uma sala para ensaiar e uma das câmeras segue nós duas até a nossa. Apesar de não me importar com as câmeras quando estou no palco ou nas salas maiores, a presença constante de uma num ambiente tão pequeno me deixa nervosa. Tenho que me esforçar para ficar calma. Mas Lana está completamente à vontade, como se tivesse crescido com câmeras atrás de si o tempo todo. Ela até acena com simpatia para a que está na nossa sala de ensaio.

Eu nem ouso olhar para câmera. Eu me conheço e sei que provavelmente ficaria encarando como um guaxinim prestes a ser atropelado. Volto minha atenção para um pedaço de papel preso com fita adesiva no suporte de partitura da nossa sala.

Está escrito em coreano e em inglês:

> Para seu segundo desafio, escolham uma música pop americana ou coreana. Todo mundo no grupo precisa aprovar a escolha, pois não será possível mudar. Depois que a seleção tiver sido feita, enviem o título da música e seus nomes por mensagem de texto para 54311. Não será possível que dois grupos cantem a mesma música e o primeiro grupo que tiver enviado fica com a escolhida.
> Aqui estão algumas sugestões, mas fiquem à vontade para escolher alguma que não esteja na lista abaixo.

Lana e eu olhamos para as músicas sugeridas abaixo das instruções. Em pouco tempo, fica claro que nós temos gostos bem diferentes para música. Ela gosta de coisa indie, como Guckkasten e Humming Urban Stereo, e eu gosto de artistas mais populares.

– Tudo bem – diz Lana por fim. – Nosso tempo é curto, então vamos tentar escolher uma música que nós duas conhecemos.

– Ela coloca uma unha pintada de forma perfeita sobre uma das músicas sugeridas. – Que tal "Crazy in Love"? Não escuto muitos artistas famosos, mas Beyoncé é uma rainha.

Olho para a lista. Embora cantar uma música da Beyoncé seja intimidante, parece mesmo a melhor escolha para nós dentre as sugestões da lista.

– Tudo bem, pode ser. Vou enviar a mensagem.

Pego o celular e começo a escrever.

– Espero que a gente consiga a música – diz Lana enquanto envio a mensagem. – A gente *até pode* cantar outra da Beyoncé se essa tiver sido escolhida por outro grupo, mas ficaria muito repetitivo.

Alguns sofridos segundos depois, recebo uma mensagem que diz: A música de vocês é "Crazy in Love". Boa sorte na competição!

Lana e eu fazemos um *high-five* para comemorar e começamos a ensaiar.

Eu estava com medo de que cantar com outra pessoa seria estranho e complicado, e teríamos que dar espaço uma à outra. Mas Lana é tão tranquila e brincalhona que cantar com ela parece diversão da melhor forma. Nós experimentamos diferentes harmonias e nos provocamos até estarmos sorrindo e, depois, gargalhando.

Depois de um tempo, o *cameraman* sai para filmar outro grupo, mas nem reparo direito de *tanto* que estou me divertindo.

Ainda estamos cantando "Crazy in Love" quando meu celular vibra no meu bolso. Pego o aparelho e vejo que tenho uma mensagem da minha mãe, o que me parece estranho, pois ela está praticamente me ignorando há algumas semanas.

Talvez seja porque o papai está em casa, penso. Minha mãe fica bem menos óbvia no que diz respeito à reprovação das minhas escolhas de vida sempre que meu pai está por perto.

Eu leio a mensagem.

MÃE: Quando você vem pra casa? Está tarde.

Só então percebo que são quase sete da noite. Ela deve ter chegado do trabalho agora.

EU: Acho que vou sair daqui a uma hora. Tenho carona, não vai ser problema.

MÃE: OK.

E pronto. Até espero que ela diga mais alguma coisa, que admita que a última vez que conversamos de verdade foi quando voltei do primeiro ensaio para a competição. Mas claro que ela não fala nada. Acho que é mais desejo meu do que expectativa real.

Bom, pelo menos ela ainda se preocupa comigo, né?, penso. Mas até eu sei que isso não compensa nem de leve todo esse tempo me dando gelo. Meu pai que deve ter pedido para ela mandar a mensagem.

– Ei, o que foi? – pergunta Lana com expressão preocupada. – Você está bem?

– Estou. Só vou precisar voltar pra casa daqui a pouco. Era a minha mãe. – Eu indico o celular e Lana assente.

– Tudo bem, vamos encerrar o ensaio por hoje.

Voltamos para Orange County em silêncio. Lana parou de tentar falar comigo depois que as últimas tentativas de iniciar uma conversa terminaram comigo dando respostas monossilábicas como "é" e "não". Sinto-me mal por não ser uma boa companhia, mas também não consigo fingir que está tudo bem. Minha mãe tem esse efeito em mim.

Lana para junto ao meio-fio em frente à minha casa.

– Olha – diz ela. – Acho que você não deve querer conversar sobre isso, mas, se um dia precisar, pode contar comigo, tá? Sei que as coisas não são muito boas entre você e sua mãe e, apesar de meus motivos serem diferentes, tenho experiência em relações tensas com os pais.

– Obrigada – respondo. – Agradeço de coração.

– Nem esquenta – diz Lana. – Ou melhor, esquenta, sim. Vamos arrasar com essa apresentação. Vamos mostrar para os *haters* que a gente veio pra ganhar.

Lana faz um coração com os braços acima da cabeça. O gesto é tão fofo que, apesar do pânico, não consigo segurar um sorriso e digo:

– Tá bom.

– A gente se vê em duas semanas!

– Até lá.

Quando chego na porta de casa, estou me sentindo um pouco melhor. E daí se minha mãe não me apoia? Pelo menos tenho amigos como Lana, que acreditam em mim. E tenho meu pai, que deve estar esperando do outro lado da porta, ansioso para ouvir como foi meu dia.

Abro um sorriso e entro em casa.

Capítulo Onze

DEPOIS DO SILÊNCIO TOTAL EM CASA ANTES DO MEU PAI chegar, a presença dele parece renovar o ambiente. Nós falamos sem parar pelo que sobra do fim de semana, e minha mãe até sorri e assente durante nossas conversas. Ela sempre se comporta melhor quando meu pai está na cidade, tanto que duvido que meu pai saiba o que está acontecendo entre nós duas.

Chega rápido demais a hora de levar meu pai para o aeroporto de Los Angeles e de eu ficar de novo sozinha com a minha mãe. Voltamos ao modo como as coisas estavam antes – fingindo que a outra não existe na maior parte do tempo.

Quando tenho que ir para Los Angeles para o ensaio de dança seguinte, nem peço carona para ela. Chamo um Uber até a estação de trem e depois pego o metrô quando chego na cidade. Demoro o dobro do tempo para chegar no estúdio, mas o transporte público de Los Angeles é tão ruim que me considero uma pessoa de sorte por sequer atingir meu destino.

– Pronto – diz Bora quando entro. – Vamos começar. Quando eu chamar seu nome, venha para a frente da sala.

Vocês foram divididos em pares para a segunda rodada das eliminatórias.

Todos ficam tensos. Algumas pessoas resmungam baixinho que não é justo os concorrentes de canto poderem escolher seus grupos. Fico imóvel. Como também estou na categoria de canto, acho que não tenho o direito de dizer o que é justo.

– Vocês vão nos agradecer depois – declara o sr. Park em uma voz retumbante, como se fosse um rei benevolente. – A liberdade de escolha não é a bênção que todos acham que é. Ao dançar com a pessoa que escolhemos como seu par, vocês não vão se culpar se acabarem sendo eliminados.

Ninguém reclama depois disso, não por concordar com ele, mas porque não adianta protestar. Eu me alongo um pouco, toco nos dedos dos pés e giro o tronco para um lado e para o outro enquanto espero os jurados chamarem meu nome.

– Skye Shin e Bobby Lim.

Eu me levanto enquanto um garoto anda até a frente da sala. Pela calça larga e pelo boné, já sei que ele é dançarino de *break*. Não sei dançar *break* por nada no mundo e estou tentando pensar em como vamos dançar juntos quando me dou conta de que ele está me encarando com *raiva*. Parece até que eu atropelei o cachorro dele, sei lá.

– Eu tenho que dançar com *ela*? – ele praticamente grita. – Vocês estão querendo me eliminar? Claro que vou perder se dançar com essa gorda.

O sr. Park fica paralisado. Até Bora tem a decência de parecer escandalizada. A sala toda fica silenciosa e, quando olho ao redor, percebo que todos estão me encarando. Ninguém abre a boca para me defender ou chamar a atenção do Bobby por ser tão idiota. Nem mesmo as garotas com quem saí depois da primeira rodada eliminatória.

Acho que entendo o motivo. Todos estão na frente da câmera, afinal, e ninguém deve querer aumentar o nível de drama. Mesmo assim, magoa. Por que as pessoas não podem ser minhas amigas na frente *e* atrás das câmeras?

Em vez de deixar que me afete, eu respiro fundo. Vou ter que apresentar minha própria defesa.

– Olha – digo. – Eu não danço mal. Não teria entrado nessa competição se dançasse mal. Você acha que os jurados pegaram leve com uma garota gorda?

Ele faz um ruído de deboche. Atrás dele, Bora revira os olhos. Estou sempre sem paciência com Bora, mas hoje ainda mais. É horrível uma mulher me odiar tanto assim. Como se a indústria do entretenimento já não fosse machista o suficiente.

O sr. Park fixa um olhar gelado em Bobby.

– As duplas foram escolhidas de forma aleatória. Se tem algum problema com isso, vai ter que arrumar alguém pra trocar com você.

Bobby geme e olha para mim de novo como se eu tivesse uma doença contagiosa.

– Isso é praticamente uma sentença de morte. *Claro* que ninguém vai querer trocar de dupla comigo. Olha só pra ela!

Ele aponta para mim e meu lábio treme de leve. Não consigo controlar. A sensação é de que sou pequena de novo e estou no meio da sala de balé, sendo usada como exemplo pela professora de como uma garota como eu nunca poderia ficar bonita de tutu. É a mesma sensação de todas as vezes que minha mãe fez um comentário sobre meu corpo. E sei que é assim que ela deve ter se sentido todas as vezes que sofreu *bullying* quando criança.

Mas, por mais que magoe, eu *não* vou dar ao Bobby a satisfação de ver lágrimas descerem pelo meu rosto. Aperto bem as mãos e dedico toda a minha força de vontade a não chorar.

– Como *alguém como ela* entrou, afinal? – continua Bobby, ainda surtando como se estivesse recitando um monólogo numa peça de teatro. – Claro que ela não vai longe.

Alguém como ela.

– Ei – eu digo de novo. – Para de falar como se eu não estivesse aqui. Além do mais, são dois pesos e duas medidas, né? Você não é magrelo. Caras gordos como você não deviam apoiar garotas gordas como eu?

Eu não queria tocar nesse ponto, mas é verdade. O Bobby é um garoto grandão, o que torna o ódio dele por mim, uma garota gorda, ainda mais nojento.

– Você me chamou de gordo? – Bobby cruza os braços.

Eu suspiro e tento manter a voz num tom normal quando falo.

– Gordo não é xingamento, Bobby. É só um adjetivo que descreve um corpo, que, a propósito, é lindo da forma que é.

– Agora você está me chamando de lindo? – O rosto dele está todo contraído, como se eu estivesse dando um nó na sua cabeça.

É uma lição básica de positividade com o corpo!, tenho vontade de gritar. *Pesquisa e vai aprender!*

A sala toda está em silêncio, e não preciso olhar para saber que as câmeras estão todas apontadas para Bobby e para mim. Seria bom ter algum apoio em vez de só um bando de espectadores, mas a vida nem sempre pode ser boa.

– Chega – diz o sr. Park, entrando entre nós. Ele nem me olha quando fala com o Bobby. – Sr. Lim, lembre que temos um horário a cumprir. Se quiser mesmo trocar de dupla, sugiro que resolva por sua conta e não deixe todos os outros competidores esperando.

Fico incomodada porque o sr. Park só parece preocupado com a porcaria do programa, mas não é surpresa nenhuma. Ele é produtor, afinal. Só deve se importar com o dinheiro.

Vejo a cara da Bora e quase solto um gemido alto. Ela parece estar se divertindo tanto que está idêntica ao meme do cara comendo pipoca. Pela primeira vez desde a audição, eu me questiono se vale mesmo a pena passar por isso.

Se eu entrar na indústria do entretenimento, vou ter que aguentar gente assim o tempo todo. Apesar de querer muito provar que minha mãe, Bobby e Bora estão errados, não sei se é essa a vida que quero para mim. Estou cansada. Por que tenho que ficar me defendendo? Não é por ser gorda que tenho que aguentar as pessoas me magoando o tempo todo. Não sou a porta-voz de todos os gordos nem uma mártir. Sou só uma garota que quer realizar seus sonhos e viver em paz.

Estou prestes a virar e sair do estúdio quando uma voz soa no fundo da sala:

– Não sei você, Bobby, mas eu faria qualquer coisa pra ser dupla dela. Skye é uma dançarina incrível. E se você está tão inseguro sobre sua capacidade de ficar na competição, acho que devia desistir agora.

Todo mundo se vira e ofega de susto quando vê que foi *Henry Cho* quem falou. A voz dele nunca soou tão fria, tanto que não a reconheci.

– Mas – diz Bora –, Henry...

Henry nem dá atenção para ela e se vira diretamente para mim.

– Skye, vou adorar ser seu parceiro – diz ele. – Se você quiser ser a minha, claro.

Capítulo Doze

EM UM MOMENTO, A MAIORIA DAS PESSOAS DA SALA SE vira e me olha de *cara feia*, como se eu tivesse comido o último alimento numa ilha deserta. Eu hesito. Isso é tão injusto. Eu não *pedi* para o Henry ser meu parceiro.

Por um momento, penso em dizer não. Não preciso de mais drama na vida e nem da ajuda de uma celebridade qualquer para vencer a competição. Penso em como minhas amigas de escola são obcecadas por ele. Se Henry for meu parceiro, elas nem vão prestar atenção em mim quando nos apresentarmos.

Mas dou mais uma olhada no Bobby, que voltou a me olhar como se eu fosse a pior coisa que aconteceu a ele. Posso não precisar da ajuda do Henry, mas já deu para perceber que ficar como parceira do Bobby seria um tiro no pé.

Enquanto penso na situação, as câmeras chegam mais perto. Elas estão praticamente na minha cara quando digo para Henry:

– Tudo bem. Vamos formar uma dupla.

Henry abre um sorriso largo e chega a ser irritante o quanto ele é lindo, mesmo só usando uma camiseta cinza simples com uma calça de moletom. Ele se junta a nós na frente da sala.

Quando ele passa, as pessoas pegam os celulares casualmente e tiram fotos, como se ele estivesse percorrendo um tapete vermelho. Uma garota nem se dá ao trabalho de botar o celular no silencioso e ouço o CLIQUE-CLIQUE-CLIQUE-CLIQUE! alto e rápido do aplicativo da câmera dela. Não consigo deixar de pensar na grosseria que é ficar tirando fotos de uma pessoa assim. Embora Henry tenha dito que está acostumado, só posso imaginar como deve ser assustador e irritante não poder fazer nada sem ter alguém filmando.

Quando Henry chega até mim, Bobby diz:

– Espera, e eu?

Henry e eu interrompemos o contato visual e só então percebo que estávamos nos encarando *o tempo todo*. Na fração de segundo que leva para Henry olhar para Bobby, o sorriso some do seu rosto e ele assume um ar distante e frio.

Caramba, penso. *Esse cara devia ser ator. Não modelo.*

– Bom, você pode ficar com a dupla original do Henry, que era Cassie Chang – diz o sr. Park.

– O quê? – Uma garota que suponho ser Cassie fica de pé e anda furiosamente até nós. – Henry era pra ser a *minha* dupla?

Ela lança um olhar mortal para o Bobby, que chega até a se encolher.

– Bom, sim – diz o sr. Park. Até ele parece abalado pela raiva da Cassie. – A não ser que o Bobby ainda queira fazer dupla com a Skye.

Bobby dá uma boa olhada em mim e ri. Ele realmente *ri*.

– Não mesmo.

– Então pronto – diz o sr. Park. – Está decidido.

Henry sai andando e, quando estou pensando que me esqueceu, ele olha para trás e diz:

– Vem, vamos começar.

Cassie me olha com raiva quando me afasto.

Vou com Henry até o fundo da sala, onde ele estava sentado com sua equipe. Ele me apresenta a Portia, a agente, e a Steve, o guarda-costas e motorista. Como já os vi várias vezes, é bom finalmente saber os nomes. Abro um sorriso simpático para os dois.

Portia olha para mim com nervosismo, como se não tivesse certeza se é uma boa ideia eu ser dupla do Henry.

– Portia, relaxa – diz Henry, sorrindo de forma tranquilizadora. – Acho que ela deve ser a melhor dançarina dessa competição. E é incrível em tudo. Você viu na semana passada.

Portia ainda parece incerta e assente antes de se afastar.

– Não leve para o lado pessoal – sussurra Henry para mim. – Ela só está irritada por causa da mudança de última hora. Portia conseguiu que a equipe do *Você é minha estrela brilhante* dissesse para ela antecipado quem seria minha dupla e já tinha feito uma avaliação sobre Cassie. Ela está nervosa porque não sabemos nada sobre você, além do fato de ter estado no meu grupo na rodada anterior.

Avaliação? Parece meio exagerado, mas acho que é isso que acontece quando se é de uma família *chaebol*.

– Bom, eu também não sei muita coisa sobre você, então parece que o mistério é mútuo.

Henry abre um sorrisinho e me pega de surpresa.

– Não é? Que legal isso. Só não vai tentar vender minha cueca no eBay, tá?

Meu queixo cai e estou quase perguntando se isso realmente aconteceu quando o sr. Park levanta as mãos para chamar a atenção de todo mundo.

– Agora que tudo está resolvido – diz ele –, vou explicar as regras dessa segunda rodada. No K-pop, a dança raramente é colaborativa, mas dominar não só o próprio corpo, mas também como ele trabalha com outras pessoas, é o maior testemunho da habilidade de um dançarino. Enquanto a rodada anterior foi pra ver o quanto *vocês* se destacavam num grupo, esta vai ser sobre trabalho em equipe. Dançar em dupla exige a mesma quantidade de ensaio e sincronização ou até mais do que dançar em grupo. Muitos dos nossos vencedores anteriores foram chamados para grupos, então é importante vocês mostrarem domínio na arte de trabalhar com outra pessoa. Vai haver algumas exceções, mas em geral vamos fazer a eliminação por par e não por indivíduo. Pra que seja um processo mais justo, a coreografia básica vai ser a mesma pra todo mundo. Vocês são responsáveis por mudá-la de formas que se adequem aos seus estilos. Tudo é possível, desde que mantenham a batida e que seja adequado pra crianças assistirem. Só dez vão pra próxima etapa.

– Qual é a música? – pergunta Tiffany.

– Eu já ia chegar nessa parte. Ou melhor, a srta. Jang vai explicar. É com você, srta. Jang.

Parada perto dos espelhos, Bora abre um sorriso confiante. A porta do estúdio se abre e Chad entra, usando um conjunto de moletom e um boné preto. Ele se junta a Bora na frente da sala e eles assumem a posição de dança, emaranhando os membros em posições dramáticas como um par de patinadores artísticos prestes a executar uma coreografia intensa.

De repente, uma música começa a tocar nos alto-falantes. É bem rápida, com uma batida forte e interlúdios de *dubstep*. Bora e Chad começam a dançar num estilo de tango e depois passam para uma sequência enérgica de *pop and lock*. É uma coreografia complexa e mistura um monte de estilos diferentes de uma forma que acaba resultando em um todo incrível.

Quase instintivamente, acompanho os movimentos da Bora, prestando atenção em cada virada de pulso e em que pé ela se apoia para dar um giro. Até me visualizo me movendo com ela e sincronizo minha respiração com a sua para sentir os passos. Enquanto a observo, meu corpo formiga de empolgação. Apesar de não gostar da Bora (e saber que ela *realmente* não gosta de mim), não posso negar que ela é uma dançarina incrível. Está executando de forma impecável o que parece ser uma coreografia impossível.

Estou tão concentrada na dança que mal percebo quando a música acaba. Todo mundo aplaude Bora e Chad. Mas, apesar do entusiasmo, todo mundo parece apavorado.

– Isso foi... interessante – diz Henry.

– Nem me fala – digo, gemendo. – Eles estão *mesmo* cortando o máximo possível de nós.

– É.

Olho ao redor e vejo variações de pânico e desespero nos rostos de Tiffany, Imani e Henry. Essa coreografia é basicamente uma sentença de morte.

– Não entrem em pânico ainda – diz o sr. Park com uma risadinha, se dirigindo à sala toda. – As primeiras horas do ensaio de hoje serão dedicadas a aprender a dança. Quando todos dominarem os passos básicos, vamos separar os pares. Depois disso, vocês vão ter uma sessão extra de treino em duas semanas. Levantem-se e se juntem a Bora na frente dos espelhos.

Só quando estou ao lado do Henry me ocorre que dançar com ele significa que ele vai me tocar e eu vou tocar nele. Sei que é uma coisa besta de perceber agora, mas acho que ainda estou assimilando o fato de que tudo isso está mesmo acontecendo.

Embora já tenha dançado no mesmo espaço que Henry, o que vamos fazer agora parece ser *bem* diferente. Não sei bem o que acho do fato de que vou dançar de forma íntima com ele para o mundo todo ver.

Minhas bochechas ficam quentes. No meu reflexo no espelho, estou vermelha como um tomate. Então outra coisa no espelho chama minha atenção. Afasto o olhar do meu rosto e vejo Cassie me fuzilando com o olhar. E ela não é a única.

Dou um suspiro. *Melhor ir me acostumando*, penso. Afinal, é só o começo. Em pouco tempo vou ter que dançar com Henry na frente de milhares – talvez até milhões – de espectadores que vão assistir ao *Você é minha estrela brilhante* na plateia e na televisão. Minhas amigas vão me ver dançando com Henry. Minha mãe, meu pai, todo mundo. Se eu não conseguir dançar com ele agora, no interior relativamente particular de um estúdio, não vou conseguir fazer isso na frente de tanta gente.

No fim das contas, tento esquecer que ele é famoso. É a única forma de relaxar e me concentrar em aprender a coreografia.

Bora e Chad nos ensinam lentamente todos os passos, começando na metade da velocidade original para todo mundo conseguir acompanhar. Devagar, a dança fica bem menos intimidante, mas as pessoas ainda tropeçam aqui e ali. É uma coreografia bem difícil.

– Você é ótimo dançarino – digo enquanto sincronizo meus movimentos com os do Henry. – Tenho que admitir que tive minhas dúvidas quando você apareceu na audição.

– Muita gente teve. – Ele dá de ombros e, antes que eu entenda o que está acontecendo, Henry me gira, levanta minha mão de leve e a guia para que meu corpo dê uma volta de 360 graus. Felizmente, meus instintos entram em ação, e apesar de minha cabeça estar girando, meu corpo executa graciosamente a voltinha sem enrolar as pernas.

– E você é uma dançarina *incrível* – diz ele com um sorriso. – Se bem que nunca duvidei disso.

– Muito bem! – exclama o sr. Park na frente do estúdio. – Parece que o sr. Cho e a srta. Chin começaram bem!

Vejo que a sala toda está nos olhando de novo. Até Bora e Chad pararam de dançar. Bora me olha de cara amarrada, como se estivesse desejando que eu tivesse feito besteira.

A irritação dela só me faz querer dançar melhor. Eu ergo o

queixo e a olho com uma expressão que diz: *Pois é, eu sei dançar. O que você vai fazer?*

Ela afasta o olhar primeiro, emitindo um ruído de deboche, como se não conseguisse acreditar na minha audácia. Sei que não deve ser boa ideia fazer inimizade com uma jurada, mas não posso ficar sendo agredida e intimidada desse jeito. Já chega.

Estamos repassando a coreografia repetidamente quando uma coisa acontece. Primeiro, penso que imaginei, mas aí acontece de novo. O estômago do Henry *ronca*. O som é baixo e quase não dá para ouvir com a música, mas tenho certeza de que não é o meu e todas as outras pessoas estão longe demais.

Henry repara na minha expressão atordoada e me olha com timidez.

– Eu tive que ficar sem café pra não ficar preso no trânsito.

Eu franzo a testa. São mais de duas da tarde. Ele deve estar morrendo de fome.

– Você não tem... gente responsável por te alimentar? – pergunto, indicando a equipe dele no fundo da sala.

Henry me olha com um sobressalto.

– Ah, eles são só minha equipe de RP. Portia posta minhas fotos e cuida da logística pra mim e o Steve garante que eu chegue nos lugares em segurança. Não posso pedir que busquem comida... é uma tarefa básica demais pra função deles.

Eu dou de ombros.

– Algumas pessoas fazem isso. Já ouvi histórias de celebridades que mandam os funcionários fazerem coisas assim.

Ele balança a cabeça.

– Eu não sou esse tipo de pessoa. Seria um insulto. Eu nem pedi a Portia pra passar o spray quando me machuquei na primeira rodada eliminatória. Ela que insistiu.

Acabo o respeitando um pouco mais por dizer isso.

De repente, tenho uma ideia bem louca. Não sei se ele vai topar, mas acho que vale a pena perguntar.

– Ei, quer... ir comer um *taco* depois disso?

Capítulo Treze

ASSIM QUE AS PALAVRAS SAEM PELA MINHA BOCA, ME DOU conta de que parece um convite para ele sair comigo.

– Não como um encontro nem nada assim – acrescento rapidamente. – É só que, se você estiver com fome, conheço um *food truck* ótimo em Koreatown. E estou com vontade de comer um *taco* há *semanas*.

Penso em perguntar a Tiffany e ao resto do pessoal se eles querem ir junto, mas lembro que a agente do Henry ficou nervosa por eu não ter sido examinada e não consigo imaginar como ela reagiria a mais estranhos. Por mais constrangedora que seja a ideia, talvez seja melhor eu e o Henry irmos sozinhos.

Henry inclina a cabeça num gesto de contemplação e passa a mão pelo cabelo enquanto olha para Portia e Steve, atrás de nós.

– Vou ter que perguntar a Portia sobre minha agenda, mas, se ela disser que estou livre, eu topo. Pensando bem, acho que nem jantei ontem.

– Você *acha*? – eu praticamente grito. Algumas pessoas se viram para ver o que está acontecendo. Fico feliz de ver que a equipe de câmeras está fazendo uma pausa porque *não* quero ver isso no programa. – O que você estava fazendo ontem?

Mesmo antes de terminar a pergunta, sinto um constrangimento interior. O olhar de todo mundo me deixa tímida e, por meio segundo, tenho medo que Henry faça uma "piada" perguntando por que sou tão "obcecada por comida", como tanta gente acha que os gordos são. Mas ele não faz isso. Na verdade, parece emocionado de eu estar tocando no assunto.

– Pra falar a verdade, não lembro – diz ele. – Minha agenda anda tão cheia que eu... esqueço de comer e de dormir às vezes. É horrível, eu sei. Mas, sim, vamos comer um *taco* depois se eu estiver livre. Obrigado pela sugestão.

A equipe do Henry não parece feliz com a ideia, mas nos encontram na porta do estúdio depois do ensaio. Já o Henry está com um sorriso largo no rosto, como um garotinho a caminho da loja de doces.

– Como os convenceu a te deixarem ir? – sussurro para Henry enquanto atravessamos o estacionamento.

– Ah, eu só falei que seria uma ótima atividade de conexão com a minha parceira. E é verdade. Nós vamos ter que estar *muito* à vontade um com o outro nas próximas semanas.

Ele ergue as sobrancelhas e eu afasto o olhar antes que nossos olhos se encontrem. Ainda estou zonza com a virada do dia, mas isso não quer dizer que vou baixar a guarda perto dele. A gente pode ter que superar essa rodada juntos, mas, no fim das contas, ele ainda é meu concorrente. Com apenas dez pessoas sobrando depois dessa rodada, não posso me permitir ser distraída por ele.

Só o chamei para comer um *taco* porque fiquei mesmo preocupada com ele, como outro ser humano. Ou, ao menos, é isso que digo para mim mesma quando entramos no carro.

Henry tem um Suburban preto, como os que já vi as celebridades usando em Los Angeles. Ele entra atrás comigo e Portia vai na frente.

– E aí? – pergunto quando estou acomodada. – Qual foi o verdadeiro motivo pra *você* ter aceitado ir comer um *taco* comigo?

– Ah, sabe como é. Acho que você é minha maior ameaça no programa e eu preciso de um tempo pra te conhecer e descobrir suas fraquezas.

Ele fala com um tom tão certeiro que é difícil saber se está brincando ou não.

– Sério?

Henry balança a cabeça com uma gargalhada e seu rosto se transforma na mesma hora com o sorriso bobo.

– Que nada, estou brincando. Sou Lufa-Lufa todinho. Não sou de dar facada nas costas. Pertenço ao time do choro emocionado.

Dou uma risada.

– Não sei como é. Sou Sonserina.

Não menciono que eu estava *mesmo* pensando no fato de que somos concorrentes e que preciso vencê-lo... no verdadeiro estilo sonserino.

Henry faz um ruído de surpresa e parece escandalizado.

– Ah, não, devo temer pelo meu bem-estar? Verificar se tem veneno no meu kombucha?

– Kombucha *é* veneno – respondo com o mesmo tom certeiro que Henry usou antes.

Ele solta uma gargalhada e não consigo segurar um sorriso.

– Estou brincando – digo. – Você está seguro. Por enquanto. Ainda preciso de você pra essa rodada!

– Ah, claro. – Henry também está sorrindo. – Bom, que alívio. Tudo bem, então vou fazer a mesma pergunta. Qual foi o *verdadeiro* motivo pra você me chamar pra comer um *taco*?

Eu hesito, mas respondo.

– Bom, primeiro de tudo, eu amo *tacos* e sempre estou a fim de comer um. Além do mais... bom, você parecia estar com fome. E exausto.

Depois que falo, percebo o quanto estou certa. Eu estava ocupada demais com o ensaio para reparar antes, mas agora vejo as olheiras leves embaixo dos olhos dele.

– Você reparou? – pergunta Henry, a voz ficando suave. Mas finjo não ouvir. Só dou instruções ao Steve de como chegar ao *food truck* e olho pela janela enquanto percorremos Los Angeles.

O céu está azul e sem nuvens, como sempre, e tem palmeiras altas dos dois lados da rua. As árvores e o sol são as únicas coisas consistentes na cidade, pois os prédios mudam dependendo do bairro. Quando nos aproximamos do centro, os cafés *hispters* e as casas no estilo espanhol dão espaço a prédios comerciais de concreto e arranha-céus de vidro.

– Você acreditaria se eu dissesse que nunca comi um *taco*? – pergunta Henry depois de um tempo.

Olho para ele sem acreditar.

– Não. Eu diria que você está mentindo.

– O que eu posso dizer? Eu só como couve kale. E kombucha. Quer dizer, eu como couve kale e bebo kombucha. Você entendeu.

– *Como é que é?* É sério?

Ele sorri e percebo que está brincando de novo.

– Que nada. Mas é uma boa parte da minha dieta, sim. O que eu mais como são legumes, verduras e frutas e proteína magra. Não tenho permissão de comer muito mais, exceto em circunstâncias especiais. Também não posso tomar refrigerante e tiro todo o gás que eu quero do kombucha.

– Não tem permissão?

– Pois é, eu tenho um nutricionista particular que determina minha dieta. Ele minimiza escapadas e outros desastres que podem estragar as fotos.

Lembro nessa hora que Henry ganha a vida com a aparência. E não só a aparência, mas o quanto ele fica bem na frente das câmeras. *A câmera acrescenta uns 5 quilos*, disse Bora na minha audição. Pareceu tão ridículo quando ela falou, mas não consigo imaginar como deve ser estressante que sua vida toda dependa da sua aparência nas fotos e como sua pele decide se comportar naquela semana.

– Mesmo assim – digo. – Tem opções vegetarianas. Você nunca pensou em experimentar?

– Bom, acho que também é muito pela minha criação. Eu me mudei para os Estados Unidos quando estava no sétimo ano, pra estudar. E meus pais eram rigorosos sobre não comer nada com as mãos nem comidas de *food trucks*, porque eles acham que não tem higiene.

– Ugh, eles parecem a minha mãe – resmungo.

Henry dá de ombros.

– É uma mentalidade coreana antiquada. Acho que as pessoas começaram *agora* a descobrir os *food trucks* na Coreia e só porque viram os de Los Angeles. Mas, é, acho que fiquei tão acostumado com essa atitude deles que nunca pensei em experimentar um *taco*.

Depois de alguns minutos, chegamos ao estacionamento onde fica o *truck*. O El Flamin' é como qualquer outro *food truck* especializado em *tacos*, exceto por dois traços distintos: 1) ele é todo pintado com chamas laranja e vermelhas, como um carrinho de Hot Wheels, e 2) os *tacos* são *maravilhosos*, com carne fatiada preparada na hora que é grelhada em um espeto *al pastor* enorme na frente. Só fui ao El Flamin' uma vez, mas foi tão bom que todos os outros lugares que vendem *taco* perderam um pouco a graça.

Steve para junto ao meio-fio. Quando vou pegar a bolsa no chão, vejo Henry pegar um moletom branco sem mangas, um boné branco e óculos de sol de aviador na parte de trás do carro.

– Pra ninguém me reconhecer – explica ele enquanto coloca tudo.

– Funciona mesmo? – pergunto, impressionada. Ele continua com a cara do Henry Cho para mim. A altura e as maçãs do rosto dele não são muito comuns, principalmente para um cara asiático.

Ele dá de ombros.

– Normalmente, sim. Mas a verdade é que a maioria das pessoas é bem ruim em identificar *uma* celebridade quando não espera ver uma. Você já deve ter passado por várias sem reparar.

– Provavelmente – resmungo, sabendo que ele deve estar certo mesmo. Isso explicaria por que, depois de 16 anos morando perto de Los Angeles, eu só vi uma celebridade em pessoa.

– Divirtam-se – diz Portia com um sorriso tenso quando saímos do carro. Ela está muito ansiosa, como se eu e Henry irmos comer um *taco* fosse um pesadelo de RP prestes a acontecer.

Por um momento, me pergunto por que ela não nos impede se está tão nervosa com a situação. Mas, depois de dar uma olhada no Henry, eu até entendo. Apesar de seu rosto estar escondido, ele ainda está pulando no banco como se fosse uma criancinha. Fico pensando com que frequência (se é que isso acontece) Henry sai com outras pessoas. Pelo jeito como ele está agindo, duvido que aconteça muito.

Penso automaticamente no Henry Cho que vi no mês anterior, tão confiante e adulto enquanto respondia às perguntas do Davey no primeiro dia de audições. E tem o Henry Cho que vi algumas semanas atrás, mal controlando a raiva por causa do que aconteceu com Melinda. É difícil acreditar que esses dois Henrys e esse bobão feliz que parece um filhote de cachorro sejam a mesma pessoa.

– Obrigado, Portia. Obrigado, Steve. Até mais tarde – diz ele com alegria, acenando para sua equipe e fechando a porta ao sair.

O carro se afasta e nos deixa no estacionamento.

Capítulo Catorze

HENRY SE VIRA, DÁ UM PASSO PARA TRÁS E VÊ O *FOOD truck*.

– Uau – diz ele. – É muito... vermelho.

Eu abro um sorriso.

– É. Tem motivo pra se chamar El Flamin'.

Apesar de ser o meio da tarde, há uma fila comprida serpenteando pelo estacionamento na frente do veículo vermelho. O dia está quente e algumas pessoas estão suando tanto que as camisas estão encharcadas. O calor e a fumaça do espeto *al pastor* ao lado do *food truck* não ajudam. Mas o cheiro da comida está tão delicioso que ninguém parece se importar.

Nós entramos na fila. Conforme vamos chegando perto do *food truck*, Henry pega o celular e começa a tirar fotos.

– Gostei – diz Henry. – Tem um charme bem peculiar.

– Isso vai para o seu Instagram?

– Aham.

Não posso dizer que esteja surpresa.

Quando chegamos tão perto que dá para ver o cardápio

ao lado da janela de atendimento, o queixo do Henry cai. Ele parece atordoado, como se não soubesse nem por onde começar.

– Olha, não dá pra errar com nenhuma das opções – digo para ele. – Se bem que, se você quiser a experiência completa, é melhor pedir fritas com carne assada junto com o *taco* que escolher.

– Tudo bem. Vou confiar na sua avaliação.

Quando chega nossa vez de pedir, Henry escolhe os *tacos* de carne de porco *al pastor* e fritas com carne assada, e eu peço *tacos* de frango. Antes que eu possa pagar pela minha comida, Henry entrega o cartão para o vendedor.

– Fica por minha conta – diz ele. – Um agradecimento por me apresentar a este lugar.

Não gosto de ficar devendo para ninguém, mas deixo Henry pagar desta vez. O valor da inscrição no *Você é minha estrela brilhante* levou uma boa parte do dinheiro que ganhei no Seollal, o Ano Novo coreano, e estou meio sem grana mesmo. E não é segredo que o Henry é rico, mesmo sem a carreira de modelo.

Conseguimos nos sentar a uma das mesas de plástico montadas ali perto. Enquanto esperamos a comida ficar pronta, Henry tira fotos de tudo, desde o espeto vertical de carne *al pastor* até a fila atrás de nós. Imagino que algumas pessoas achariam irritante, mas não me importo. Todos os meus amigos vivem no Instagram e, como Henry, também gostam de tirar fotos de tudo sempre que vamos a um lugar novo.

Mas o jeito como o Henry tira fotos é diferente de como meus amigos fazem isso. Cada foto que ele tira é metódica, como se estivesse fotografando uma cena de crime. Ele até tira algumas fotos minhas, mas não digo nada, porque duvido que vá postá-las no Instagram. Fora Melinda (quando eles estavam juntos) e alguns amigos que são celebridades, nunca vi Henry postar fotos de ninguém além de si mesmo e do cachorro.

– Desculpa – diz ele quando repara que estou olhando. – Não sei quais fotos vão ficar boas pra postar depois.

– Tudo bem. Não me importo. Há um motivo pra você ter tantos seguidores no Instagram, né?

Falei de um jeito bom, mas Henry só abre um sorriso tenso que mais parece uma careta.

– É.

Fico na dúvida se devo fazer minha pergunta seguinte. É uma coisa que eu sempre quis saber sobre as celebridades.

– Hum – digo.

Henry inclina a cabeça e me lembra um pouco o cachorro dele.

– Hã?

– Você às vezes se cansa... disso tudo? – Primeiro, indico o "disfarce" dele e depois o celular.

A expressão dele muda e me sinto mal de repente, apesar de não saber bem por quê.

– Sinceramente, sim – diz Henry depois de um tempo. – Tem muitos momentos em que é divertido. Em outros dias, parece um trabalho. E *é* trabalho pra mim, embora eu saiba que algumas pessoas não devem ver assim. Apesar de eu ser mais modelo no estilo tradicional, recebo muitos pedidos informais de marcas pra fazer postagens patrocinadas dos produtos deles. É mais uma fonte de renda.

– Desculpe – digo rapidamente. – Não foi isso que eu quis dizer. Acho que só estou curiosa sobre como é ser uma "celebridade", sabe. Deve ser difícil ter que viver se escondendo dos paparazzi e tudo mais.

Henry assente.

– De vez em quando, é. Mas trabalhar como modelo acabou sendo um alívio, porque as pessoas finalmente passaram a gostar de mim pelo que faço, não por causa dos meus pais.

– Seus pais apoiam sua carreira de modelo?

– Apoiam agora. Mas nem sempre foi assim. Na maior parte do tempo, eles me perguntavam por que eu sentia necessidade de fazer o que quero fazer.

– Ugh, entendo isso muito bem – digo.

Nesse momento, o vendedor grita:

– Harry? Seus *tacos* e fritas estão prontos.

Henry se levanta da cadeira.

– Harry?

– Dei um nome falso para o caso de alguém me reconhecer. Não me culpe, foi coisa do Harry Potter.

Mal seguro um sorriso. *Quem imaginaria que Henry Cho era tão pottermaníaco*?

Quando Henry volta com a comida, todo sorrisos e empolgação, acabo pensando que, se as pessoas tivessem Patronos, o do Henry seria um cachorro. Um cachorro grande e peludo.

– Caramba – diz ele. – Você estava certa. Tudo parece delicioso. E o cheiro também está *maravilhoso*.

Henry coloca uma bandeja com nossos quatro *tacos* e um

recipiente de plástico com as batatas dele em cima da mesa. Nossos *tacos* parecem tão deliciosos quanto eu lembrava que eram, cheios de carne suculenta ainda fumegante, cebola, pedaços de abacaxi e pimenta.

Depois que se senta, Henry abre a caixa de fritas e fica olhando de boca aberta. Eu entendo. As fritas com carne assada ocupam a caixa toda e estão cobertas de abacate e camadas generosas de queijo e creme azedo.

Ele tira uma foto da comida, mas então só fica parado, como se não soubesse o que fazer. Eu tento não rir e dou uma cutucada nele.

– Vai em frente. Experimenta!

– Como é que eu vou pegar o *taco* no prato sem tudo cair? – pergunta ele, parecendo perdido.

– Comer *taco* faz sujeira, por mais que a gente tente evitar. E tudo bem. Isso não é um restaurante chique. Estamos no meio de um estacionamento!

– É verdade.

Antes de pegar o primeiro *taco*, Henry me entrega o celular com uma certa timidez.

– Você se importa?

– Nem um pouco.

Nem preciso perguntar o que ele quer dizer. Aponto a câmera em sua direção e ele parece virar uma pessoa totalmente diferente, o modelo que eu sei que é. Mesmo de capuz e óculos, o sorriso fácil e sensual ilumina seu rosto e o deixa absurdamente atraente. Ele devia estar numa propaganda de verdade de *tacos*.

Se eu enviasse a foto para o El Flamin', acho que eles postariam no Instagram deles felizes da vida.

– Meu Deus – digo enquanto tiro a foto.

Ele franze a testa de leve.

– O que houve?

– Como você pode ser tão fotogênico?

Uma risada sobressaltada escapa de seus lábios, mas ele não diz nada enquanto guarda o telefone. Parece constrangido ao ver que o observei esse tempo todo, então pego o meu celular e tiro uma foto da nossa comida.

– Quer saber? Eu quase nunca posto no Instagram, mas vou postar uma foto dos nossos *tacos* por sua causa. Considere uma lembrança do nosso almoço.

Um sorrisinho surge nos lábios dele enquanto me vê postar a foto no Instagram.

– Obrigado – diz ele, rindo. – Eu me sinto honrado.

No final, Henry amarela e não quer comer primeiro, então pego um dos meus *tacos*, tomando o cuidado de deixar todo o recheio dentro da *tortilla* quando dou uma mordida. Henry observa por um momento e me imita, levando um dos *tacos* com cuidado até a boca. No começo, fico achando que ele vai ficar tão preocupado em não fazer sujeira que não vai apreciar a comida, mas, felizmente, ele relaxa. Quando acaba o primeiro *taco*, ele pega as batatas sem pensar duas vezes, com um sorriso largo e satisfeito no rosto.

– Pode pegar, se quiser – diz ele enquanto come com alegria.

– Obrigada!

A comida está tão boa que esqueço de conversar até meu prato ficar vazio. Henry está igualmente ocupado, e nenhum de nós diz nada até termos terminado nossos *tacos*.

Ele se encosta na cadeira.

– Estava tão gostoso. Obrigado por dar a ideia de vir aqui, Skye.

– Imagina, não foi nada – respondo. – Fico feliz de você ter comido alguma coisa.

Estamos terminando as batatas, cada um pegando uma comprida e cheia de queijo na caixa, quando Henry pergunta:

– Pra onde você vai depois daqui?

– Bom, normalmente eu iria para o salão da minha mãe, porque ela trabalha aqui perto. Mas as coisas não andam muito boas entre nós desde que ela descobriu sobre a competição, então acho que vou pegar o metrô até a Union Station e depois o trem pra casa.

– Me deixa te levar pra casa. Vou pedir a Steve e Portia. Onde você mora?

– Em Orange County. Mas não precisa mesmo. O trânsito deve estar horrível agora.

– O trânsito de Los Angeles é sempre horrível.

– Isso é verdade.

Henry manda uma mensagem de texto para Portia e esperamos sentados no meio-fio. Acabamos conversando sobre praticamente tudo e, quando o Suburban chega, estamos no meio de uma discussão sobre nossos rappers coreanos favoritos.

– Eu adoro o RM – diz Henry. – Ele é a espinha dorsal do

BTS. É impressionante falar inglês tão bem sem nunca ter morado nos Estados Unidos.

– Não é? Eu também adoro o Dean e o Zico.

– Vocês se divertiram? – pergunta Portia quando entramos no carro. O jeito quase maternal como faz a pergunta me faz perceber que ela deve ser bem mais velha do que eu achava. As pessoas sempre brincam que os asiáticos parecem mais jovens do que realmente são, mas até eu tenho dificuldade de adivinhar às vezes.

– Aham – responde Henry. – Você devia experimentar os *tacos* daqui qualquer hora. São deliciosos.

– Ah, do El Flamin'? Eu já vim aqui. Quem *não veio*?

Portia e eu damos uma gargalhada. Henry revira os olhos com bom humor.

Quando saímos de Los Angeles para pegar a rodovia, não consigo deixar de pensar que Henry não é nada como achei que seria. Eu esperava que ele fosse metido e irritante, mas ele é doce e cheio de consideração, o que só aumenta minha curiosidade sobre o que o deixou com tanta raiva durante a briga com Melinda.

A rodovia saindo de Los Angeles não está tão congestionada quanto a via oposta e chegamos em casa mais rápido do que eu pensava.

– Até o próximo ensaio – diz Henry quando eu saio do carro.

– Até mais.

Tenho um vislumbre do seu sorriso, o verdadeiro e não o calculado para as câmeras, antes de ele fechar a porta.

Capítulo Quinze

NA MANHÃ DE SEGUNDA, ACORDO COM UM SACOLEJO NA cômoda. No primeiro momento confuso, ainda meio adormecida, acho que está havendo um terremoto. Apesar de terremotos severos serem raros onde eu moro, eles acontecem com frequência suficiente para o tremor me fazer pular da cama. Mas é só meu celular. Está vibrando com tantas notificações que congela quando tento deslizar a tela.

Para! O pânico pisca na minha cabeça como luzes de emergência, mais ainda quando vejo que só tenho 15 minutos para chegar à escola. Ontem, fiquei acordada até tarde para terminar meus deveres. Eu devia estar tão cansada que esqueci de botar o despertador antes de ir dormir.

O tempo passa rápido demais e meu cabelo ainda está pingando quando saio pela porta. Normalmente, eu faria uma maquiagem e escolheria uma roupa bonita, mas hoje não vai dar. Considero uma sorte ter me lembrado de vestir uma calça.

Só tenho tempo de olhar o celular quando entro pela porta da escola. As notificações continuam surgindo sem sinal de parar. Mas, desta vez, estou preparada. Leio o que cada balãozinho diz.

A maioria é do Instagram, mas também tem várias mensagens de texto. Não reconheço a maior parte das pessoas que pediram para me seguir ou mandar mensagens no Instagram, então vou para as mensagens de texto primeiro, olhando para a frente de vez em quando para não esbarrar em ninguém no corredor. Como estou atrasada, não posso encontrar minhas amigas no refeitório e vou direto até meu armário pegar os livros.

A maioria das mensagens é da Clarissa, e a maioria das mensagens dela estão cheias de emojis e sequências longas de "MDDC".

CLARISSA HAN: MDDC. MDDC MDDC MDDC MDDC MDDC. 😱😭😳 VOCÊ E HENRY CHO TIVERAM UM ENCONTRO? MDDC, SKYE, O QUE TÁ ACONTECENDO???

Henry. Finalmente entendo o que deve ter acontecido. Lembro que ele tirou fotos minhas. Não falei nada na hora, mas só porque não achei que ele fosse postar. Mas parece que errei *feio*.

Saio da longa série de "MDDC" na conversa com a Clarissa e abro a mensagem da Rebecca. Ela raramente manda mensagens de texto, então a coisa deve ser importante.

REBECCA NGUYEN: Hum, Skye... Acho que você devia olhar o Instagram...

Depois de respirar fundo, eu abro o Instagram e vejo uma postagem da conta do Henry, feita poucas horas atrás. São quatro fotos juntas: a que eu tirei do Henry, a glória chamejante que é o El Flamin', nossos *tacos* e batatas e... eu. Felizmente, a foto está ótima. Não estou esquisita nem tem comida presa nos meus dentes. Estou até sorrindo na medida certa, não com aquele sorriso largo demais que me deixa com cara de assassina em série (de acordo com a Clarissa). A legenda só diz Me diverti comendo *taco* com a @newskye16.

Ele me marcou no Instagram. Deve ser por isso que estou recebendo tantos pedidos.

Eu não disse meu nome no Instagram para o Henry, mas ele deve ter visto quando postei a foto da nossa comida no sábado.

Fico aliviada que, levando tudo em consideração, a postagem é relativamente inofensiva. Claro que algumas pessoas me encararam quando passei por elas no corredor, mas Henry não é famoso como a Taylor Swift ou outra celebridade americana das grandes. Mesmo assim, fico sufocada com a quantidade de pessoas achando que não tem problema pedir aleatoriamente para seguir minha conta particular do Instagram só porque eu saí com o Henry para comer. Tenho duzentos pedidos e não param de chegar mais. Muitos são de estranhos e contas de bots, mas alguns são de pessoas que conheço da escola.

Acho horrível e não aceito ninguém. Essas pessoas nunca se deram ao trabalho de me dar atenção antes de eu aparecer no Instagram do Henry. Por que eu ficaria amiga delas agora?

Antes que possa me segurar, leio os comentários na postagem do Henry. E me arrependo na mesma hora.

A maioria deles é inofensiva, com mensagens como "Uau, esses *tacos* estão com uma cara ótima!" ou "😍 Que lindo!". Mas também há várias sequências de emoji de porco e muitas respostas com "oinc oinc", e até alguns comentários que dizem coisas extremas como "Morra! O Henry é meu".

Meu rosto vai ficando quente conforme olho os comentários. Sempre ouvi falar que celebridades sofrem *bullying* nas redes sociais, mas só entendi direito agora. Sei que vou ter que me acostumar com isso se quiser ser estrela do K-pop. E, se eu estivesse mais estabelecida, ou mesmo se tivesse sido avisada com antecedência, eu lidaria melhor com a situação. Mas agora é como se o ar tivesse sumido dos meus pulmões. E odeio como me sinto fraca e mal por tudo isso.

Estou pensando em deletar meu Instagram quando toca o sinal de um minuto para a aula começar. Pego os livros e corro até a aula de psicologia, onde Rebecca me espera.

O rosto dela se enche de preocupação quando me vê.

– Oi – sussurra ela quando me sento na sua frente. – Você está bem?

Só então percebo que estou tremendo da cabeça aos pés. Fora as pontadas breves e dolorosas de dor e pânico, eu me senti entorpecida a manhã toda. Mas de repente, sob o olhar preocupado da Rebecca, tenho que me esforçar muito para não cair no choro. Como não confio na minha capacidade de falar sem me dissolver em uma poça humana, eu só balanço a cabeça.

– Ah, Skye...

O sinal toca.

– Muito bem, turma – diz a sra. Peterson. – Deixem só um lápis na mesa. Espero que todos estejam prontos para um teste surpresa.

Como se essa manhã não pudesse piorar...

O teste é um desastre tão grande que faz o *Titanic* parecer um sucesso. Pelo menos algumas pessoas sobreviveram *àquele* navio que afundou. Vou ficar surpresa se não tirar um zero enorme.

Rebecca tenta conversar comigo durante e depois da aula, mas só balanço a cabeça. Nunca fui boa em falar sobre coisas ruins quando acontecem e hoje não é exceção. Não quero pensar no teste. E não quero pensar no que aconteceu no Instagram. O único motivo para ainda não ter saído correndo da escola é que tenho *uma* prova de pré-cálculo no último tempo.

Já fui mal numa matéria hoje, não posso permitir que aconteça em outra. Minha mãe deixou claro várias vezes durante a semana que não vai me deixar ir aos ensaios se minhas notas caírem.

Não estou com vontade de falar com ninguém agora, principalmente com minhas amigas adoradoras do Henry Cho, então vou para a biblioteca no horário de almoço. Minha nota de pré-cálculo já não está muito boa e não quero repetir a matéria de jeito nenhum.

Meu celular continua vibrando sem parar e o coloco no modo "não perturbe". Escuto música enquanto estudo: a minha playlist habitual de hinos poderosos dos grupos de meninas do K-pop. As músicas costumam ser tão animadas e barulhentas que me distraem até nos piores dias e, felizmente, hoje não é exceção. Estudo durante o almoço todo sem pensar nem uma vez no Henry e na postagem do Instagram.

Mesmo com tanto estudo, a prova é horrível. Mas era o que eu esperava, porque pré-cálculo é minha pior matéria. Fico feliz de pelo menos ter terminado todas as questões desta vez. E me sinto bem melhor do que depois do teste de psicologia.

Com tudo que está acontecendo, estou num estado tal de ansiedade que nem fui ao banheiro. Assim que o sinal toca, corro até o mais próximo. Só quando me sento no vaso é que olho o celular de novo.

O número de notificações aumentou absurdamente desde que olhei pela última vez. Há mais pedidos de seguidores e de envio de mensagens no Instagram. E mais mensagens de texto. Felizmente, meu celular está congelando bem menos agora, no modo "não perturbe". Mas não consigo olhar para a tela por mais de um minuto sem ficar com falta de ar.

E isso tudo por causa de uma única postagem. *Como o Henry aguenta?*

Antes de desligar o celular, olho as mensagens de texto de novo. Minhas amigas continuaram me mandando coisas ao longo do dia, e percebo que estão mesmo preocupadas comigo. Clarissa até parou de enviar aquele monte de MDDC e perguntou se estou bem. Sinto-me mal por ter deixado as duas no vácuo, mas estou exausta demais para responder a qualquer pessoa individualmente. Por isso, abro o grupo com Clarissa e Rebecca e digo: Olha, eu estou bem. Desculpem, o dia foi puxado. Explico tudo amanhã.

Estou lavando as mãos na pia quando me dou conta de que não tive notícias do Henry o dia todo. Nenhuma das minhas centenas de notificações do Instagram era dele. Ou ele não liga para o que aconteceu comigo hoje ou não faz ideia de que aconteceu alguma coisa. Espero que seja a segunda opção, mas sinto um calor de raiva quando me pergunto se o plano dele era esse o tempo todo. Será que fui o instrumento para ele ter mais atenção nas redes sociais?

Seco as mãos e estou quase enviando uma mensagem direta pelo Instagram quando duas garotas que conheço vagamente entram no banheiro. Elas ficam paralisadas quando me veem.

– Essa é...? – sussurra uma delas. Acho que ela é do nono ano e se chama Brenda ou Brenna Kim. Nós estudamos na mesma escola coreana, mas não a vi muitas vezes depois.

– É, *sim* – diz a outra garota.

Quase na mesma hora, elas pegam o celular e enviam fotos minhas para todos os amigos do Snapchat.

Capítulo Dezesseis

– EI! - GRITO. – SERÁ QUE VOCÊS PODEM PARAR? ISSO É UMA grosseria danada.

As duas garotas me olham boquiabertas e saem correndo do banheiro. Tento ir atrás, mas quando saio no corredor elas já sumiram.

– Já chega – digo. – Não aguento mais.

Abro o Instagram e mando uma mensagem direta para o Henry. Não sei o número dele e não sei se celebridades como ele olham as mensagens diretas, mas é a única coisa em que consigo pensar agora.

Ei, você pode me desmarcar nas fotos do *truck* de *tacos*? Suas fãs estão me atacando no Instagram. E as pessoas da escola estão sendo ridículas.

Quase na mesma hora, a palavra "visualizado" aparece embaixo da minha mensagem. Henry digita uma resposta. Pelo menos acho que é o Henry até ver a resposta.

Skye, aqui é a agente do Henry, Portia, diz a mensagem. Henry está numa sessão de fotos agora. Lamentamos a inconveniência que causamos a você. Henry não cuida mais do próprio Instagram. Sou eu. Nós sempre deixamos as notificações desativadas e só nos demos conta do que houve agora. Vou apagar a postagem agora mesmo.

Oi, Portia. Tudo bem, respondo. Obrigada por responder rápido.

Solto um suspiro de alívio. Bom, pelo menos o Henry e a equipe dele são legais.

De repente, meu celular começa a vibrar. É Clarissa.

Deixo a ligação cair na caixa postal, mas ela liga de novo.

– Skye! – ela grita no meu ouvido quando acabo atendendo. – CADÊ VOCÊ? Já foi pra casa?

– Não, mas vou daqui a pouco.

– Encontra a gente na frente da escola!

Fico tensa e penso se devia ter mentido e falado que já fui para casa. Apesar de me sentir mal por me isolar o dia todo, só quero mesmo ficar sozinha. Mas sei que minhas amigas não vão parar de me perturbar enquanto eu não me encontrar com elas.

Clarissa e Rebecca estão me esperando quando chego na frente da escola. Rebecca parece tão preocupada quanto estava no primeiro tempo, enquanto Clarissa parece preocupada, mas também meio enciumada.

– VOCÊ TEVE UM ENCONTRO COM HENRY CHO? – grita Clarissa. Ela corre para chegar mais perto, como se fosse me sacudir com força, mas Rebecca a segura.

Olho para ela com gratidão.

– Por que você não respondeu o dia todo? – pergunta

Rebecca. – A gente estava preocupada. *Né, Clarissa?* – Ela olha diretamente para nossa amiga.

Clarissa franze a testa.

– Bom, é. Claro que eu fiquei preocupada. Mas, sinceramente, estou confusa, porque eu não sabia o que estava acontecendo! Vi sua foto no Instagram do Henry. Todo mundo está falando de você. Por acaso está famosa agora?

– Eu... acho que não – digo. – E desculpem por não ter respondido. Entrei em pânico quando tudo aconteceu e tive que estudar pra minha prova de pré-cálculo no sétimo tempo.

– Cara, que dia pesado – diz Rebecca.

– Pois é – diz Clarissa, parecendo se sentir culpada. – Quer tomar sorvete? Raspadinha? Você pode ficar reclamando enquanto a gente come.

É nessa hora que percebo que preciso exatamente disso agora. Minhas amigas não são perfeitas, mas me conhecem. E, às vezes, isso mais do que basta.

Acabamos indo parar numa loja coreana de *patbingsu* (um tipo de raspadinha com coberturas variadas), e conto tudo para as duas enquanto comemos tigelas de raspadinha de matcha, feijão vermelho e taioba. Dividimos o valor dos três sabores e pegamos três colheres, como sempre. Rebecca e eu esperamos Clarissa tirar fotos e começamos a comer. Já estamos acostumadas agora. Ela não é tão obcecada por fotos quanto o Henry, mas chega perto.

Quando acabo de contar sobre meus dois últimos fins de semana e sobre o que aconteceu hoje, Rebecca pergunta:

– Ele pediu sua permissão antes de postar sua foto, pelo menos?

Penso no que Henry falou quando tirou as fotos. Eu falei que não me importava, mas sem entender direito o que isso significava. Conto isso para Rebecca e ela geme. Clarissa ri, mas cobre a boca.

– Skye... você realmente... – Rebecca para de falar. – Uau.

– Só para deixar registrado, eu não achei que ele ia me marcar! Nem postar minha foto.

Rebecca suspira.

– O que vou fazer com você?

– Espera aí – diz Clarissa. – Não quero bancar a advogada do diabo, mas ainda não entendi por que isso tudo é ruim. Você não está na competição de K-pop? Essa publicidade toda não deveria ser uma coisa *boa*? Ouvi falar que o programa contabiliza os votos de popularidade na última rodada. Você devia estar feliz pelo que aconteceu, não se martirizando. Pense na exposição que vai ganhar!

De certa forma, ela está certa. E parte de mim sabe que eu devia ficar mais resistente e agradecer a publicidade gratuita. Mas fico pensando que não tem como as minhas amigas entenderem como foi ver emojis de porco lotando os comentários na postagem do Henry. Nenhuma delas usa tamanho maior do que 38.

Em vez de falar, olho para as poças tristes de raspadinha derretida nos potinhos.

– *Mesmo* assim – diz Rebecca. – A Skye não estava preparada pra que uma coisa assim acontecesse tão rápido. As audições nem foram transmitidas ainda! Ninguém sabem quem ela é.

– É verdade – admite Clarissa. – Acho que não pensei nisso.

Aperto o braço da Rebecca com gratidão. Ela sempre sabe dizer a coisa certa.

Estamos quase saindo da sorveteria quando meu celular começa a tocar. Quase ignoro, mas paro quando percebo o que tem na tela. Está escrito “número privado”.

Clarissa segura meu braço tão abruptamente que o celular quase voa da minha mão.

– Minha nossa! Deve ser o Henry Cho! Ele está te ligando. Ele está mesmo te ligando!

– Shh! – digo. – Fiquem quietas pra eu poder falar com ele. Clarissa, calma. Não quero deixar ele assustado.

Clarissa revira os olhos para mim, mas assente em silêncio.

Eu aceito a chamada.

Coloca no viva-voz!, diz Rebecca com movimentos labiais.

Eu faço que sim e clico no botão do viva-voz.

– Alô.

– Skye? – A voz do Henry soa tão séria que me pega de surpresa. Só o ouvi falando assim quando ele estava dando a bronca no Bobby. – Você está bem? Desculpe por ter sumido o dia todo. Acabei de sair de uma sessão de fotos. Portia conseguiu seu número com o comitê da competição. Espero que não tenha problema eu estar te ligando agora. Eu só queria ver se você está bem.

– Estou – digo. – Estou agora. Obrigada. E agradeço por você ter feito contato comigo.

Até a voz dele é linda!, diz Clarissa só movendo a boca.

Rebecca bate com a mão na cara.

– Desculpa – diz Henry de novo. – Eu *não* percebi que uma coisa assim podia acontecer. Que as pessoas reagiriam assim.

– Tudo bem. Você não sabia.

Rebecca me dá uma cotovelada na barriga e fico sem ar.

– Ai! – sussurro.

– Não foi legal – diz Rebecca. – Ele é uma celebridade. *Devia* ter sido mais responsável!

Ah... meu... Deus.

Nós ficamos paralisadas. Clarissa parece prestes a gritar de novo, agora de pavor. Também sinto vontade de gritar. Meu rosto fica quente, mesmo que Henry não esteja aqui. Até Rebecca parece chocada com sua impetuosidade.

Não há nada além de silêncio do outro lado. Primeiro, acho que o Henry *desligou* na minha cara. Mas ele acaba dizendo:

– Ah, estou no viva-voz?

– Hã... está. Desculpa. Eu estava com as minhas amigas e...

– A gente queria saber se você não é um filho da mãe! – diz Rebecca.

Eu amo a Rebecca, de verdade, mas ela está agindo com o maior jeito de mãe asiática. Claro que em parte a culpa é minha. Eu não devia ter botado o viva-voz.

Eu me afasto um pouco das minhas amigas e tiro o viva-voz.

– Desculpa por isso. Você não está mais no viva-voz.

– Tudo bem – diz Henry. – Eu entendo. Que bom que suas amigas cuidam de você assim. E a que falou... ela está certa. Eu devia ter tomado mais cuidado. Desculpa, não vou mais te incomodar. Espero que o resto do seu dia seja bom.

A ligação é encerrada antes que eu possa falar qualquer coisa. Atordoada, fico olhando o celular por um longo momento.

– Ele desligou na sua cara? – pergunta Rebecca, ofegante. – Depois de tudo que aconteceu hoje? Nossa, que boy lixo.

Espero que Clarissa defenda o Henry, mas até ela está torcendo os lábios.

– Bom, ele pediu desculpas – falo. – Não sei. Ele estava estranho. Não foi assim antes.

Só que foi, uma vez. Eu me pergunto o que as minhas amigas diriam se eu contasse o que aconteceu entre o Henry e a Melinda. Pulei essa parte porque não pareceu ser da minha conta, mas agora penso se devia ter mencionado.

E se esse Henry frio e cruel fosse o verdadeiro Henry o tempo todo?

Capítulo Dezessete

LEVA ALGUNS DIAS PARA QUE O BURBURINHO SOBRE MIM E Henry morra. Apesar de Portia ter deletado a postagem original, muitos fãs do Henry e até alguns jornalistas de veículos online já tinham feito capturas de tela e compartilhado em outros lugares. Surgiram artigos de fofoca dizendo que Henry e eu estamos "namorando", com muitos discutindo como sou uma substituta "interessante" depois do relacionamento com a Melinda.

Perco a conta do número de vezes que reviro os olhos. Eu saio com Henry uma vez e as pessoas já estão me chamando de "substituta". E é nojento acharem "interessante" o Henry sair com "uma garota como eu". As pessoas são tão transparentes com a gordofobia às vezes.

Meu primeiro instinto é desinstalar todos os aplicativos de redes sociais para não ver o que os milhares de estranhos que compartilharam os artigos de fofoca estão dizendo sobre mim. Mas como só temos um ensaio oficial de dança antes da segunda rodada de eliminação, fico com o Instagram. Preciso dele para fazer contato com o Henry.

Mas quando envio uma mensagem para perguntar se ele quer se encontrar antes do ensaio, nem ele nem Portia respondem. Só me deixam com "visualizado". Depois de ficar olhando o celular obsessivamente por uma hora, eu me obrigo a parar. Apesar de minhas chances na parte de dança da competição estarem desmoronando, ainda tenho a parte do canto. E pelo menos sobre *isso* eu posso fazer alguma coisa.

Como "Crazy in Love" é uma música que depende muito de dança, no ensaio de sábado ensino a Lana alguns passos que podemos fazer nos intervalos instrumentais. Embora ela se apresente como uma dançarina apenas "razoável", consegue acompanhar a coreografia com poucos erros. O ensaio com Lana é tão bom que quase esqueço como as coisas estão horríveis com o Henry. Quase.

Durante o intervalo de almoço, Lana me vê chateada atrás do estúdio. Felizmente, todo mundo (inclusive a equipe de filmagem) está fazendo uma pausa, e aproveito o fato de que não preciso sorrir e fingir que tudo está bem.

– O que foi? – pergunta ela, unindo as sobrancelhas com preocupação.

– Ugh, é o Henry – digo. – Eu queria que as coisas estivessem indo bem com ele como estão com a gente, mas ele está me evitando e não sei por quê. Não responde nem minhas DMs.

Ela franze a testa e se encosta na parede ao meu lado.

– Por quê? Eu achava que ele gostava de dançar com você. Ele não se ofereceu pra ser seu parceiro? Foi o que a Tiffany me contou.

– Isso mesmo. E ficou numa boa no primeiro ensaio. Mas,

desde que a gente saiu pra comer um *taco* e aconteceu aquela coisa toda do Instagram... bom, não tive mais notícias dele.

– Os garotos são muito estranhos. Fico feliz de não ter que aguentar isso.

– Bom, mas eu nem estou ficando com o Henry.

Lana me olha novamente.

– Espera, vocês não estão ficando?

– Não, foram só boatos. Eu só o chamei pra comer um *taco* porque ele disse que não tinha comido nada o dia todo.

– Skye... – geme Lana. – O Henry é uma celebridade. Você não pode simplesmente sair com ele sem esperar que haja algum escândalo.

Quando ela fala assim, o que fizemos parece mesmo um grande descuido. Mas não consigo me arrepender daquele dia. O que aconteceu depois foi horrível, mas nós nos divertimos.

– Pra ser bem sincera – diz Lana –, eu ouvi umas coisas bem estranhas sobre ele. É verdade que não o conheço pessoalmente e não sei se são verdade. Mas tenho alguns amigos que estudaram em Harvard-Westlake com ele antes dos pais o tirarem da escola e parece que ele não tem amigos. Nenhum. Tinha muito tempo atrás, mas aí aconteceu alguma coisa.

– Alguma coisa? O quê?

– Não sei. Meus amigos ficaram incomodados quando perguntei e eu não insisti. Mas parece que foi um negócio sério.

Penso em como Henry ficou empolgado por comer *tacos* comigo. Ele agiu como alguém que não sai muito e percebo que os boatos que Lana ouviu podem ser verdade. Uma sensação horrível surge na minha barriga. Não sei se fico cautelosa com ele ou se me sinto mal por sua situação.

Depois de um tempo, Lana diz:

– Você tentou conversar com ele sobre as coisas? Nunca mais vou sair com nenhum garoto, mas, pelo que vejo com meu irmão, os homens são péssimos pra conversar. Não dá pra esperar que eles digam qual é o problema. Você tem que perguntar.

Perguntar abertamente para o Henry sobre as coisas passou pela minha cabeça, mas não consegui fazer isso. Talvez por ele ser uma celebridade ou talvez por causa do que aconteceu depois que saímos, me sinto um pouco intimidada por ele. Mas sei que Lana está certa. Não posso deixar que isso continue indefinidamente. E não quero que afete minhas chances na competição.

Decido que *vou* perguntar ao Henry o que houve no nosso ensaio de dança na semana seguinte. Se eu mandar mensagem, é capaz de ele continuar sem responder.

Estou prestes agradecer a Lana pela dica quando a voz do Barack Obama berra de repente: "KAKAOTALK!".

Olho para ela e ela sorri como uma criança de 5 anos.

– Eu achava que ninguém usava esse toque – digo enquanto a vejo abrir o celular.

Todo mundo, até as mães e talvez até os avós, usa o KakaoTalk para trocar mensagens na Coreia do Sul, assim como muitas pessoas coreanas que moram nos Estados Unidos. Como a única amiga coreana que tenho na escola é a Clarissa e ela não usa o KakaoTalk, só uso para mandar mensagens para os meus pais. O aplicativo tem toques e adesivos hilários que não existem em nenhum outro e fico triste de não ter mais oportunidades para usá-lo.

– Tiraram do app, mas a Tiffany e eu trocamos nossas notificações de mensagem de texto pra ele. É uma piada nossa – explica Lana. – Ele foi o presidente mais a favor dos gays na história dos Estados Unidos, era ótimo.

Vejo Lana responder à mensagem da Tiffany com animação. Antes que possa me segurar, eu pergunto:

– E como é a sensação?

Ela leva um susto, como se já tivesse esquecido que eu estava ali. Parece confusa por um momento, mas daí entende.

– É incrível – diz ela. – No ensino médio, eu ainda saía com garotos e vivia infeliz. Não entendia por que eu não gostava de nenhum deles e não sentia atração por ninguém. Mas... quando comecei a sair com a Tiffany, bom, pode parecer brega, mas tive uma sensação de que tudo estava *certo*. Finalmente entendi as músicas românticas. Você não é hétero, né?

– Sou bi – digo. – Ou pelo menos eu acho que sou. Ainda não entendo direito essa coisa de pan ou bi... e não sei se vou poder sair com uma garota um dia, porque, bom...

Dou um suspiro. Lana espera com paciência que eu continue.

– Pais asiáticos – concluo. – Mas não, eu não sou hétero.

Ela assente com solidariedade.

– É, eu te entendo. Tiffany e eu fomos expulsas de casa quando nossos pais descobriram. Nós moramos juntas agora, mas... chegar nisso não foi fácil. E nossas famílias ainda pegam no nosso pé. Eu só queria que eles parassem e nos aceitassem de uma vez. Mas... já tem alguns anos e acho que meus pais ainda estão esperando que eu passe da "fase de namorar garotas" e arrume um cara.

Algo no meu coração se parte. Ver postagens no Twitter e no Tumblr sobre pais homofóbicos que expulsam os filhos de casa é uma coisa, mas é um novo nível de dor ser amiga de alguém que vivenciou isso. E, por mais que eu odeie me sentir assim, não consigo deixar de ficar aliviada por ainda estar protegida. Por meus pais não saberem. Por meus pais talvez nunca precisarem saber.

– Sinto muito. – Isso é tudo que consigo dizer.

Lana dá de ombros.

– É o que é. Não posso mudar meus pais tanto quanto eles não podem me mudar. – Ela limpa a garganta. – Bom, já chega de conversa triste. Vamos voltar ao trabalho. Vamos passar pra próxima rodada, né? Espero que você não amarele comigo!

– Tá bom – respondo, com uma gargalhada.

Nós batemos os punhos, sorrindo.

Depois do ensaio, Lana e eu estamos indo para o estacionamento quando Melinda entra na minha frente.

– Então você é a parceira do Henry.

Seus olhos cinzentos me olham com reprovação, como se ela não me achasse digna. É um contraste enorme com o olhar dela na última vez que interagimos, quando estava desesperada para ser minha amiga.

E você é a ex do Henry, eu quase respondo. Mas como não quero levar um tapa na cara, só digo:

– Isso mesmo. As coisas acabaram sendo assim.

Uma mão aparece na minha frente e me empurra delicadamente para trás. É Lana, e olho para ela com gratidão por entrar entre mim e Melinda.

– Com licença aí – diz Lana. – O que acha que está fazendo? Skye e eu estamos cansadas depois de um dia longo de ensaio e espero que você não esteja querendo bancar uma ex ciumenta e dramática.

Lana fala tão alto que o pessoal das filmagens, que estava indo para casa, volta e nos circunda, ligando as câmeras novamente para gravar tudo que fizermos.

Melinda repara nas câmeras e nos olha com irritação.

– Olha – sussurra ela para mim, ignorando a Lana. – O Henry e eu só demos um tempo. Ele só vai dançar com você na competição, mais nada. Então nem ouse tentar alguma coisa quando está na cara que o lance aí foi pena.

Eu ia deixar pra lá tudo que ela disse, mas a última parte me deixa irritadíssima. Eu não *pedi* para o Henry ser meu parceiro e não pedi para ser "salva". Mas todo mundo fica me tratando como se eu tivesse tido sorte. Eu me afasto do braço protetor da Lana e fico cara a cara com Melinda. Estou cansada das pessoas achando que não mereço estar na competição.

– Escuta – digo. – O Henry e eu não temos nada. Os boatos de que eu sou "substituta" são só isso. Boatos. Mas não venha me dizer que vou dançar com seu ex porque ele teve pena. Se você queria dançar com ele, devia ter entrado na competição de dança também.

– Eu tentei – diz Melinda com os dentes cerrados. – Mas não consegui entrar.

– Parece que o lance comigo não foi pena, então.

A essa altura, tem um grupo reunido ao nosso redor. Vejo a garota com camiseta do Bob Esponja (já estou me perguntando se o armário dela é todo lotado de camisetas do Bob Esponja) e algumas outras pessoas torcendo por mim. A câmera dá zoom e tem uma visão clara dos nossos rostos.

Melinda aperta os olhos, mas se vira e sai sem dizer mais nada.

Capítulo Dezoito

NO SÁBADO SEGUINTE TEMOS NOSSO ÚLTIMO ENSAIO DE dança antes da segunda rodada de eliminações. As coisas estão ruins. *Muito* ruins. Nada está dando certo. Henry e eu ficamos pisando um no pé do outro. Nossos membros ficam se emaranhando, como se estivéssemos jogando Twister. Eu quase tropeço e caio de cara.

Não consigo me segurar e fico olhando os outros pares, mas me arrependo na mesma hora. Imani e o parceiro, Caleb Kim, estão repassando metodicamente cada passo da dança, em perfeita sintonia. Tiffany e Paul Johnston não estão tão bem, mas parecem ao menos sintonizados.

Sou tomada de inveja antes que consiga me segurar. O jeito como Henry e eu dançamos facilmente juntos duas semanas atrás parece um sonho louco.

Estou à beira do pânico. Além do ensaio de hoje estar horrível, à noite estreia o primeiro episódio de *Você é minha estrela brilhante*. Clarissa e Rebecca ficaram me mandando mensagens sobre isso a semana toda, mas estou ficando na minha e só dou respostas curtas para as perguntas sobre o programa. Não quero ser ridícula, mas é difícil ficar animada com a estreia do programa quando as coisas entre mim e Henry estão tão ruins. Meu estômago dá um nó só de pensar.

Ainda estou preocupada com a estreia quando Henry e eu batemos cabeças. Com força.

– Ai! – grito.

Todo mundo, inclusive as câmeras, claro, se vira para me olhar. Estou sentindo tanta dor que nem ligo. Meus olhos se enchem de lágrimas e olho feio para o Henry. Ele não gritou como eu, mas seu rosto está contraído em uma careta de dor.

– Desculpa – murmura ele. É a primeira coisa que o ouço dizer desde nossa conversa pelo telefone.

Lembro-me do que Lana disse e decido seguir o conselho dela.

– Já chega – digo. – Vem comigo. A gente tem que conversar.

Pego a mão do Henry e o puxo na direção da porta do estúdio. Quando passamos, as pessoas param de dançar para nos olhar de boca aberta. Sussurros se espalham pela sala.

– Aonde vocês pensam que vão? – pergunta Bora, entrando na minha frente.

As câmeras estão ao nosso redor agora e preciso respirar fundo para falar de forma calma e objetiva.

– Eu preciso sair pra conversar com meu parceiro. Estaremos aqui fora, mas eu gostaria de privacidade, por favor.

Bora balança a cabeça.

– De jeito nenhum. Qualquer conversa particular que você precise ter com seu parceiro pode esperar até a hora do almoço.

O almoço é no meio do dia. Já teremos desperdiçado metade de um dia até lá.

– Só cinco minutos – peço. – Por favor.

– Não – diz Bora. Ela passa a falar coreano e tão rápido que quase não entendo. – Você deve achar que merece tratamento especial porque o sr. Park a salvou de ser eliminada, mas não é o caso. Neste momento, você está causando confusão e fazendo todo mundo perder tempo precioso de ensaio. Não sei como são as coisas nos programas americanos, mas não é assim aqui.

Atrás dela, Imani diz com movimentos labiais: *Precisa de apoio?* Apesar de Bora estar falando em coreano, acho que está bem claro que estou encrencada.

Eu balanço a cabeça. Por mais que eu odeie Bora, tenho que admitir que ela está certa desta vez. Eu nunca pretendi causar tanta comoção, mas está claro pelo fato de que todos pararam de dançar que foi *exatamente* isso que fiz. Vai ficar *ótimo* na televisão.

– Tudo bem – digo. – Desculpe.

Olho para Henry, surpresa por ele ter ficado calado o tempo todo. Diferentemente da celebridade carismática que foi no primeiro dia, agora ele mal reage e só olha em silêncio para o chão.

Voltamos para os nossos lugares e o resto da manhã é previsivelmente horrível. Quando chega a hora do almoço, estou com vontade de gritar. Mas, antes que eu possa dizer qualquer coisa, Henry segura minha mão com delicadeza e me puxa para o corredor enquanto todos entram na fila da comida.

– Tudo bem – diz ele. – Vamos conversar.

– Ugh! – exclamo, finalmente manifestando toda minha

frustração. – Você *realmente* não se importa com a competição, né? Nós vamos ser eliminados na próxima rodada se você continuar dançando como um zumbi.

Henry passa a mão pelo cabelo perfeitamente penteado para trás.

– Eu me importo, sim. Eu só... sei lá.

– Você está com raiva de mim, por acaso? – pergunto. – Eu fiz alguma coisa errada?

Ele pisca, como se estivesse tendo dificuldade de entender o que falei. Por um momento, acho que não vou obter mais nada dele, mas ele diz:

– Você? Não, por que eu estaria com raiva de você? Você não fez nada.

Solto um suspiro de alívio. Ele não fala tanta coisa para mim há mais de duas semanas.

– Tudo bem. Então, o que é?

Ele respira fundo e afasta o olhar enquanto passa a mão pelo cabelo de novo.

– Sou eu. Eu fiz besteira.

– Como?

– Eu não devia ter deixado Portia te marcar na postagem ou pelo menos devia ter confirmado com você antes. Estou tão acostumado a postar coisas com outras celebridades, gente que não controla as próprias contas e está acostumada com esse tipo de exposição, que nem pensei em como poderia te afetar.

Eu aperto os olhos.

– Espera, você está me dizendo que me deu gelo esse tempo

todo porque estava se sentindo *mal*? Você me deixou só como "visualizado" por causa *disso*?

Lana estava certa. Os homens são idiotas.

– Não deixei Portia responder porque achei que você estava se obrigando a ser legal comigo. Sei lá. Desculpa, é complicado.

– Como?

– Eu percebi que talvez não pudesse ser seu amigo, afinal. Que não *deveria* ser seu amigo. Pra falar a verdade, sair com você depois do ensaio naquele dia foi ótimo. Eu me diverti muito e me senti renovado, principalmente depois que tive duas semanas infernais. Mas o que aconteceu no Instagram foi um sacode. Eu percebi que não poderia só andar com você por aí. Foi irresponsabilidade minha, como sua amiga falou.

– Outra possibilidade é só... não postar fotos no Instagram.

Só depois que falo passa pela minha cabeça que eu estava na expectativa de sairmos juntos de novo. Como se fosse uma coisa óbvia e natural. Se Henry acha estranho, não fala nada. E apesar de eu ter dito a Melinda que não havia nada entre nós, não posso negar que gostei de passar um tempo com ele.

– Mas isso vai contra tudo que sou como pessoa – diz Henry. O tom dele é sério, mas o sorrisinho torto me diz que ele está brincando. A expressão, por mais irritante que seja, é uma visão bem-vinda. Ele está finalmente relaxando.

Como não digo nada, ele continua. As palavras fluem como água saindo de uma torneira.

– Mas fiquei na dúvida se devia ter me oferecido pra ser seu parceiro... não por causa de algo que você tenha feito, mas por causa de toda atenção e de todo o drama que resultou disso. Eu também... bom, eu achei que você estivesse com raiva de mim. Ou que não fosse querer me aguentar de novo depois do que aconteceu. E você tem todo o direito de não querer passar tempo comigo depois do que eu fiz.

Sua voz agora é quase um sussurro. A vulnerabilidade dele me surpreende, assim como a expressão de dor em seu rosto.

– Outras pessoas deixaram de ser minhas amigas depois que coisas parecidas aconteceram no passado – continua ele. – É verdade que as circunstâncias eram diferentes, mas também não fui isento de culpa. Fiquei com medo de estar acontecendo de novo. Desculpe.

Espero que Henry conte mais sobre o que aconteceu entre ele e os amigos, mas ele não fala nada. Então, digo:

– Bom, o que aconteceu no Instagram não foi a experiência mais legal da minha vida. E eu cometi o erro de ler alguns dos comentários. Nunca vi tantos emojis de porco na vida.

Henry faz uma careta.

– Sinto muito.

Eu levanto bem a cabeça e penso no que Melinda disse sobre ele ter dançado comigo por "pena".

– Compense dando tudo de si nessa competição pra gente passar pra próxima rodada. Não vou aceitar nenhum outro pedido de desculpas.

– Tudo bem, claro. Isso eu posso fazer.

Quando voltamos para o estúdio, todo mundo já voltou a ensaiar. Eu tinha esquecido como o intervalo para o almoço era curto.

Bora dá uma risadinha debochada na frente da sala, como se estivesse satisfeita de ver que perdemos tempo.

– Droga – digo. – A gente nunca vai conseguir compensar.

Henry bate com os dedos na porta com nervosismo.

– Sei de um lugar onde a gente pode ensaiar mais depois que o ensaio aqui acabar. Se você ficar à vontade pra ir lá, claro.

– Onde?

– Eu...

Henry afasta o olhar com timidez e murmura alguma coisa. É tão estranho vê-lo agir desse jeito que dou uma risada antes de responder.

– O quê?

– Eu tenho um estúdio particular que uso sempre que quero dançar um pouco sozinho. Mas não vamos ficar só os dois lá. Portia e Steve vão ficar com a gente, mas entendo se você não se sentir à vontade pra ensaiar lá.

Estou desesperada para não deixar o dia ser perdido. Além do mais, fora o incidente do Instagram, Henry, Portia e Steve parecem ser boas pessoas. Eu já saí com os três.

Em vez de dizer não, eu pergunto:

– Tem ar-condicionado?

– Tem.

– Tem um sistema de som legal?

– Tem.

– Então, eu topo. Vamos pra lá depois deste ensaio.

Vamos até Studio City, felizmente evitando as áreas mais movimentadas e cheias de turistas. Crescer perto de Hollywood é estranho porque inúmeras pessoas do mundo todo visitam o local para tirar fotos do letreiro de Hollywood e passeiam nos ônibus turísticos de dois andares. Mas, para mim, Hollywood é só uma estação do metrô e uma inconveniência enorme por causa dos engarrafamentos exponencialmente ruins que provoca.

Steve estaciona o Suburban na lateral e entramos no que parece ser um prédio comercial velho. Mas o interior é bem legal, como o estúdio de gravação em que ensaiamos para o *Você é minha estrela brilhante*. Fora as salas de dança, tem uma área de descanso e um bar abastecido, como se estivéssemos em um clube exclusivo. Fotos autografadas e emolduradas de celebridades revestem as paredes, exibindo gente como Britney Spears e Demi Lovato.

Você aluga um estúdio *aqui*? – Minha voz sai em um sussurro baixo e reverente enquanto olho as fotos dos artistas famosos que ensaiaram no lugar.

Henry me olha confuso.

– É. Essa sala especificamente. – Ele bate com o dedo numa foto da Vanessa Hudgens e seus dançarinos. – Mas acho que ela não ensaia mais aqui. A foto é bem velha.

Com a boca aberta, eu o sigo pela escada.

Graças ao pequeno negócio da minha mãe e ao emprego do meu pai, os dois ganham bem, mas não consigo imaginar ter uma família rica como a do Henry. Mesmo que fôssemos cheios da grana, conheço meus pais e sei que eles botariam uma boa parte na minha poupança da faculdade e usariam o resto para visitar os parentes na Coreia do Sul. Não alugariam um estúdio caro e exclusivo.

Ainda estou pensando na Coreia e em como quero vencer a competição para finalmente ir para lá, quando Henry para e abre uma porta.

– Bom, é aqui. Pode ficar à vontade pra se alongar e se aquecer. Vou preparar a música.

Com o coração disparado no peito, entro no estúdio. É menor do que a sala onde ensaiamos para a competição, mas bem mais bonito. O que alugam para o *Você é minha estrela brilhante* é mais moderno, com paredes vermelhas e teto industrial, mas o estúdio onde estamos tem espelhos do chão ao teto estrategicamente posicionados e uma iluminação que deixa tudo com um brilho suave e reconfortante. É o tipo de espaço em que sempre sonhei ensaiar.

Portia e Steve entram carregando uma mesinha de plástico e cadeiras e colocam tudo nos fundos da sala, ao lado de um frigobar e de um bebedouro. Pergunto se eles precisam de ajuda, mas Portia só nega com a cabeça e sorri.

– A música está pronta – diz Henry. Ele deve ter reparado que olhei para os seus acompanhantes, porque acrescenta: – Ah, eles não costumam fazer isso quando estou sozinho. Mas achei que você se sentiria mais segura se não ficássemos só os dois na sala.

Portia acena com simpatia do fundo da sala, como uma mãe que foi ver o filho jogar futebol. Steve, como sempre, não diz nada, mas seu olhar parece um pouco menos ameaçador do que o habitual. O nível de atenção de todos é tamanho que acho ao mesmo tempo constrangedor e fofo.

Henry e eu nos posicionamos no meio da sala. Apesar de estarmos fazendo a mesma coisa que fizemos inúmeras vezes com todo mundo, sendo só nós dois dançando, tudo parece dez vezes mais íntimo. O estúdio que usamos na competição é bem barulhento porque todo mundo sempre fica falando antes da música começar, mas aqui o silêncio é absoluto. Embora Henry esteja à mesma distância que costuma ficar nos ensaios, parece mais próximo agora, e ouço o som baixo e quase imperceptível da sua respiração. Ele sempre tem um cheiro bom, mas hoje não consigo deixar de notar que a colônia com aroma de brisa do mar tem toques de flores selvagens.

– Meu Deus – digo. – Você levou essa coisa de "garoto flor" meio longe demais.

– Hã?

– Sabe aquela expressão em coreano, "*kkot minam*"? Tipo garotos que são lindos como flores?

Henry assente. Um sorriso divertido surge em seus lábios e ele me olha por entre cílios injustamente mais escuros e mais longos do que os meus.

– Bom, você é um deles – continuo. – Mas também tem *cheiro* de flores.

Ele cai na gargalhada e dou uma risada nervosa junto. Ter tanta intimidade com um garoto lindo que eu mal conheço é meio estranho, mas pelo menos podemos rir da situação.

Mas, assim que a música começa, esqueço todo o constrangimento. Como sempre, eu me entrego à coreografia elaborada, girando e me movendo com a batida. Henry dança comigo e nos movemos em sincronia, nossos corpos combinando perfeitamente no reflexo do espelho.

Faz tanto tempo que não dançamos assim que quase choro de alívio. Depois de horas de passos tão mecânicos e desajeitados entre nós, é ridículo tudo ser tão fácil agora. Estamos até *respirando* em sincronia.

Estou tão feliz de ter seguido o conselho da Lana.

Enquanto dançamos, Henry sorri. E eu sorrio para ele quando ele me gira nos braços.

Capítulo Dezenove

HENRY FICA CALADO DURANTE QUASE TODO O TRAJETO ATÉ a minha casa. Ele está tenso, como se estivesse nervoso com alguma coisa. Sempre que faço contato visual, ele sorri, mas é aquele sorriso falso e profissional, não o real.

Como ele não está com humor para conversar, coloco os fones de ouvido e escuto "Crazy in Love" sem parar enquanto estudo com uns cartões que fiz para a prova de psicologia na segunda. Tem tanta coisa acontecendo na escola e na competição que tenho tentado aproveitar toda brecha de tempo possível.

Estamos quase saindo da rodovia 5 quando sinto um toque suave no ombro. Levo um susto e levanto o olhar das anotações. Dou de cara com Henry fazendo sinal na direção da orelha, como se quisesse que eu tirasse os fones. Tiro um lado e pergunto:

– O quê?

Com uma timidez nada característica, Henry me entrega o celular dele.

– Você, hã, pode me dar seu número?

– Hã?

Ele afasta o olhar e passa a mão no cabelo.

– Vai facilitar muito pra gente combinar os ensaios. Você disse que também queria ensaiar durante a semana, né? Porque nosso tempo está curto.

Eu esqueci que tinha falado isso no ensaio. Era por isso que Henry estava nervoso esse tempo todo?

– Ah, claro!

Digito meu número e ele me manda uma mensagem de texto. Meu celular vibra.

Sua boca se curva num sorriso torto.

– Legal – diz ele. – Pelo menos você não me deu o número do Rejeitados Anônimos.

Dou uma risada.

– Eu não te odeio, sabe. Pelo menos, ainda não. Daqui a uma semana isso pode mudar.

Henry levanta as sobrancelhas fingindo surpresa.

– Então você não é de "competição amigável".

– Nós podemos competir de forma amigável – digo. – Mas vou ganhar mesmo assim.

Ele ri de um modo tão genuíno que eu também sorrio.

Uau, penso antes de conseguir me segurar. *Eu queria que ele sorrisse assim com mais frequência*.

Afasto o rosto para adicionar o número dele aos meus contatos. Ou, pelo menos, é o que digo para mim mesma que estou fazendo.

– Esse é seu número pessoal? – pergunto.

– É – responde Henry, parecendo intrigado. – Por que não seria?

– Ah, sei lá. As celebridades não guardam as informações pessoais a sete chaves? Na última vez que você ligou, foi de um "número privado".

– Ah, eu usei o celular da Portia porque não estava com o meu. E ela gosta da privacidade porque tem filhos. Quanto a mim, bem... – Ele sorri. – Eu *guardo* segredos. Você é a única pessoa pra quem dei meu número em muito tempo. A única pessoa, além da Portia e do Steve, com quem interagi de verdade em muito tempo, pra ser sincero.

Ele faz uma careta, como se estivesse arrependido de ter admitido essa última parte para mim.

– Espera – digo. – Como assim? Você não tem... amigos?

– Não tenho mais. Os últimos de verdade que tive eram da escola. Antes dos meus pais decidirem que eu devia estudar em casa.

– Ah... aconteceu alguma coisa? – Estou me esforçando tanto para ser sensível que minha voz fica mais aguda do que o habitual. Ouvir boatos de que alguém não tem amigos é diferente de ouvir direto da boca da pessoa. É uma experiência bem mais triste.

Nessa hora, o carro para.

– Chegamos – diz Portia.

Um alívio inconfundível surge no rosto do Henry.

– A gente se vê depois, Skye – diz ele.

Outro dia, outro mistério, penso enquanto saio do carro.

– Skye!

Levo um susto porque eu não estava esperando que houvesse alguém em casa. Mas aí eu lembro: meu pai voltou pro fim de semana. Não é a semana habitual dele, mas ele prometeu que assistiria à estreia comigo.

Quando me viro, vejo que ele está no jardim, podando os arbustos. Ou estava. Agora, está olhando boquiaberto enquanto o carro se afasta, a tesoura de poda parada no meio de um corte.

– *Ya* – sussurra ele, como se o Henry e o pessoal dele pudessem ouvir de tão longe. – De quem era aquele carro? Alguma celebridade?

Olho para o meu pai com cautela porque não sei o quanto ele sabe da cultura pop.

– É do Henry Cho – digo. – Ele é modelo...

Meu pai ofega.

– Henry Cho? Eu o sigo no Instagram!

– V-você tem Instagram?

– Claro! O Facebook não está em declínio? Foi o que li na *Forbes*, pelo menos. Todos os meus amigos da faculdade usam o Instagram agora.

Dou um gemido.

– Hora de apagar meu Instagram.

Eu reviro os olhos, mas, por dentro, acho mais engraçado do que preocupante. Como é engenheiro, meu pai tenta acompanhar as tecnologias recentes, mas também diz coisas como "Uau, isso era analógico quando eu tinha a sua idade!" ou outros comentários igualmente constrangedores. Eu não sabia que o hobby dele chegava às redes sociais, mas acho que não deveria ficar surpresa. Meu pai mora sozinho e deve ter muito tempo sobrando fora do trabalho.

– Como você conhece Henry Cho? – ele pergunta. – Ele também está na competição?

– Está. Ele é meu parceiro.

– O quê? Mas por que você não me contou isso antes?

– Ainda é segredo! O primeiro episódio vai ao ar hoje, lembra?

O entusiasmo do meu pai pelo Henry é tão bizarramente parecido com as reações das minhas amigas que quase saio de casa na mesma hora. Mas ele é meu pai. Diferentemente da minha mãe e das minhas amigas, sei que ele vai ser meu fã número um, aconteça o que acontecer. Ou, pelo menos, espero que seja.

Meu pai levanta as mãos animado quando faço que sim.

– Finalmente a nossa Skye vai agraciar a televisão de todo mundo com seu talento! Mal posso esperar. Vai ter festa pra assistir!

Dou uma risada. Só meu pai pode dizer coisas bobas assim sem me fazer revirar os olhos automaticamente.

Só então percebo que não tive oportunidade de atualizá-lo sobre a competição. Conto tudo que aconteceu nas semanas que se passaram, menos a questão do Instagram. Por sorte, ele não parece ter visto a postagem do Henry no breve tempo que ficou online. E não lê sites de fofoca. Ainda bem.

Quando acabo, ele solta um murmúrio impressionado.

– Uau, olha só você. Sempre se esforça tanto. Você é incrível, Skye. Espero que saiba disso.

– Obrigada, pai.

Ele volta a podar os arbustos e estou quase entrando em casa quando ele pergunta:

– Ah, e o Henry Cho? Ele é legal? Espero que ele esteja te tratando bem.

Eu faço uma careta.

– Você fala como se a gente estivesse namorando.

Meu pai ergue as sobrancelhas e faz uma expressão severa. Quase dou risada. Faz tempo que não o vejo com tanta cara de pai.

– E estão?

– Não! Claro que não. Somos só parceiros de dança. Tem um monte de boatos de que a gente está junto, mas só saímos pra comer um taco. Nada mais.

Meu pai tosse e fica meio verde.

– Sua mãe já teve a conversinha com você, né?

– Pai! Já falei, a gente não está namorando!

A cor dele fica um pouco mais normal, mas o rosto ainda está tenso como se ele estivesse com intestino preso.

– Tudo bem. Que bom. Se vocês dois acabarem namorando... bom... – Ele suspira e seu rosto finalmente relaxa, como um balão murchando. – Desisto. Acho que é melhor mesmo você procurar sua mãe pra esse tipo de coisa.

– Eu sei!

Nesse ponto, já estou perdendo o controle e rindo alto, apesar do meu constrangimento. Depois de alguns milissegundos de vergonha absoluta, meu pai ri também. Nós dois gargalhamos até estarmos ofegantes.

– Eu sei – digo de novo. – Não se preocupe, pai. Eu sei me cuidar.

Ele coça a cabeça, desajeitado.

– Tudo bem. Vai se lavar. Vou preparar o jantar.

– Não precisa. Você precisa terminar o jardim, né? Posso esquentar alguma sobra da geladeira.

É incrível que meu pai trabalhe no jardim de uma casa onde nem mora cada vez que vem nos visitar da Bay Area. Mas ele é assim. Preparar o jantar é uma coisa pequena, mas é algo que posso fazer para ele.

– Tem certeza?

– Claro. Eu sempre cozinho quando a mamãe está trabalhando mesmo. Que tal se eu fizer *jjajangmyeon*? Acho que tem uns pacotes de macarrão instantâneo no armário.

– Ah, meu prato favorito! Obrigado, Skye. Vou adorar.

Ele sorri. A expressão é tão familiar que meu coração se aperta: nós temos a mesma covinha na bochecha direita, o que torna nossos sorrisos quase idênticos. Eu queria poder ver o dele com mais frequência. Pela milionésima vez, desejo que meu pai voltasse a morar com a gente.

– Ei, pai? – digo.

– Hã?

Abro a boca para responder quando a garagem se abre, rugindo como um trovão com o movimento lento do portão. Vejo que o BMW da minha mãe embicou na entrada de carros. Apesar da película escura nos vidros, percebo que ela está de cara feia. Provavelmente para mim.

– Deixa pra lá – digo. – A gente se vê no jantar.

Antes que minha mãe possa sair do carro, vou na outra direção até a entrada de casa.

Capítulo Vinte

DEPOIS DO JANTAR, MEU PAI E EU NOS SENTAMOS NA SALA para assistir ao primeiro episódio de *Você é minha estrela brilhante* na SBC, um dos principais canais coreanos. Estou com a pele formigando de empolgação, pois sei que o programa está sendo transmitido simultaneamente aqui, às seis da tarde de sábado, e às dez da manhã de domingo na Coreia. Fico pensando se minha família na Coreia do Sul vai assistir e o que vão achar da minha audição.

Meu pai e eu nos acomodamos juntos no sofá e ele me aperta como se *ele* estivesse prestes a fazer sua estreia na televisão.

– Minha nossa, isso está mesmo acontecendo – diz ele quando liga a televisão. – Minha filha, *uri* Haneul-i...

Ele para de falar e eu caio na gargalhada. Diferentemente da minha mãe, meu pai passou a infância nos Estados Unidos e raramente fala coreano comigo. Ele deve estar bem mais nervoso do que achei se está me chamando de "nossa Haneul" em coreano.

– *Ya* – diz meu pai com uma expressão constrangida. – Por que não está nervosa? É você que vai aparecer na televisão em dois países diferentes!

Eu dou de ombros.

– É que, a essa altura, já aceitei que vai acontecer. E me ver na televisão não pode ser pior do que fazer a audição, né?

– Hm, acho que não.

Nesse momento, a tela fica toda preta por um momento, antes de mostrar uma imagem do sr. Park sentado a uma mesa grande de mogno. Isso deve ter sido gravado algum tempo atrás, porque ele está sentado no seu escritório em Seul. As paredes da sala estão cobertas de pôsteres dos incontáveis grupos de K-pop que ele criou desde os anos 1990.

– Bem-vindos – diz o sr. Park – a *Você é minha estrela brilhante*. Nos últimos anos, o K-pop se tornou um fenômeno internacional, com grupos como o BTS e o Blackpink fazendo shows com ingressos esgotados pelo mundo todo.

Enquanto ele fala, o programa exibe trechos de vários shows de K-pop em lugares como Londres, Cidade do México, Tóquio e, claro, Los Angeles.

– Depois de ver a ascensão e queda de vários programas de competição no ramo do K-pop na Coreia do Sul, meus colegas e eu decidimos que era hora de criar um novo tipo de competição, que refletisse o escopo cada vez maior da indústria da música coreana. Por que as competições deveriam acontecer só na Coreia do Sul, se nossas plateias ficam cada dia mais internacionais? Foi assim que nasceu *Você é minha estrela brilhante*, a primeira grande competição de K-pop a acontecer exclusivamente fora da Coreia. Tivemos algumas semanas empolgantes na ensolarada Los Angeles, como vocês verão daqui a pouco. Venham testemunhar os talentos impressionantes e o dramas intensos dos nossos participantes. Nós damos as boas-vindas a *Você é nossa estrela brilhante*.

A tela fica preta de novo, com trompetes altos se transformando em uma música irritantemente alegre de K-pop do Pixel, o principal grupo de garotas da PTS Entertainment. Bolhas cor-de-rosa e nuvens azul-celeste exibem os créditos, intercaladas com imagens das audições e dos ensaios. Cada vez que meu rosto aparece, meu pai grita:

– OLHA SÓ ELA! MINHA FILHA!

A reação dele é tão fofa que quase esqueço que minha mãe não está vendo o programa com a gente. Havia propaganda da estreia por toda K-town e ela deve saber que é hoje.

Quando terminam os créditos de abertura, meu pai também deve ter reparado na ausência dela, porque diz:

– Hum, onde será que sua mãe está?

– Eu não estou nada surpresa de ela não estar aqui – digo, tentando não parecer decepcionada. – Ela está praticamente me ignorando desde que entrei na competição.

– É mesmo? – pergunta meu pai com uma expressão preocupada. Ele olha para cima, para onde fica o quarto deles. – Já volto.

Antes que eu possa ficar pensando na ausência do meu pai, meu celular começa a vibrar no bolso. Olho para a tela. É um pedido de FaceTime de grupo da Clarissa e da Rebecca. Eu aceito a ligação.

– AH, MEU DEUS, SKYE, É PRA VALER. VOCÊ ESTÁ NA TELEVISÃO! – grita Clarissa assim que atendo. – E tem clipes de você dançando com o Henry! Estou ansiosa por esse episódio!

Faço uma careta porque a voz dela está muito aguda, mas não consigo segurar uma gargalhada com tanto entusiasmo.

– Você sabe quando vão mostrar sua audição? – pergunta Rebecca.

– Não faço ideia – digo. – Como muita gente participou das audições, vão dedicar os dois primeiros episódios a isso. Talvez eu nem apareça hoje.

Minhas amigas e eu vemos o programa juntas e dou risada com os zooms dramáticos e os replays instantâneos que acrescentaram à filmagem. Esses efeitos são padrão nos programas da televisão sul-coreana, mas é hilário de um jeito bizarro ver as imagens finais depois de ter passado por tudo ao vivo.

Mas o drama e o humor exagerado perdem a graça rápido e passo a rir cada vez menos, principalmente quando o programa começa a debochar das pessoas que vi quando estava na fila. Claro, há muitas audições em que as pessoas arrasam e são incríveis, mas também há muitas, talvez até mais, em que as pessoas passam vergonha no palco.

Mas deve ser a parte de entretenimento do programa, porque minhas amigas não param de rir. Depois de um tempo, acabo me desligando e me pergunto por que meu pai não voltou ainda.

– AH, MEU DEUS – grita Clarissa. – É o Henry!

Volto a atenção para a tela e vejo que, como Lana e eu previmos, há um bloco inteiro sobre o Henry, desde a hora que ele entra no prédio das audições até sua apresentação no palco. Eu nunca o vi dançar sozinho antes e admito que minhas amigas não estão erradas sobre ele ser lindo. Com a mesma confiança e agilidade que reconheço por ter dançado com ele nas últimas duas semanas, Henry executa perfeitamente a coreografia de "Cherry Bomb", do NCT 127, fazendo os passos sincronizados com a batida. O NTC 127 é um grupo famoso e Henry canaliza a energia dos dez integrantes na apresentação. Cada vez que pula alto ou cai no chão para dançar *break*, a plateia grita.

Eu tento me segurar, mas acabo sorrindo. Não consigo deixar de sentir orgulho do meu parceiro.

Finalmente, ouço alguém descendo a escada.

Eu encerro a ligação com as minhas amigas. Desculpa, meninas, escrevo no grupo. Meus pais estão chegando. Ligo depois.

O programa enfim passa a mostrar outras pessoas e, nesse exato momento, meu celular vibra. É uma mensagem de texto do próprio Henry Cho.

Ah, meu Deus, ele diz. Achei que nunca iam parar de falar de mim.

Dou uma risada tão alta que meu pai pergunta qual é a graça quando entra na sala. Ele está sozinho, e embora esteja tentando sorrir, percebo que está incomodado com algo. Acho que a conversa com a minha mãe não foi tão boa.

– Nada – digo, tentando deixar a voz casual. – O que a mamãe está fazendo?

– Ela está vendo o programa na televisão do quarto – diz meu pai. – Tentei fazer ela descer e ver com a gente, mas... – Ele move os ombros com frustração. – Não rolou. Desculpa, Skye. Eu tentei. Mas pelo menos ela está vendo, né?

– Ah, tudo bem – digo. Apesar do resultado, vejo na expressão cansada do meu pai que ele tentou muito. E não quero que a negatividade da minha mãe estrague nossa experiência assistindo.

Tento ignorar o nervosismo que sinto na barriga e me foco na televisão, onde Imani está dançando. Ela apresenta tão bem o cover de uma das músicas do Exo que, quando termina, meu pai e eu estamos aplaudindo com a plateia.

– Uau, ela foi incrível! – diz meu pai.

– Foi! – respondo. – Ela estava no meu grupo em uma das rodadas. Imani é uma das melhores dançarinas da competição.

Mando uma mensagem de texto para ela.

Você dançou tão bem!!! Meu pai e eu ficamos doidos te vendo na TV.

A resposta é quase imediata.

IMANI STEVENS: HAHA, obrigada <3 Mal posso esperar pra ver sua audição.

Depois dela vem a Lana, que é maravilhosa e não me surpreende. Em seguida, é a vez da garota da camiseta do Bob Esponja e descubro que se chama Mindy.

– Já mostraram você? – pergunta meu pai no intervalo comercial.

– Não – respondo. – Acho que estão mostrando as pessoas fora de ordem. Henry fez audição depois de mim, mas já mostraram ele. Talvez eu nem apareça hoje porque dividiram as audições em dois episódios.

Mais algumas pessoas se apresentam e me vejo entrando no palco.

Meu celular começa a vibrar loucamente de novo, mas, antes que eu possa olhar, meu pai me aperta em um abraço de urso.

– OLHA VOCÊ! – exclama ele.

– Pai, não consigo respirar assim! – grito e dou risada enquanto me solto. Nós dois vemos a eu da televisão se apresentar.

– *Oi* – diz ela. – *Meu nome é Skye Shin. Tenho 16 anos e moro em Orange County.*

Eu me encolho de nervoso, não por estar com vergonha, mas porque é *estranho* se ver na televisão. Não sei se gosto. De repente, entendo por que tantos atores dizem que não conseguem assistir aos próprios filmes.

– Uau, que estranho – digo. – É tipo ter uma experiência fora do corpo.

– A minha filha é tão legal! – diz meu pai. – Este é o melhor dia da minha vida!

– Pai, eu nem me apresentei ainda!

Falei cedo demais. Nesse momento, a eu da televisão começa a dançar. Meu pai fica gritando "Vai, Skye!" e um monte de outras coisas tão alto que mal escuto a televisão. Tenho que admitir que, apesar de me ver na televisão não ser uma experiência que eu queira repetir tão cedo, estou orgulhosa de mim. Eu arraso, tanto na audição de dança quanto na de canto. E fico firme, com a cabeça erguida e a voz calma, mesmo quando os jurados fazem as perguntas gordofóbicas.

Meu pai começa a xingar em coreano.

– Como eles ousam falar assim com a minha filha?

Vê-lo com raiva dos jurados me deixa feliz e triste ao mesmo tempo. Fico feliz de ver que meu pai me apoia quando é com estranhos, mas queria que ele agisse da mesma forma quando é com a minha mãe. Aconteceu alguma coisa entre eles hoje, mas e nas outras vezes? Não sei se é egoísmo meu desejar que ele se envolva mais com os problemas entre nós duas, considerando que ele já passa tão pouco tempo em casa.

De repente, meu pai passa os braços em volta de mim para outro abraço de urso e percebo que minha audição acabou. A eu da televisão sai do palco.

– Estou muito orgulhoso de você – diz ele. – Sua audição, o que você disse, tudo foi incrível. Sei que sua mãe também sente orgulho, mesmo que ela ainda não consiga admitir.

– Sente mesmo? – pergunto. – Você viu como ela me olha? Parece que quer me trocar desesperadamente por uma filha mais magra.

Meu pai faz uma careta.

– Sim, ela sente orgulho. Veja agora, por exemplo. Se ela não sentisse orgulho de você, estaria vendo essa estreia no quarto? A falta de boa vontade pra aceitar sua aparência não é... como vocês falam? "Não é pessoal." Não estou dizendo que o comportamento dela seja certo. Vou tentar conversar mais com ela sobre isso.

– Obrigada, *Appa* – digo, usando a palavra coreana para pai. Meu celular começa a vibrar por causa de uma chamada.

Olho o celular de novo e quase o deixo cair. Além de uma chamada da Rebecca e da Clarissa pelo FaceTime, tenho cem notificações que só aumentam, e isso só no Twitter.

Quando me recupero, a ligação cai, mas minhas amigas compensam mandando uma mensagem de texto no grupo.

SKYE. SKYE. MEU DEUS.

LIGA PRA GENTE!!!! E OLHA O TWITTER!

SKYE, VOCÊ ESTÁ VIRALIZANDO AHHHH!

Capítulo Vinte e Um

MINHA MÃE SÓ SAI DO QUARTO PERTO DA MEIA-NOITE, BEM depois do meu pai ter ido dormir. Eu quase desejo que ela tivesse ficado a noite toda lá, porque não parece feliz. Nem orgulhosa. Nem um pouco. Ou meu pai não conseguiu falar com ela ou não fez diferença.

– Haneul – diz ela secamente quando se aproxima da minha cama.

Eu tinha acabado de me preparar para dormir, mas estou bem desperta agora, ouvindo meu coração disparado nos ouvidos.

– Eu te vi na televisão – continua minha mãe. – E acho mesmo que você devia abandonar a competição.

Um calor cresce dentro de mim e eu aperto as mãos.

– Por que, você me achou tão ruim?

Ela respira fundo e aperta a ponte do nariz com os dedos.

– Não é isso. Você foi bem... infelizmente.

Ela se senta na beirada da cama e clica no celular para me mostrar uma lista de resultados de busca no Google. Alguns são em coreano, mas uma boa parte é de sites de fãs de K-pop em inglês. Demoro um momento para perceber que são todos sobre *mim*. Logo depois que as meninas disseram que eu estava "viralizando", eu desliguei o celular, porque pareceu uma repetição do que aconteceu quando Henry postou minha foto no Instagram. Eu me preparo agora para ler as manchetes.

Seria ela a Adele coreana?

Adolescente de LA choca muitos com apresentação estelar

Skye Shin: nova sensação adolescente e namorada de Henry Cho?

Os resultados não param aí. A maioria é positiva, mas não deixo de perceber os que não são. O episódio foi transmitido há poucas horas, mas já tem um monte de gente postando sobre mim nas redes sociais e nos sites de trocas de mensagens. E muitas estão dizendo coisas sobre meu peso, inclusive com emojis de porco.

São as mesmas coisas dolorosas que vi nos comentários de Instagram do Henry, mas piores, porque algumas pessoas estão até dizendo que os jurados só me aceitaram como fator de entretenimento, para que os espectadores possam rir ao me ver dançando.

Ela é só o alívio cômico, diz um comentário. Pra aliviar a tensão, sabe?

Tudo isso magoa. E muito.

Sensações antigas de vergonha se reacendem quando me lembro dos garotos e das garotas magrinhas que me provocavam no fundamental. Um dia, depois da educação física no oitavo ano, voltei até o armário e encontrei um bilhete com um porco desenhado. O desenho até era fofo. O porco tinha olhos grandes no estilo anime e foi desenhado com caneta rosa de tinta em gel. Mas o significado por trás dele e o fato de que alguém tinha enfiado o desenho no meu armário me deixaram mal.

Nunca descobri quem desenhou, mas nem precisei. Eu já tinha visto os olhares das outras garotas quando trocava de roupa.

– Já tem clipes da sua audição no YouTube – diz minha mãe. – E as pessoas estão comentando sem parar.

Meu coração acelera ainda mais. Claro que eu *sabia* que as pessoas veriam minha audição e eu *tinha* esperanças de que fosse causar uma impressão tão boa que as pessoas saberiam quem eu era, mas nunca pensei que tudo seria tão falado. Pelo menos, não tão cedo. Sempre achei que, se eu "conseguisse", acabaria ficando famosa no fim da competição, não no comecinho. E nunca imaginei que seria tão... estressante.

Sinceramente, acho que eu lidaria bem com tudo se a minha mãe não estivesse na minha frente com cara de quem acabou de descobrir que vou ser presa. Estou quase esperando que ela me ponha de castigo quando ela pergunta:

– Não tem como você largar a competição agora?

– Claro que não – respondo. – Já passaram dois meses e a segunda rodada de eliminação é no próximo sábado.

Na verdade, sei que eu *poderia* abandonar o programa se dissesse que tenho uma emergência, mas não vou dizer isso para a minha mãe. Eu me esforcei muito para entrar na competição. E o fato de ela sugerir que eu desista só me dá mais vontade de ficar.

– E vai sair um episódio por semana?

– É.

Ela se encolhe com uma careta. Sem brincadeira.

– Como vou mostrar a cara pra todo mundo depois disso? O que vou dizer para os meus clientes? Seus parentes na Coreia já estão me mandando mensagens sobre a audição.

Não consigo acreditar no que estou ouvindo. Ela está pensando em como o fato de eu estar viralizando vai *afetá-la*.

– Por que você não pode sentir orgulho de mim? – digo antes de conseguir me segurar. Mas uma parte de mim está feliz por ter falado. Eu precisava tirar o peso das costas. – Você sabe que eu sou boa. Até admitiu. *Por que* isso não basta?

– Eu só queria que você tivesse mais noção! As pessoas do mundo todo estão falando sobre como você é gorda. Devem estar me achando uma mãe ruim por deixar você ficar assim. Eu tenho que esconder a cara sempre que vou ao supermercado coreano e torcer pra não encontrar alguém que a gente conheça. Não consegui nem abrir minhas mensagens do KakaoTalk porque tenho medo do que nossos parentes estão dizendo.

O rosto dela está tomado de pavor real, como se os seus piores pesadelos tivessem se tornado realidade. Penso nas fotos que Sally me mostrou no computador e no que disse sobre minha mãe ser assim porque tem medo das outras pessoas, não porque me odeia. Também penso no que meu pai disse: que a falta de apoio da minha mãe não é nada pessoal comigo. Agora, eu quase desejo que *fosse*, porque aí eu poderia decidir o que fazer. Como posso lutar contra isso se não tem nada a ver comigo e sim com a minha mãe?

– Talvez estejam mandando mensagens pra dizer que sentem

orgulho de mim – digo. – Como você sabe o que estão dizendo sem ler?

– Eu só sei – responde minha mãe. Os olhos dela estão como aço e não sei se ela está com raiva de mim ou do que nossos parentes podem ter dito.

Eu queria poder sacudi-la para fazer com que ela veja que nada disso importa. Que todos os medos dela são mais um testemunho de sua autoestima baixa do que qualquer outra coisa. Foi isso que o dr. Franklin, o orientador da escola, me disse quando fui falar com ele ano passado, o que deve ser um dos poucos motivos para eu aceitar tão bem quem eu sou agora.

Mas a minha mãe... Eu nem sei se o dr. Franklin teria sorte com ela. Ela já está tão conformada com as próprias ideias... Mas tem uma coisa que eu sei que vai fazê-la mudar de ideia – ou pelo menos vai fazer com que ela me veja e me respeite, mais do que qualquer discurso.

– E se eu vencer a competição? – pergunto. – Você ainda vai ficar sem poder mostrar a cara por aí?

Ela parece dividida entre exclamar de surpresa e rir.

– Haneul – diz ela baixinho. – Você acha *mesmo* que tem chance?

Ignoro o tom condescendente e dou de ombros.

– Eu posso me esforçar. Vou provar pra você e pra todos os recalcados por aí que tamanho não importa. Eu sou boa na dança e no canto, ponto. O fato de ser gorda não significa que eu não possa fazer coisas. E vou mostrar pra todo mundo que não deixei ninguém, nem você, me impedir.

Nesse momento, o celular dela toca. Ela faz uma pausa, olhando para o aparelho sem reagir.

Eu me levanto da cama, sem clima para dormir tão cedo.

– Vou dar uma volta no quarteirão – digo. – Preciso de ar fresco antes de dormir.

Minha mãe nem me olha quando saio.

Por sorte, nosso bairro é muito seguro mesmo de noite, e caminho enquanto olho o celular. Sem minha mãe espiando, consigo assimilar tudo em paz.

Apesar dos emojis de porco, a maioria dos tweets que recebi hoje são legais, de pessoas dizendo o quanto as inspirei. Respondo às mensagens de texto da Lana e da Tiffany, que perderam o programa quando passou, mas estão vendo agora que voltaram para casa. Finalmente, faço um FaceTime com Rebecca e Clarissa de novo, e elas não param de falar como estão orgulhosas de mim.

– Eu até chorei – diz Clarissa, secando os olhos. – Olha, eu amo o Henry e estou *morrendo de inveja* mesmo de você ser parceira dele. Mas, uau, aquele seu discurso na frente dos jurados. E suas apresentações! Pode me considerar sua fã número um.

– Nada disso – diz Rebecca. – Eu sou a número um. Você é a número dois.

– Vocês *duas* podem ser número um. Dã.

Nós todas rimos. Conversar com as minhas amigas é um alívio enorme depois do que aconteceu com a minha mãe.

Estou prestes a ir para casa quando meu celular vibra com outra chamada pelo FaceTime. Desta vez é o Henry.

É besteira, mas fico tímida de repente e deixo o celular tocar algumas vezes antes de atender. Apesar de termos interagido pessoalmente várias vezes, eu nunca fiz uma chamada de vídeo com o Henry. Aceitar a ligação dele parece uma coisa íntima, como um passo em direção a um território desconhecido.

– Oi – diz Henry quando atendo. Está escuro em volta dele e só tem luz suficiente para eu identificar o rosto. – Você está na rua?

– Estou – respondo. – Eu briguei com a minha mãe depois do programa e quis espairecer antes de ir dormir.

– Ah. Quer conversar sobre isso?

– Não, obrigada. É a mesma bosta que sempre escutei a vida toda, só um pouco amplificada.

– Entendi. Bom, toma uma foto da minha cachorra, Bola de Neve, pra te alegrar um pouco.

Meu telefone apita e volto para as mensagens de texto para ver a foto. É da husky branca linda do Henry, usando o que parece ser um macacão azul-celeste com botões brancos em forma de nuvem.

– Meu Deus – digo. – Por que você ainda não postou isso no Instagram?

Volto para nossa conversa para poder ver o rosto dele.

– Portia limitou a quantidade de fotos da Bola de Neve que posso postar por semana. – Ele deixa a voz mais aguda numa imitação hilária da Portia. – “Esse é seu Instagram profissional! Não o cãostagram da Bola de Neve!”

Dou uma risada.

– Sinceramente, a Bola de Neve merece ter um Instagram. Foi por causa dela que eu comecei a te seguir!

Por um milissegundo, tenho medo de Henry ficar ofendido, mas ele só exclama:

– A-há! Pode ser então que um cãostagram seja meu verdadeiro talento, afinal. Acho que vou conversar com a Portia sobre reavaliar nossa estratégia nas redes sociais.

Dou uma risadinha.

– Você é tão bobo. Mas pode me mandar *todas* as fotos fofas de cachorro. Nunca é demais. Eu sempre quis um cão, mas não posso ter porque a minha mãe é alérgica.

– Pode deixar, vou mandar. Meu celular é cheio de fotos da Bola de Neve mesmo. – Ele dá um sorriso tímido e limpa a garganta. – Eu só queria dizer que vi sua audição e que você foi simplesmente incrível. Eu soube desde que te vi dançar ao vivo, mas queria dizer de novo. Você merece toda a atenção que está recebendo online.

– Ah, obrigada. Você também foi ótimo. Sua audição foi incrível!

– Cá entre nós, quase quebrei a coluna naquele palco... literalmente – admite ele com uma careta. – Mas estou feliz que não ficou na cara. Eu queria ter começado a dançar quando era pequeno.

– Olha, você *foi* mesmo com tudo.

– Pois é. – Ele geme. – Vamos parar de falar sobre isso.

A expressão de sofrimento dele me faz rir.

Nesse momento, já cheguei em casa e estou parada na varanda.

– Bom, obrigada por ligar – digo. – Mas tenho que entrar e ir dormir. Vamos nos falar daqui a uns dias pra marcar os ensaios?

– Pode deixar, eu entro em contato.

– Espero que sim. Você já me deixou no vácuo uma vez.

– Que tal eu mandar tantas mensagens que você vai se cansar de mim?

– Esquece as mensagens – digo. – Pode me encher de fotos de cachorro. Disso e de planos de ensaio. Mais nada.

Ele recua, fingindo mágoa.

– Uau, olha só isso.

– Estou brincando – digo com uma risada.

– Eu sei. Boa noite, Skye.

– Boa noite.

Nós desligamos e fico com uma sensação quente e fofinha dentro do peito.

Ah, não. Agora é minha vez de gemer. Mas não dá para negar: por mais que eu esteja me esforçando para evitar, acho que era inevitável.

Estou começando a ter sentimentos por Henry Cho.

Capítulo Vinte e Dois

A SEMANA SEGUINTE PASSA VOANDO, CHEIA DE PROVAS E ensaios com Henry e Lana. Os dois são gentis e me dão carona da escola até Los Angeles, e compenso pagando a gasolina. Ou tento, pelo menos. Quando ofereço pagar a gasolina do Henry, ele só balança a cabeça.

– Não precisa – diz ele. – Além do mais, tenho que compensar por ter te deixado no vácuo semana passada.

Henry e eu trocamos mensagens de texto durante a semana para combinar tudo, mas admito que conversamos bem mais do que o necessário. Eu falo muito sobre a escola e que estou lotada de deveres de casa, enquanto Henry conta sobre as sessões de foto de moda de que participa e, como prometido, me manda fotos da Bola de Neve para me alegrar.

Na noite de sexta, véspera da segunda rodada eliminatória, recebo uma mensagem de texto do Henry e abro na expectativa de ser outra foto de cachorro. Mas é uma *selfie* dele fazendo um coração com o polegar e o indicador, como já vi artistas de K-pop fazerem. Ele está com o rosto encostado na Bola de Neve e a husky branca está olhando diretamente para a câmera com a boca meio aberta, de forma que parece estar sorrindo.

Bola de Neve e eu desejamos boa sorte pra você amanhã de manhã, diz a mensagem de texto. Você vai ser incrível, eu sei. E vou te ver de tarde.

A pior parte de participar do canto e da dança talvez seja o fato de que tive que me preparar para as duas eliminatórias amanhã: canto de manhã e dança de tarde. Eu passei o dia todo ansiosa, mas a foto do Henry é tão fofa que fico me sentindo melhor.

Obrigada, respondo. Vamos arrasar amanhã.

Não consigo dormir muito e a hora de sair chega rápido demais.

Bem cedinho, Lana, Tiffany e eu vamos para o local da apresentação. Por sugestão de Lana, nós três já estamos arrumadas e maquiadas. Lana está dirigindo, Tiffany vai na frente e eu vou sozinha atrás, com a bolsa de coisas que estou levando para poder me trocar entre as duas apresentações.

– Estou tão nervosa – diz Lana, batucando ansiosamente com os dedos no volante. – E se eu tropeçar e morrer?

– Você não vai *morrer* – responde Tiffany. – Só vai cair do palco na frente de centenas de pessoas. Fora as milhares e talvez milhões que estarão assistindo de casa.

Lana cutuca a lateral da Tiffany de brincadeira.

– Isso não me tranquiliza muito.

– Estou brincando. *Claro* que você vai se sair bem. Você e a Skye se esforçaram muito. Vocês vão arrasar. Não é, Skye?

Eu estava lutando silenciosamente com meu nervosismo no banco de trás, mas consigo responder com alegria.

– Isso! Nós vamos nos sair bem.

– Faça o melhor que puder. – Tiffany dá um beijo na testa da Lana. – Não importa se vai passar ou não dessa rodada. Eu morro de orgulho de você.

– Ah, vem cá.

Nesse momento, paramos em um sinal vermelho, e Lana dá um beijo na boca da namorada. Tiffany quase derrete no assento, a postura normalmente desafiadora relaxando e a cara feia sumindo do rosto. É tão fofo que nem me importo de estar segurando vela.

Nesse momento, meu celular toca no bolso. Boto no silencioso porque seria péssimo se tocasse durante a competição.

Abro o aplicativo e vejo uma foto da Bola de Neve com uma coroa de flores cor-de-rosa e amarela. É tão linda que dou um gritinho.

Lana leva um susto.

– O quê? O que foi?

Mostro a foto da Bola de Neve para Lana e Tiffany, e as duas fazem barulhinhos de admiração. A husky branca é muito fofa.

A Bola de Neve no Coachella deseja boa sorte e manda boas vibrações, diz a mensagem que serve como legenda da foto.

EU: Dá pra levar animais de estimação ao Coachella???

Conhecendo as pessoas da Califórnia, eu não ficaria surpresa se fosse possível, mas nunca ouvi ninguém falar que levou seu bichinho.

HENRY CHO: Não. 😉 Mas gosto de enfeitá-la nessa época do ano. Você já foi?

EU: Não. Só pode entrar sozinho a partir dos 18 anos e meus pais jamais iriam comigo. Dá pra imaginar? Pais coreanos caretas no Coachella?

HENRY CHO: 😂😂😂😂😂😂😂😂 A gente devia ir junto. Todo ano Steve ou Portia me levam, dependendo de quem tem tempo livre. É irado.

Tento imaginar a vida que ele leva no dia a dia. Como alguém pode ser só um ano mais velho do que eu e ter uma vida tão diferente?

EU: Claro.

Não faço a pergunta que surge na minha cabeça. *Isso conta como um convite pra um encontro?*

Eu balanço a cabeça como se isso fosse afastar a ideia. As coisas estão indo longe demais. Independentemente do que sinto por ele, nem sei se Henry e Melinda já terminaram. É verdade que a imprensa e todo mundo dizem que sim, mas se a Melinda diz que não... sei lá. Melinda pode ser uma cretina, mas eu que não vou roubar o namorado de ninguém.

Mas tenho que admitir que trocar mensagens com o Henry é uma boa distração. Quase toda a tensão que eu estava sentindo some e estou bem mais relaxada do que poucos momentos atrás.

Quando chegamos ao local, Tiffany troca de lugar com Lana para estacionar enquanto eu e Lana vamos para os bastidores. Assim que a diretora de palco nos vê, ela nos dá instruções.

– Vocês são a dupla seis – diz ela. – O camarim fica à direita caso ainda precisem se aprontar. Se não precisarem, podem ir para a sala verde. Fica à esquerda. Fiquem alertas assim que a dupla cinco sair para se apresentar.

Olho para a direita, onde já tem um grupo na porta do camarim. Graças a Deus Lana teve a brilhante ideia de nos aprontarmos antes de sair de casa.

Quando entramos na sala verde, Lana se encosta na parede e fica imediatamente absorta nas mensagens de texto com a Tiffany. Eu me acomodo no sofá com minha bolsa, entre duas garotas coreanas que reconheço do ensaio. Acho até que conheço uma delas da época que meus pais me obrigavam a estudar na escola coreana. Mas as duas me olham com cautela e se afastam de mim, cochichando uma com a outra.

Tento não deixar que isso me incomode. Só fecho os olhos e me recosto, tentando relaxar. Meu coração já está começando a bater mais rápido do que o habitual e agora estou me sentindo pior do que antes.

A sala está tomada de energia nervosa, o que é compreensível. Apesar de tecnicamente termos nos apresentado para uma plateia de estúdio durante as audições principais, não é a mesma coisa. Tivemos meses para nos preparar para aquelas apresentações e não dependíamos de outra pessoa para irmos bem, como agora.

As pessoas que não estão aquecendo a voz e repassando as escalas estão no celular, enviando mensagens de texto sem parar ou olhando o Instagram. Muitas sorriem, e um olhar rápido para as outras garotas no sofá me diz que seus amigos e familiares estão enviando mensagens de encorajamento. Fora a do Henry, não recebi nenhuma outra. Minha mãe voltou a me ignorar de forma passivo-agressiva depois da estreia na semana passada e meu pai está em Seattle esta semana, numa viagem importante de trabalho.

Não contei para nenhuma das minhas amigas sobre a apresentação porque sabia que elas iam ficar tão nervosas quanto eu. E não queria que elas ficassem dando chilique, considerando que mal consigo me controlar. Já tínhamos combinado de fazer um FaceTime depois de cada episódio e achei que ter o apoio delas quando o episódio for ao ar em algumas semanas seria suficiente.

Mas, agora, estou meio arrependida de ter guardado segredo. Apesar de ser mais minha culpa o meu telefone estar silencioso, não consigo deixar de me sentir solitária por ninguém estar me mandando mensagens de boa sorte.

Em vez de ficar pensando na minha tristeza, olho a televisão enquanto faço exercícios vocais. As cadeiras e sofás da sala foram dispostos em volta do aparelho, para podermos ver o que está acontecendo no palco enquanto esperamos a nossa vez. No momento, Isabel e Mindy (a garota de camiseta do Bob Esponja) estão cantando sua versão de "Kill This Love", do Blackpink. Mindy não pode ter mais de dez anos, mas tem mais atitude na voz do que posso sonhar ter, e Isabel faz um rap impecável em coreano. As duas são tão boas que praticamente vejo emojis de fogo à sua volta. Quando chegam ao refrão, a plateia canta junto, gritando "LET'S KILL THIS LOVE!". Antes mesmo de terminarem, os jurados as fazem parar e as enchem de elogios.

Mindy e Isabel são páreo duro e um cara do dueto depois delas fica paralisado na hora de cantar uma música do BTS. Bora nem dá um momento para ele recuperar e bate no grande botão vermelho de rejeição no meio da mesa dos jurados.

– PRÓXIMOS! – grita ela.

O garoto cai no choro, enquanto a parceira faz cara de quem quer matá-lo. Davey Kim, que voltou para apresentar o episódio, tenta consolar os dois enquanto os acompanha para fora do palco.

Faço uma careta. As coisas estão ficando brutais.

Até o momento, ninguém pensou em incorporar dança nas apresentações. Até mesmo Mindy e Isabel se concentraram mais no rap e nos vocais e só balançaram o corpo uma ou duas vezes com o ritmo. Abro um sorriso. Isso significa que Lana e eu vamos nos destacar, e *não* de um jeito ruim.

Quando a quarta dupla sai do palco, Lana vem para perto de mim e levanta as sobrancelhas ao ver o espaço entre as garotas e mim no sofá.

O que é isso?, pergunta ela com movimentos labiais.

Balanço a cabeça, sem querer começar um drama.

Lana só dá de ombros e se senta entre nós. As outras garotas gritam e pulam. Elas parecem irritadas, mas não dizem nada quando Lana as ignora. Dou uma risada. Lana é *a melhor*.

Quando chega nossa vez, vamos até a diretora de palco, parada nos bastidores.

– Quando eu mandar – diz ela.

– Agora temos Lana Min e Skye Shin! – declara Davey Kim.

– Pronto – sussurra a diretora de palco. – Vão. Sua música já vai começar.

Quando Lana e eu estamos entrando no palco, penso em todos os artigos que vi no celular da minha mãe. *A Adele coreana*. Ainda não sei bem o que acho desse apelido, principalmente porque a primeira vez que o vi foi através da minha mãe. Mas, sinceramente? Não quero ser comparada com ninguém, ponto. Quero que as pessoas saibam o *meu* nome.

Dou uma olhada rápida ao redor e fico grata que, diferentemente do garoto que acabou de ser eliminado, não tenho medo de palco. Primeiro penso que estou vendo coisas, mas então percebo que tem gente segurando cartazes com meu nome, como já vi fazerem com artistas de K-pop nos shows. Muitos deles têm mensagens superlegais em coreano e em inglês, como VAI, SKYE! e AMAMOS NOSSA RAINHA SKYE. Eu evitei as redes sociais depois da estreia e não tinha noção de quantas pessoas estão vendo o programa até agora.

Tanto amor depois só do primeiro episódio... Tento não me deixar levar e penso no que o Henry falou sobre eu "merecer toda a atenção". As palavras dele me fazem sorrir e ainda estou sorrindo quando nossa música começa.

Na hora certa, Lana e eu andamos pelo palco em sincronia perfeita, como se estivéssemos em uma passarela. Lana fez nossa maquiagem para ficarmos deslumbrantes como a Beyoncé e ambas estamos usando vestidos pretos grudados e sapatos de salto. Estou parecendo e me sinto uma deusa, principalmente quando as pessoas começam a gritar nossos nomes.

Nos vinte segundos antes de começarmos a cantar, nós dançamos seguindo a coreografia que fiz para a música. A plateia fica *louca*. Estamos apresentando puro poder feminino e as pessoas estão adorando.

Minha voz é mais grave e harmonizo com Lana, mas não é

por isso que ela me ofusca. Para deixar a situação justa, Lana e eu dividimos a música em partes, para que as duas tenham momentos para exibir as vozes. Enquanto cantamos, variamos entre olhar para a plateia, as câmeras e uma para a outra.

A boca da Lana se curva num leve sorriso quando nossos olhares se encontram.

Não demora para eu me perder no ritmo e nos vocais poderosos de "Crazy in Love". Quando chega minha parte solo, eu me entrego e deixo a música sair da minha boca como uma enxurrada. As pessoas gritam e continuam gritando quando Lana assume e canta a parte dela.

Depois, voltamos a cantar juntas, nossas vozes se unindo enquanto andamos de mãos dadas pelo palco. Os gritos ficam cada vez mais altos e, quando terminamos, mal consigo ouvir a música.

Quando acaba, Lana e eu sorrimos uma para a outra antes de soltarmos nossas mãos.

– Vocês viram Lana Min e Skye Shin! – anuncia Davey, correndo pelo palco.

Voltamos para o centro do palco enquanto os jurados terminam de fazer suas anotações.

O sr. Park fala primeiro e aplaude alto antes de falar:

– Bravo, moças. Vocês duas se saíram muito bem, principalmente a srta. Skye Shin. Você é mesmo a Adele coreana. Ou quem sabe até a Beyoncé coreana? Estou supondo que os elementos de dança tenham sido ideia sua.

Eu faço que sim e ele abre um sorriso satisfeito.

– Já pensando como uma integrante de grupo feminino. Muito bem.

Em seguida, é Bora. Ela está sorrindo, uma coisa que nunca a vi fazer antes. Mas está olhando para Lana, não para mim.

– Vocês duas arrasaram – diz ela. – Foi um trabalho incrível.

Mas, quando ela olha para mim, o sorriso some na mesma hora.

Ah, caramba, penso. *Lá vem.*

– Srta. Shin, você é mesmo a Adele coreana. Concordo com o sr. Park sobre isso. Mas a Adele já tem mais de trinta anos enquanto você é uma adolescente. Não tem espaço no mercado pra alguém como você. Você poderia ter uma carreira incrível se fosse um pouco mais... magra. Ainda é jovem e perder peso deve ser fácil. Por que não se esforça mais?

Lana aperta minha mão com força. Com a outra, levo o microfone até a boca e digo:

– Bora, como já falei antes, eu passei a vida tentando perder peso. Nem sempre quis, mas era obrigada pela minha mãe. Fiz dietas radicais quando era criança, antes de perceber que estou ótima como sou. Então, não, eu não vou "me esforçar mais" pra perder peso porque isso não devia importar pra uma carreira musical.

Espero que a resposta seja o silêncio, como da última vez, mas hoje a plateia explode em gritos altos. Algumas pessoas até vaiam a Bora.

O rosto dela fica vermelho, mas tão de leve que quase penso que é um truque de luz. Como ela não diz nada em resposta, sei que a constrangi. Na verdade, não sei se é uma coisa boa. Por um lado, fico feliz por me defender dela de novo, mas por outro não sei se é algo inteligente de se fazer com uma jurada.

Gary olha para Bora com um sorriso nervoso antes de se virar para nos encarar.

– Vocês duas arrasaram hoje – diz ele. – Bom trabalho.

E é isso. Nós vamos para os bastidores, onde Tiffany está esperando.

Quase na mesma hora, Tiffany puxa Lana em um abraço apertado.

– Você foi incrível – diz ela, com o rosto no ombro da namorada. Então me encara e solta Lana para também me abraçar. – *Você* também foi maravilhosa.

– Obrigada – digo, sem conseguir esconder a tensão na voz. Não consigo me controlar. Como sempre, Bora me deixa tensa.

Lana repara e me cutuca de leve.

– Ei. Não se preocupa com a Bora, tá? Ela é só uma de três jurados. Além do mais, pensa em todas as crianças e adolescentes que você vai inspirar no mundo todo quando esse episódio for ao ar! Você pode até mudar a vida de alguém ao se defender assim.

Eu assinto, me sentindo um pouco melhor. Apesar de não ter ideia de como vai ser na realidade, é mais fácil acreditar que Lana está certa.

Capítulo Vinte e Três

QUANDO A PARTE DE CANTO ACABA, OS BASTIDORES ESTÃO lotados de cantores indo embora e de dançarinos chegando. Só tenho 15 minutos para trocar de roupa e retocar a maquiagem e puxo Lana e Tiffany para um abraço rápido.

– Boa sorte! – diz Lana.

– Obrigada! Boa sorte, Tiffany!

– Pra você também!

Pego a bolsa na sala verde e vou para o camarim. É fácil de encontrar porque é onde tem mais gente entrando e saindo. Quando chego na porta, meu queixo cai. O espaço está mais lotado do que os bastidores, com gente gritando e até chorando enquanto se arruma. Todos estão tentando vestir seus trajes e fazer a maquiagem enquanto empurram e tropeçam em outras pessoas. É puro caos.

O cabelo de uma garota até pega fogo, o que faz todo mundo gritar.

Eu fecho a porta. *Parece que vou me trocar no banheiro.*

Graças a anos de apresentações do coral e de dança, eu me

arrumo rapidinho no banheiro. Como a coreografia da parte de dança exige bem mais movimento e flexibilidade, coloco meu vestido azul de dança e faixas Bandelette para proteger as coxas.

Não consigo fazer minha maquiagem tão bem quanto Lana fez, mas retoco da melhor forma que consigo.

Depois que me arrumo, encontro Henry me esperando na beirada do palco. Ele está usando uma regata cinza e calças de moletom pretas, mas podia muito bem aparecer na capa da revista *GQ* assim mesmo. Está absurdamente lindo. A regata é apertada e mostra que o abdome dele não é brincadeira.

Fico paralisada quando lembro que o vi rapidamente sem camisa algumas semanas atrás.

Ele ri.

– Ei, olha aqui pra cima.

– Você está gostando disso, não está? – resmungo para ele.

– Estou. Não seria modelo se não gostasse.

Tento empurrá-lo de leve, mas ele desvia com um sorriso.

Nesse momento, a diretora de palco chega.

– Vamos começar a filmar daqui a pouco. *Bobby Lim* e Cassie Chang, como vocês são os primeiros, fiquem aqui esperando. Henry Cho e Skye Shin, vocês entram depois, então também fiquem aqui. Vou ter que pedir ao resto de vocês pra voltarem para a sala verde ou para o camarim se ainda não estiverem prontos, pois não é seguro todo mundo ficar aqui. A terceira dupla deve ficar em alerta quando Skye e Henry forem para o palco.

Quase solto um gemido. Passei a semana tão ocupada que nem tive oportunidade de verificar a lista com a ordem das apresentações.

Agora, estou arrependida. Com tanta gente na competição, por que nós temos que ir depois do Bobby Lim?

Todas as outras duplas vão embora. A diretora de palco fica em silêncio e presta atenção ao ponto na orelha. Ela não está fazendo nada de interessante e arrisco um olhar na direção do Bobby e da Cassie. Os dois estão usando trajes extravagantes combinando, e a camisa do Bobby parece feita do mesmo tecido do vestido da Cassie. Eles parecem prontos para aparecer no programa *So You Think You Can Dance*. Fico pensando se Henry e eu devíamos ter mandado fazer nossos trajes para a dança também.

É nessa hora que percebo como Cassie está parada, com as pernas cruzadas com força como se tentasse ocupar o mínimo de espaço possível. Ela está agitada e fica ajeitando as alças do vestido com decote fundo em V. Isso me faz questionar se o Bobby a consultou antes de escolher as roupas.

– O que você está olhando? – pergunta Cassie de repente. O veneno na voz dela me faz dar um passo para trás.

– Seu vestido... é lindo – consigo dizer. Não culpo Cassie por estar com raiva de mim, mas não quero ser inimiga dela.

Ela pisca, mas se recupera rapidamente e faz cara feia para mim.

– Obrigada. – Ela não parece menos irritada, mas pelo menos para de se remexer.

– É *isso* que você vai usar no palco? – pergunta Bobby. – Meu Deus, estou tão feliz de não ter ficado com você.

Sinto a raiva tomar conta de mim e vejo tudo vermelho por um segundo.

– Isso aqui é uma competição de K-pop – digo com os dentes cerrados. – Não de dança de salão. Duvido muito que os jurados vão ligar se estamos todos emperiquitados ou não.

É verdade que meu vestido azul de dança é meio velho, mas é bem bonito. O mais importante é que é flexível e elástico, perfeito para chutes altos e splits. Eu poderia ter pedido um vestido novo de dança para a minha mãe, mas duvido que ela fosse comprar. Se eu insistisse, era capaz de ela fazer algum comentário mordaz sobre não importar o que visto porque fico feia com qualquer roupa. Ou sobre como é "difícil" encontrar roupas decentes para mim por causa do meu tamanho.

Não mesmo. Não preciso de mais negatividade na minha vida. Prefiro usar o vestido velho.

– Ela está ótima – diz Henry. – Se tem alguém malvestido aqui, sou eu.

Bobby se vira para Henry.

– Espero que não esteja arrependido da troca, Cho. Porque agora é tarde demais!

Ele ri e Cassie olha para o chão, como se estivesse constrangida de estar ao lado dele. Estou prestes a dizer o que penso para Bobby quando Henry diz tranquilamente:

– Não estou, não. Na verdade, ser parceiro da Skye foi a melhor coisa que aconteceu comigo nessa competição inteira.

Bobby gagueja por um segundo antes de responder.

– Vamos ver se sua opinião quando vocês dois forem eliminados.

A resposta fofa do Henry não passa despercebida, mas, no momento, estou com tanta raiva que não ligo para mais nada.

– Você está tão inseguro das suas chances que não consegue nos deixar em paz? – disparo. – Se está tão convencido de que vocês vão vencer e nós vamos ser eliminados, prove. Arrasa lá fora.

Bobby abre a boca para responder, mas a diretora de palco limpa a garganta.

– Bobby e Cassie – diz ela. – Estão prontos pra receber vocês. Sigam para o palco.

Quando estão se afastando, Bobby empurra a ponta do nariz para cima com o indicador.

Ah, ele não fez isso.

– Você é tão infantil! – Estou tão nervosa que saio andando atrás deles, mas Henry me puxa de volta com delicadeza.

– Ei – diz ele. – *Ei.* Ele não vale a pena.

– Eu sei, mas a gente não devia deixar ele ficar fazendo isso por aí. Você viu a Cassie, não viu? Ela parecia tão infeliz! Quem sabe que tipo de coisa ele a fez passar nas últimas semanas? E ele acha que não tem problema vir até aqui e dizer aquelas coisas na minha cara, fazer aquela cara de porco pra mim...

Henry coloca as mãos nos meus ombros e se inclina até ficarmos cara a cara. Nossos narizes quase se tocam. No momento de silêncio entre nós, percebo que estou chorando. Eu sempre fui do tipo que chora quando está com raiva e hoje não está sendo diferente.

– Skye – diz ele com voz suave. – Nós somos melhores do que ele. *Você* é melhor do que ele. Como você falou, ele só está agindo assim porque se sente inferior. Sua raiva dele é totalmente válida, claro. Caramba, eu mesmo estou quase partindo pra cima dele. Mas a gente tem que se concentrar. Vamos mostrar pra todo mundo que somos melhores.

Mas, finalmente, o medo que estive escondendo embaixo de todas as camadas de raiva mostra a cara.

– Mas e se ele estiver certo? E se a gente não passar dessa rodada?

Henry aperta meu ombro de forma tranquilizadora.

– Claro que a gente vai passar. Nós somos incríveis. *Você* é incrível. Eu acredito na gente.

Eu respiro fundo e solto o ar. Meu coração ainda está acelerado, mas é meio impossível ficar tensa com Henry tão perto, me encarando calmamente com seus lindos olhos castanhos.

Alguém tosse. Levanto o rosto esperando ver a diretora de palco, mas ela não está por perto e vejo um grupinho de câmeras ao nosso redor, gravando tudo. Que ótimo. Eu estava tão absorta nas minhas emoções que nem reparei nelas. Foi o tempo todo? Fico assustada porque não tenho a menor ideia.

Solto um suspiro e aceito meu destino. Parece que meu pequeno surto vai aparecer no programa.

Henry também levanta o rosto e, se fica surpreso por ver tanta gente nos observando, não demonstra. Uma desconfiança nasce na minha cabeça. Será que ele sabia sobre as câmeras? Tudo que disse foi para o programa?

A diretora de palco chega e abre caminho entre as pessoas com uma expressão irritada.

– Muito bem – diz ela. – Skye e Henry, sigam para o palco.

– Pronta? – pergunta Henry.

– Pronta.

Quando entramos no palco, afasto todos os pensamentos da cabeça. Estou estranhamente nervosa e confiante ao mesmo tempo. Mas, apesar do meu coração parecer prestes a explodir do peito, sei que estamos preparados.

Capítulo Vinte e Quatro

ASSIM QUE PISAMOS NO PALCO, O AUDITÓRIO TODO EXPLODE com gritos e berros. Ouço "Skye!" algumas vezes, mas a maioria das vozes, previsivelmente, grita o nome do Henry.

– Uau – diz Henry com uma risada quase inaudível em meio a tanto barulho. Por um segundo, vejo uma leve tensão em seu rosto, mas ele a esconde atrás de um sorriso profissional. Acena rapidamente para a plateia e os gritos chegam a um ápice febril.

Paramos nas marcas de fita adesiva, com os olhos no chão. Foi uma coisa que decidimos fazer quando estávamos ensaiando, porque, além de proporcionar um começo mais dramático, também nos impede de sermos distraídos pela plateia. Pareceu uma precaução boba quando estávamos sozinhos no estúdio particular do Henry, mas, no meio de tantos gritos, estou feliz de termos pensado nisso.

As luzes do palco brilham quentes e fortes em mim, e o calor me dá a sensação de estar pegando fogo lentamente. Meu coração está superacelerado. Henry está imóvel ao meu lado e resisto à vontade de erguer o rosto e ver como ele está.

Há uma comoção nos bastidores e, de repente, Davey Kim entra correndo no palco.

– Desculpe, pessoal – diz ele para a plateia. Está suado e vermelho, mas fala com uma voz calma e alegre. Entendo bem por que foi contratado como apresentador. – Parece que temos um problema com a câmera principal. Vamos continuar com as apresentações marcadas em breve.

A plateia vaia e faz outros sons de decepção. Eu não sei bem o que sinto em relação ao atraso. Parte de mim fica aliviada, mas outra parte só quer que tudo acabe logo.

– Você está bem? – pergunta Henry baixinho quando Davey sai do palco.

A plateia já deve ter se resignado a esperar, porque o barulho diminui para um volume que me permite ouvi-lo.

– Estou. Esse atraso é uma droga, mas acho que não tem jeito.

Arrisco um olhar para ele. Seus olhos ainda estão no chão e, por mais que tente disfarçar, percebo pela rigidez do corpo que ele está *muito* nervoso. Primeiro acho que estou imaginando, mas não, ele está tremendo da cabeça aos pés.

– Ei, *você* está bem? – pergunto. Ele costuma ser tão calmo que chega a ser assustador vê-lo assim.

– Estou. Desculpa. É só meu medo de palco.

– Ah. – Penso no nervosismo visível dele antes da primeira rodada de eliminações. A curiosidade fala mais alto e, antes que consiga me segurar, eu pergunto: – Mas você é tão bom com as câmeras e com pessoas. Como pode ter medo do palco?

Ele dá de ombros.

– As sessões de fotos e as entrevistas... isso tudo é diferente de estar no palco assim. Eu não sou *idol* de K-pop. E não sou ator de palco.

– Verdade. Mas, se tem tanto medo de palco, como entrou nas audições para este programa? *Por quê?*

– Pura determinação e adrenalina. E o único motivo pra eu ter tentado entrar foi... – Ele faz uma careta. – Você vai me achar muito raso.

– Vamos ver.

– Minha ex. Eu queria provar uma coisa pra minha ex.

Resisto à vontade de revirar os olhos.

– Melinda? Foi por isso que vocês brigaram no primeiro dia de ensaios?

Ele aperta os olhos e me arrependo na mesma hora de ter tocado no assunto.

– Não, não foi por isso – diz Henry baixinho. – Bom, acho que tem a ver, porque tudo se resume a ela não ser uma pessoa gentil. Eu participei da audição porque ela me disse que eu não passava de um garoto bonito que teve sorte.

Não falo nada porque foi exatamente isso que Lana e eu dissemos no dia em que vimos Henry nas audições. Agora, sei que não é verdade, porque vi o quanto ele se esforça para manter a carreira de modelo e como é ocupado.

– Então... Desculpa se esse for o momento errado pra tocar no assunto, mas... Melinda e eu tivemos uma... "conversinha" duas semanas atrás. E ela disse que vocês dois só deram um tempo.

Henry geme.

– Ah, não, sinto muito por você ter tido que lidar com ela. Mas não, nó terminamos. De vez. *Ela* terminou comigo e eu não aceito retorno. Depois que a gente terminou, eu fiquei muito mal. Mas fiquei sabendo da competição e pensei, ótimo, vou provar pra ela que sirvo pra alguma coisa. Que não sou só um rosto bonito. Sinceramente, não ligo se vou vencer. Só quero ficar mais do que ela.

Não consigo deixar de rir. Apesar das nossas diferenças, Henry e eu entramos no *Você é minha estrela brilhante* pelo mesmo motivo: ambos queríamos provar pra alguém que somos mais do que nossa aparência.

– Qual é a graça? – pergunta Henry, parecendo meio magoado.

Eu explico e ele ri.

– Pra falar a verdade, sua causa é bem mais nobre. Eu só estou sendo mesquinho.

– Mesquinho ou não, preciso da sua ajuda pra chegar na próxima rodada, tá? Sei que você está nervoso, mas é só fazer o que fizemos no ensaio e vai ficar tudo bem. Pode ficar me encarando de um jeito sinistro durante a apresentação se ajudar.

– Eu não sou *tão* ruim assim – responde Henry. – Quando a gente começar a dançar, vou esquecer boa parte desse medo. É a espera que me afeta.

Davey aparece de novo com um sorriso largo.

– Estão prontos – diz ele. – Obrigado por esperar, pessoal.

A plateia grita de aprovação e empolgação. Ele se curva de leve para o público antes de sair do palco.

Henry fica tenso de novo e aperto sua mão para tranquilizá-lo.

– A gente consegue – digo para ele.

Ele aperta a minha mão de volta bem quando a música começa.

Nós começamos a nos mexer, seguindo o ritmo. Tudo, desde a música até a plateia, faz tanto barulho que, se não fosse o ponto no meu ouvido, eu provavelmente não conseguiria ouvir a música. É meio sufocante, mas sigo em frente.

Meu corpo assume o comando e, enquanto danço, fico só vagamente ciente da plateia e das câmeras se movendo no palco ao nosso redor. Eu repassei a coreografia tantas vezes que nem percebo direito como meu corpo se move. Só me concentro em estar no palco com Henry – e me concentro no sorrisinho que aparece nos lábios dele quando ele entra na dança.

Nunca fui o tipo de pessoa que dança em casal. Sempre achei que dançar com outra pessoa me prenderia. Que me limitaria. Mas dançar com o Henry não é assim. Talvez porque fico muito à vontade com ele, dançar com o Henry é tão libertador quanto dançar sozinha.

Os holofotes brilham enquanto se movem pelo palco, criando sombras atrás dos nossos corpos em movimento. Henry me inclina em um mergulho espontâneo na hora que a câmera dá um zoom e a plateia explode em berros.

– Legal – sussurro no ouvido dele antes de ser girada para longe.

Ele não tem tempo de responder, mas sorri de um jeito que diz: "Eu falei que ia ficar tudo bem".

De repente, acaba. A câmera passa uma última vez pelo palco e se vira para a plateia.

Henry e eu sorrimos para a plateia, claro, mas também um para o outro. Nós conseguimos. Fizemos a coreografia toda sem um único erro. Vejo a alegria e o êxtase que sinto refletidos nos olhos do Henry.

Quando estamos nos olhando, a expressão do Henry muda. Ele dá um passo para trás e pisca, como se estivesse confuso. Estou prestes a perguntar o que houve quando Davey vai até a frente do palco.

– Que apresentação fantástica do Henry e da Skye! – diz ele, nos indicando com um floreio grandioso.

O rugido da plateia é tão alto que os jurados precisam esperar para fazer a avaliação. O entusiasmo das pessoas faz meu coração vibrar e estou quase me virando para sorrir para o Henry quando vejo Bora sussurrando alguma coisa no ouvido do sr. Park. O sr. Park responde com outro sussurro e Gary olha para os dois sem entender.

Ai, não, penso. *Isso não pode ser bom.*

Todo mundo vai parando de aplaudir quando percebe que os jurados não estão nos enchendo de elogios. Há um momento tenso de silêncio e o auditório fica tão quieto que daria para ouvir um alfinete cair.

– Muito bem – diz Gary, ainda com uma expressão perplexa. Acho que ele não conseguiu ouvir o que os outros dois jurados estavam cochichando. – Eu primeiro. Henry e Skye, vocês simplesmente arrasaram. Apesar de todo mundo ter recebido a mesma coreografia, vocês conseguiram deixar sua apresentação tão única e pessoal que ela pareceu nova e emocionante. Que trabalho fantástico.

Há alguns aplausos da plateia, embora esteja óbvio pela expectativa no rosto de todos que estão esperando ouvir os outros dois jurados.

Bora e o sr. Park se entreolham. O medo começa a crescer como um peso enorme e vai me sufocando até que tenho vontade de gritar *Falem logo!*

Finalmente, Bora se inclina para a frente e fala no microfone.

– Sinto muito, srta. Shin – diz ela. – Mas o sr. Park e eu decidimos eliminar você da competição de dança do *Você é minha estrela brilhante.*

Capítulo Vinte e Cinco

– COMO É QUE É? – GRITA HENRY, E ELE NÃO É A ÚNICA PESSOA que manifesta sua descrença. Há ofegos e murmúrios confusos em coreano e em inglês na plateia.

Até Gary exclama no microfone:

– Vocês só *podem* estar de brincadeira! Park, você concorda com isso?

Com o protesto do Gary, mais vozes se juntam às reclamações, até eu não conseguir ouvir nada além das vozes raivosas. Mas, em vez de rejeitar o que Bora disse, o sr. Park fica imóvel, me olhando com uma expressão pensativa.

Eu estou sem palavras. Mesmo que estivesse com medo, nada poderia ter me preparado para o soco na barriga de descobrir que fui eliminada de verdade. Em vez de ser reconfortante, as reclamações da plateia pioram a pressão no meu peito, porque só consigo pensar em todas as pessoas que escreveram nas redes sociais que sou uma inspiração. Também não consigo deixar de pensar nas inúmeras outras que vão me ver ser eliminada quando esse episódio for ao ar.

Ainda tem a parte do canto na competição. Você ainda não foi completamente eliminada.

Tento me manter positiva, mas sei que é diferente. Ninguém nunca duvidou da minha capacidade de cantar só por causa da minha aparência. Ninguém me disse que eu não era capaz de cantar por ser gorda.

– Eu achei que vocês estavam eliminando as pessoas por dupla – diz Henry. Ele parece zangado e uma parte de mim registra como ele está sendo fofo ao me defender assim.

– Estamos – diz Bora com um olhar para o ainda mudo sr. Park. – Na maioria dos casos. Mas a srta. Shin se mostrou... problemática e nada profissional. Talvez numa competição americana uma participante como ela fosse tolerada, mas não aqui. O sr. Park e eu concordamos que, na indústria da música coreana, essa falta de profissionalismo não seria aceita, principalmente no mundo da dança.

Quando ela termina de falar, um sorriso inconfundível de triunfo surge em seu rosto. Nessa hora, eu sei: ela está inventando tudo isso só para dizer que venceu e que eu perdi.

Sinto enjoo. Durante toda a minha vida, minha mãe me disse que não posso dançar. Não porque não sou uma dançarina boa, mas por causa da minha aparência. Já foi bem sofrido crescer ouvindo isso, mas dói dez vezes mais ver alguém se esforçando tanto para me eliminar só porque acha que meu tamanho não é "profissional".

Eu sei que devia dizer alguma coisa, que devia lutar e ser forte pelas pessoas na plateia e por todo mundo que vai ver o episódio em casa. Mas o que posso dizer? Se eu me defender, Bora vai usar minhas palavras contra mim. E estou cansada de sempre ter que lutar.

Meu lábio treme, mas não choro. *Não* vou deixar Bora me ver desabar no palco.

– Vai ficar parado aí deixando ela falar por você, Park? – pergunta Gary. – Meu Deus, eu pensava melhor de você.

O sr. Park se empertiga lentamente, como se estivesse saindo de um fluxo profundo de pensamento.

– Por favor, se acalme, Gary. Talvez você seja americano demais pra entender, mas essa foi uma decisão que a srta. Jang e eu tomamos juntos.

O produtor olha diretamente para mim e até parece triste quando fala.

– Peço desculpas, srta. Shin. Mas desejo sorte a você na outra parte da competição. Como falei múltiplas vezes, você tem talento e seria uma pena te perder tão cedo.

Não sei se o sr. Park usa as palavras como ameaça ou encorajamento. Talvez um pouco de ambos. Mas a mensagem é clara: *Não seja eliminada das duas partes.*

E não posso evitar. Mesmo sabendo que vou decepcionar milhares de espectadores, eu me esforcei demais para abandonar totalmente minhas chances na competição.

Aperto as mãos e me curvo primeiro para o sr. Park e depois para o Gary, que parece estar prestes a sair do auditório. Não me curvo para Bora por motivos óbvios.

– Obrigada. Nos vemos no nosso próximo ensaio.

O sr. Park assente com firmeza.

Davey se aproxima para nos levar para fora do palco. Henry reage primeiro, mas acaba ficando inerte quando vê que eu não resisto. Eu não o encaro. Não consigo. Não depois de não ter dito nada para me defender.

Quando estamos nos bastidores, Imani e Tiffany vêm para cima de nós, para a infelicidade da diretora de palco. Percebo pela expressão irritada dela que as duas não deviam estar aqui.

– Não acredito que os jurados fizeram isso! – exclama Tiffany.

– Ah, meu Deus, Skye – diz Imani. – Você está bem?

Nesse momento, mal consigo me segurar. Acabo conseguindo mais porque as câmeras se reuniram à nossa volta. Já me pegaram em um momento comprometedor hoje. Não quero que testemunhem outro.

– Com licença – diz a diretora de palco antes que eu possa pensar no que responder. – Só deve ficar aqui quem ainda não se apresentou. Os outros têm que sair.

– Vou indo – digo. – Converso com vocês depois.

– Espera. – Henry segura meu braço antes que eu possa me virar. – Vou com você. Te levo pra casa.

Nessa hora, me dou conta de que não tenho carona agora que Lana e Tiffany foram embora. Estou perdidinha.

– Tudo bem – digo. – Obrigada.

Sigo Henry até o estacionamento, onde Portia e Steve nos esperam no carro. Assim que estamos na privacidade do banco de trás, Henry apoia a mão no meu ombro.

– Quer conversar sobre o que aconteceu? Ou, sei lá, quer comer alguma coisa antes de a gente te levar pra casa? Não deu tempo entre as duas rodadas, né? Você deve estar morrendo de fome.

Como se combinado, meu estômago ronca, e só então lembro que não como nada desde a manhã. Mas não estou com vontade de comer.

Talvez Bora esteja certa. O pensamento surge antes que eu consiga controlar. *Talvez eu devesse tentar perder peso de novo.*

As lágrimas brotam nos meus olhos enquanto penso nos anos que passei me odiando e odiando meu corpo. Eu ficava dias inteiros e até semanas quase sem comer nada, até chegar a nem sentir mais fome. Eu perdi alguns quilos, mas eram poucos em comparação à dor emocional sufocante que eu sentia. Por mais que eu malhasse e por menos que comesse, nunca era o suficiente. Eu quero mesmo voltar a viver assim? Existe esperança para mim nesse mercado se *não* fizer isso? Claro que Bora é uma pessoa só. Mas deve haver inúmeras outras que pensam como ela no mercado. Afinal, ela conseguiu convencer o sr. Park.

Eu me pergunto se devia desistir agora.

– Ei – diz Henry de novo. – Vamos ao In-N-Out. Ou, sei lá, qualquer lugar que você queira. Você não parece bem. Precisa comer alguma coisa. Eu também estou com fome.

E isso era o que faltava para eu me descontrolar. Soluços feios explodem do meu peito. Estou com tanta vergonha de quase ter deixado Bora pensar estar certa de que não sou boa o bastante, de quase a ter deixado vencer. Penso nos pôsteres que vi na plateia hoje, em todas as postagens nas redes sociais e no que

Lana disse sobre eu ser uma inspiração para as pessoas que me assistem na televisão. Sinto-me uma mentira e, hoje, estou com a sensação de que decepcionei todo mundo.

Sem hesitação, Henry me puxa para um abraço apertado.

O aperto dele é firme e gentil, e o calor do seu corpo é tão reconfortante que uma parte de mim queria ficar nos braços dele para sempre. Mas eu me controlo e me afasto. Quando faço isso, vejo poças grandes e úmidas de catarro e lágrimas no tecido cinza da regata dele. Fico tão constrangida que choro ainda mais.

– Desculpa – digo entre soluços. – Eu sujei sua camiseta.

– Não, não – diz Henry. – Não peça desculpas. É só uma camiseta. Eu posso ser modelo, mas não sou *tão* superficial.

Ele dá um sorriso torto para mim, mas seus olhos continuam tristes. Isso me faz chorar ainda mais.

– Tem certeza de que não quer que eu processe todos eles? – pergunta Henry. – Porque isso é discriminação mal velada. Teve um cara nas audições que chamou o sr. Park de "velho" e *mesmo assim* entrou. Nosso advogado da família faria a festa com esse argumento de "profissionalismo".

Eu me encolho quando penso na reação da minha mãe se isso virasse um processo. Ela provavelmente pararia de falar comigo para sempre. Também não quero estragar a competição toda, sendo que é uma oportunidade tão importante para tanta gente. Além do mais, no fim das contas, ainda estou competindo na categoria de canto.

Ainda tenho oportunidade de ganhar nos meus próprios termos.

Explico meu argumento para Henry e ele responde sombriamente.

– Faz sentido.

– Mas agradeço a oferta. De verdade.

Ele suspira.

– Então o que a gente faz agora?

– Vamos ao In-N-Out – digo. – O que aconteceu com Bora é horrível, mas não posso deixar de comer comidas boas e de viver minha vida por causa dela. Vou me preocupar com o resto amanhã, mas agora preciso de um descanso.

– Tudo bem – responde Henry. – Batata de bichinho hoje e o programa amanhã. Você vai destruir todo mundo na competição de canto. Sou Time Skye, sabe.

Dou uma risada debochada, mas minhas entranhas estão quentes e formigando.

Só então percebo como o Henry está perto. Nossos narizes estão quase se tocando e o calor do corpo dele é muito gostoso na minha pele.

Estou quase beijando Henry quando Steve limpa a garganta alto no banco da frente e diz:

– Com licença. A qual In-N-Out nós vamos?

É a primeira vez que ouço Steve falar, mas sua voz não me surpreende. Ele até *fala* como o The Rock.

Henry e eu nos encostamos no banco e rimos.

Capítulo Vinte e Seis

NO ENSAIO VOCAL NO SÁBADO SEGUINTE, NOSSO GRUPO está bem menor. Incluindo eu, dez pessoas foram eliminadas do canto e da dança, restando dez em cada categoria. Tiffany foi eliminada da categoria de dança depois de mim, e meu único consolo é o fato de que Imani e Lana conseguiram chegar à rodada seguinte, e o Bobby e a Cassie não.

O próximo desafio é uma "batalha", em que cada pessoa é mentorada por um dos jurados e depois colocada contra outro competidor na rodada eliminatória.

Espero que Gary me "adote", mas ele diz que não tem nada que poderia me ensinar que eu já não sei. O sr. Park me escolhe sem hesitar e me faz ensaiar sem trégua, me pressionando a cantar músicas de estilos que nunca cantei, me fazendo improvisar e mudar o tom e me designando horários de ensaio para seguir em casa.

– Vocês vão ter que se esforçar assim quando entrarem em treinamento – diz ele para mim e o resto de seus mentorados. – Se não aguentarem agora, esse caminho não é para vocês.

Mas ele parece estar me fazendo ensaiar mais que os outros

e, no fim da primeira semana, estou quase perdendo a voz. Fico me perguntando se ele está tentando me fazer abandonar a competição, mas acabo percebendo que é o contrário. Enquanto me pressiona, a expressão dele não é maliciosa, mas determinada e benevolente. Parece que ele está tentando me fazer ser a melhor vocalista possível para compensar o fato de que me eliminou da parte da dança da competição.

Fora quase perder a voz, é verdade que tudo agora fica bem mais fácil. Sem precisar me preocupar com a dança, tenho mais tempo para fazer meus deveres de casa e ficar com as amigas da escola. Embora tenha parado de ver *Você é minha estrela brilhante* depois do primeiro episódio, Clarissa e Rebecca me contam tudo nos sábados à noite. E tenho que admitir que, apesar de já ter visto tudo que acontece no programa em pessoa, é muito mais engraçado ver minhas amigas reagindo a tudo nas nossas sessões semanais de FaceTime, como se minha vida fosse uma série dramática.

– Meu Deus, eu quase morri naquele momento entre a Melinda e o Henry! – exclama Clarissa. – Que tensão!

– Skye! – grita Rebecca. – *Não acredito* que você escolheu uma música de Lee Hi como sua primeira canção. Que ambição!

– Você e o Henry vão namorar – diz Clarissa com um suspiro resignado. – Já estou até vendo. Ele só tinha olhos pra você na audição!

Não respondo a esse comentário. Mesmo sem ter mais desculpa para interagir, Henry e eu temos nos falado por FaceTime quase todos os dias desde a segunda rodada eliminatória e trocamos para mensagens de texto quando minha voz não aguenta. Nenhum de nós tentou definir o que temos, mas gosto de como as coisas estão agora.

Ou acho que gosto, até Henry parar de responder a minhas mensagens de texto e eu ficar só com perguntas. Mas, no fim das contas, simplesmente suponho que o trabalho o está mantendo ocupado. Afinal, nós não estamos namorando. Ele não é obrigado a sempre responder às minhas mensagens.

Num tempo que parece voar, chega o Halloween. Mas, em vez de fazer alguma coisa assustadora, Tiffany tem uma ideia melhor. Ela envia uma mensagem de texto para mim e para Lana no nosso grupo.

TIFFANY LEE: Ei, Skye, com a terceira rodada eliminatória chegando na semana que vem, Lana anda estressada e ansiosa. Sei que você também deve estar. Quer ir a um spa coreano com a gente?

Lana também comenta.

LANA MIN: MDDDC SIM! Vamos nos livrar de todo o estresse tóxico e nos dar de presente um dia no spa!!!

Tenho que admitir que parece uma ideia bem legal. Em teoria.

Mas meu coração dispara ainda mais do que no palco. Uma apresentação na frente de milhares de pessoas eu aguento. Mas uma ida a um spa coreano? Não. De jeito nenhum. A questão dos spas coreanos é que todo mundo fica nu, pelo menos na área de banho, separada por gênero. Claro que sempre dá pra pular o banho e vestir direto o uniforme do spa, mas pular essa parte é desperdício de dinheiro. E não tomar banho antes de entrar numa sauna com todo mundo de banho tomado parece nojento e grosseiro e nem consigo considerar.

Embora eu não tenha problemas com meu corpo nu, tenho lembranças ruins demais da minha mãe me comparando a todas as outras garotas no spa coreano.

– Olha que cinturinha aquela menina tem! – dizia ela. – E as coxas daquela outra ali! Haneul, olha como todo mundo é lindo. Você não quer ser linda?

Pois é, cansou rápido. Duvido que Lana e Tiffany sejam cruéis a ponto de fazer comentários assim sobre meu corpo, mas não consigo evitar a inquietação. Nunca fui ao spa coreano com minhas amigas da escola, mesmo as conhecendo há anos.

EU: Desculpem, não sou muito de spa. Vocês deviam ir sem mim!

TIFFANY LEE: Ah, vamos. Vai ser divertido! E você pode convidar o Henry.

Quase vejo Tiffany levantando as sobrancelhas agora.

LANA MIN: É!!! Convida MESMO o Henry.

Dou uma risada enquanto respondo.

O Henry não é muito de spa.

Claro que não o conheço tão bem para saber disso, mas não há privacidade nenhuma num spa coreano. Ele provavelmente teria sorte se ninguém tirasse uma foto dele nu para postar online. Parece o pior pesadelo de uma celebridade.

LANA MIN: Mas você pode convidar. Por favor! Tiffany e eu vamos ao spa juntas o tempo todo, não vai ser tão divertido se vocês não forem.

Envio vários emojis de carinhas sorridentes de cabeça para baixo.

EU: Tudo bem. Mas, se o Henry não quiser ir, eu também não vou.

Só digo isso porque tenho certeza de que o Henry nunca diria sim. Ele não fala comigo há vários dias. É capaz de nem responder a minha mensagem.

Para o meu horror, a resposta chega em segundos: Claro. Parece divertido. Qual spa?

Nunca me senti tão traída pelo Henry. Por que ele não pode estar ocupado demais para responder quando preciso que esteja?

Como não respondo por mais de uma hora, recebo uma mensagem da Tiffany.

E aí?

EU: ...

TIFFANY LEE: ...???

EU: Ele disse sim.

LANA MIN: VIVA! Vamos te buscar daqui a pouco.

Dou um suspiro e começo a preparar minhas coisas para o spa.

Espero que não seja tão ruim quanto acho que vai ser.

Lana nos leva de carro até o spa, que fica nos arredores de Koreatown. É uma manhã estranhamente fria de sábado e não fico surpresa de ver o estacionamento quase cheio, apesar de ser Halloween. Quase não conseguimos achar uma vaga e demoro um pouco para ver o carro do Henry perto dos fundos do estacionamento. Não consigo ver se tem gente dentro e mando uma mensagem de texto.

Já entrou?

HENRY CHO: Não, ainda estou no carro. Você pode vir aqui um segundo?

Nós vamos até lá. Mesmo quando chegamos ao lado do veículo, Henry não sai. Chego a me perguntar se errei de carro, mas recebo outra mensagem.

HENRY CHO: Hã... você não me disse que vinha com amigas.

Droga, penso, sentindo uma culpa imediata. Sinto as bochechas ficarem quentes e espero que Henry não consiga me ver corar por trás das janelas com película escura. Desculpa!, respondo. Você por acaso achou que era um encontro?

Henry digita alguma coisa. E para. Espero que ele continue. Ele não continua. Conforme o tempo vai passando, minhas bochechas vão ficando mais quentes.

– O que houve? – pergunta Lana. – Por que ele não sai? Por que você está vermelha?

Começo a mostrar o celular para Lana, mas recebo uma série de mensagens rápidas do Henry.

Espera!

Não mostra o celular pra ela. Que constrangimento.

Vou sair.

Estou tentando esconder o celular da Lana quando a porta de trás do carro se abre e revela Henry e a cachorra, Bola de Neve.

– Ah, meu Deus! – grito. – É Bola de Neve!

Ao ouvir seu nome, Bola de Neve pula do carro. Ela é tão grande que me derruba e estou rindo e gritando enquanto lambe meu rosto. Lana e Tiffany se ajoelham para fazer carinho nela e logo Bola de Neve passa a dar pulinhos, tentando lamber a cara de todo mundo.

– Sei como você é fã da Bola de Neve – diz Henry. – Por isso, eu a trouxe. Infelizmente, ela não vai para o spa com a gente, por motivos óbvios.

A essa altura, já me acalmei a ponto de reparar que Henry está usando um "disfarce" de novo, embora não saiba bem como um moletom e óculos vão ajudar quando ele tiver que trocar de roupa (e *ficar nu*) no vestiário.

– Oi, Skye! – diz Portia no banco do passageiro. Steve dá um aceno simpático.

As apresentações não são tão constrangedoras quanto achei que seriam. Depois que Bola de Neve volta para o carro, Tiffany e Henry só assentem um para o outro e Lana diz:

– Então *você* é o Henry Cho. Sabe, eu achava que seria um cretino. Mas você trouxe sua cachorra até aqui pra Skye ver... então acho que até deve ser legal.

– Bom – diz Henry –, fico feliz de ter sua aprovação agora.

Ele ri, mas é a mesma risada falsa que deu para todo mundo no primeiro dia de competição. Seu olhar está cauteloso quando passa da Tiffany para a Lana, e já o conheço bem o suficiente para saber que ele deve estar bem incomodado. Novamente, me sinto culpada por me esquecer de informar que não íamos ser só nós dois.

– Ah – diz ele –, acho que é uma boa hora pra contar que nunca fui a um spa coreano.

– Você *nunca* foi a um *jjimjilbang*? – pergunta Lana.

– Não. – Ele faz uma careta. – Minha família sempre foi conhecida demais na Coreia pra gente frequentar lugares públicos assim. Mas eu sempre quis ir. Os dos dramas coreanos parecem divertidos.

– Hã... tem certeza de que quer entrar com a gente? – pergunta Lana. – Hoje é sábado e é provável que esteja bem cheio.

Henry me olha antes de responder.

– Eu vou ficar bem. Olhei o site do spa e vi que as pessoas não podem tirar fotos nos vestiários nem nas áreas de banho. Além do mais, o Steve vai comigo.

Como se combinado, Steve abre a porta do motorista e sai. Ele não está usando o terno de sempre, só uma camiseta preta normal com uma calça de moletom. Mas, mesmo de roupas casuais, é tão alto e forte que fica intimidante.

– Opa – diz Lana. – Ele tem o dobro do meu tamanho.

Steve abre um sorriso tímido.

– A Portia vem? – pergunto.

– Eu estou bem, minha linda! – diz Portia de dentro do carro. – Tenho um monte de trabalho atrasado, vou ficar aqui com a Bola de Neve. Mas obrigada por perguntar!

– Podem ir na frente – diz Henry. – Steve e eu vamos entrar juntos depois. A gente não quer atrair muita atenção.

– Tudo bem – digo. – Até mais.

O saguão está cheio de pessoas relaxando nos sofás ou

esperando para entrar no spa. Tem lanternas de abóbora fofas e outras decorações de Halloween para todo lado, mas ninguém está fantasiado, pelo que posso perceber. Praticamente todo mundo é coreano e, quando entramos na fila da recepção, algumas pessoas se viram para nos olhar. Primeiro, acho que estão olhando porque Henry mudou de ideia e entrou atrás de nós. Mas, quando olho para trás, não o vejo.

– É por minha conta, meninas! – anuncia Lana. Antes que Tiffany e eu possamos protestar, Lana diz para a moça da recepção: – Entrada pra três pessoas, por favor.

Ao ouvir a voz dela, ainda *mais* gente se vira para nos olhar. Alguns até pegam o celular.

– Hã, pessoal – sussurro. – As pessoas estão nos olhando. E tirando fotos.

Capítulo Vinte e Sete

LANA AFASTA O ROSTO DA RECEPÇÃO E OLHA PARA TRÁS, mas não parece muito perturbada. Até sorri docemente e faz o sinal da vitória com os dedos.

– Ah – diz ela. – Acho que nos reconheceram do *Você é minha estrela brilhante*.

– É verdade.

Tenho vontade de dar um tapa na minha própria testa. *Dã*. Apesar de os episódios estarem indo ao ar toda noite de sábado há três semanas, eu nunca me senti "famosa". Não tem muitas pessoas da escola assistindo ao programa e não aconteceu nada importante além daquele momento constrangedor no banheiro depois que fui marcada no Instagram do Henry.

Mas meu pai mencionou que os amigos dele perguntam sobre mim de vez em quando e minha mãe parou de falar comigo depois que o primeiro episódio foi ao ar. Acho que eu devia ter imaginado que, embora continue não sendo ninguém para o pessoal da escola, sou alguém para quem vê o programa.

Agora, todos no spa – pelo menos as mulheres – me verão nua.

Ainda não sei o que sinto sobre Lana e Tiffany me verem sem roupas. Não que eu fique constrangida com o meu corpo ou queira que ele seja diferente. Mas nunca tirei a roupa na frente das minhas amigas. Não sei como elas vão reagir. Lana e Tiffany são ainda mais magras do que minhas amigas da escola. E se alguém disser alguma coisa sobre o meu peso... bom, não sei se vou conseguir perdoar.

A funcionária nos entrega uniformes e pulseiras com as chaves dos armários, e estou muito envergonhada quando entramos no vestiário feminino. Como eu esperava, todas as mulheres, desde avós muito velhas com costas curvadas até criancinhas de mãos dadas com as mães, estão nuas. E quase todas as garotas da minha idade são magrelas e pequenininhas, como a Tiffany e a Lana.

Está vendo, Haneul?, ouço a voz da minha mãe na minha cabeça. *Essas garotas são tão lindas! Se você se esforçasse um pouco mais...*

Meu estômago fica embrulhado e quase saio correndo do vestiário. Mas Lana e Tiffany parecem muito felizes e animadas, ao menos até Lana ver minha expressão.

– O que foi? – pergunta ela, colocando a mão no meu ombro.

Eu balanço a cabeça. Não quero estragar a diversão de ninguém.

Sou melhor do que isso, penso sem parar enquanto sigo Tiffany e Lana até nossos armários. Mas, quando elas começam a tirar a roupa, meu estômago parece amarrado com barbante.

É um engano hétero absurdo que garotas LGBT não devem entrar em vestiários com outras garotas. Claro que sinto atração por garotas, mas isso não quer dizer que eu seja pervertida. A única coisa que penso quando Lana e Tiffany tiram a roupa é *Nossa, elas são tão lindas.*

Diferente de mim. O pensamento escapa antes que eu consiga segurar. *Não*, digo a mim mesma. *Não, seu corpo é perfeito como é. O fato de você ter crescido ouvindo sua mãe dizer que não é não faz com que isso seja verdade.*

Alguém tosse. Fico morrendo de vergonha quando me dou conta de que estou com os olhos bem fechados. Mal consigo segurar um gemido alto. Deve parecer que estou constrangida de ver Lana e Tiffany sem roupas, ou pior, que sou pervertida. Abro os olhos lenta e relutantemente e vejo que as duas, ainda muito nuas, estão me olhando com uma expressão preocupada.

– Você está bem, Skye? – pergunta Lana. – E não faz que sim com a cabeça. Eu *sei* que tem alguma coisa te incomodando.

Eu pisco e, de repente, estou chorando. Uma onda de constrangimento toma conta de mim, mas, por mais que eu tente parar, não consigo. O que começa como uma lágrima ou duas nos cantos dos olhos vira uma enxurrada incontrolável.

– Ah, Skye! – Lana estica a mão para mim, mas eu me afasto instintivamente. Odeio chorar, ainda mais na frente dos outros. Estou morrendo de vergonha. – O que foi?

Só então percebo que sou a única ainda de roupas no vestiário. Se eu não estivesse atrasando minhas amigas, já poderíamos estar tomando banho. Preciso de toda a minha energia para me segurar e não chorar ainda mais.

– Ah, meu Deus do céu – digo, secando as lágrimas.

– Desculpem, estou fazendo vocês esperarem. Vou tirar a roupa agora mesmo.

– Bom, normalmente eu adoro quanto uma garota diz isso – brinca Tiffany. Lana a cutuca com o cotovelo e Tiffany continua. – Mas não tem pressa mesmo. Tem alguma coisa errada? Você está chorando. Não finja que as coisas estão bem se não estão. Só piora tudo.

Eu hesito, pois não sei nem como começar a explicar o que está se passando na minha cabeça. Mas, como é improvável que Lana e Tiffany deixem para lá, falo devagar:

– Faz muito tempo que não venho a um spa coreano.

– Por quê? – pergunta Lana delicadamente.

Eu respiro fundo. É difícil acreditar que vou contar a alguém sobre isso. É uma das poucas coisas que nunca ousei mencionar nem para meu orientador da escola, porque o dr. Franklin provavelmente nem entenderia o conceito de um spa coreano. Eu teria sorte se ele não passasse metade do tempo perguntando: *Mas por que todos ficam nus?*

– Toda vez que eu ia com a minha mãe... Bom, ela não é *abusiva* no sentido de me bater, mas sempre ficava comentando que todo mundo era mais magro do que eu, e os comentários sobre o meu corpo me deixavam cada vez pior. Eu aceito meu corpo... na maior parte do tempo. Mas ela sempre me fez sentir que não era bom o bastante. Por causa disso, sempre tenho medo de conhecer gente nova, porque fico achando que vão ser idiotas como ela.

– Ah, Skye – diz Lana. Ela me dá um abraço. Eu jamais

imaginaria que uma pessoa tão pequena podia apertar com tanta força. – Bom, isso é outro tipo de abuso, sabe? Emocional. Está na cara que magoou muito porque ainda te incomoda hoje.

– É verdade.

Embora meu relacionamento com a minha mãe não seja tranquilo, eu jamais o vi como *abusivo*. Os pais asiáticos têm muitas formas de amor cruel, dizendo e fazendo coisas horríveis só porque querem o melhor para nós. Todo tipo de "amor cruel" é abusivo? O que distingue o amor cruel de abuso? Afinal, minha mãe disse que tem medo do que as outras pessoas podem dizer sobre mim. Mesmo que seu medo maior seja as pessoas acharem que é uma mãe ruim, o fato de se preocupar comigo não é uma coisa boa?

Enquanto estou pensando nisso, a sensação ruim no estômago depois de ouvir as palavras da Lana me diz que uma parte de mim sabe que ela está certa.

– Se você não se sente à vontade pra tirar a roupa e entrar na água com a gente, não tem problema – diz Lana enquanto se afasta. – Você pode se juntar a nós lá em cima, na sauna.

É tentador, mas sei que, se amarelar agora, eu nunca vou superar isso.

– Está tudo bem – digo. – Só me deem um momento e vou me juntar a vocês.

Tiffany bota a mão no meu ombro.

– Tem certeza?

Faço que sim de leve.

– Tenho.

Depois que Tiffany e Lana saem, seguro lentamente o vestido e o puxo pela cabeça. Olho meu reflexo no espelho ao lado do armário.

– Você é bonita – sussurro para mim mesma. – Não deixe que ninguém, nem você mesma, diga o contrário.

Eu respiro fundo e me permito tirar o tempo que preciso para assimilar as coisas. Está tranquilo no nosso canto do vestiário, e agora, sem Lana e Tiffany, posso finalmente refletir sobre meus sentimentos sobre estar ali sem nenhuma influência externa.

Estou mesmo à vontade com isso?, pergunto a mim mesma. *Ou estou sendo forçada a fazer uma coisa que não quero?*

Aos poucos, decido que quero estar ali. É verdade que ir ao spa coreano pareceu uma ideia horrível no começo, mas talvez eu deva a mim mesma um pouco de relaxamento com as minhas amigas. Eu me esforcei tanto nos últimos dois meses. Não mereço um dia no spa, tanto quanto uma pessoa magra?

Uma parte de mim também quer substituir todas as lembranças ruins de estar no spa com a minha mãe por lembranças felizes. Provavelmente não é *exatamente* assim que o cérebro das pessoas funciona, acho que é melhor do que só ter lembranças ruins na cabeça o tempo todo.

Espero que seja divertido, penso.

Quando saio do vestiário, Lana me dá um abraço apertado.

– Viva, vamos! – exclama ela. – Hora do spa!

Tiffany, que parece ter sido designada como a pessoa das toalhas, balança três toalhas brancas com entusiasmo.

E pronto. Nenhuma das duas menciona o que aconteceu antes.

A parte de banho do spa é como as casas de banho tradicionais da Coreia do Sul, com águas com várias temperaturas e aromas. Algumas oferecem benefícios para a saúde devido às ervas (tem até um banho de chá verde), enquanto outras são só água comum. Depois de uma chuveirada rápida, entramos em cada uma, rindo e nos divertindo.

O tempo todo, conversamos sobre a competição, os estudos, os amigos, sobre tudo e mais um pouco.

– Agora que estou fora da competição, todas as minhas esperanças e meus sonhos estão com você, Lana – brinca Tiffany.

– Nossa, que pressão! – diz Lana. – E a Skye? Ela também ainda está na competição.

– Tudo bem – admite Tiffany. – Com você também, Skye. Falando sério, se nenhuma de vocês ganhar, vou ter uma boa conversinha com Park Tae-Suk.

– Aguardo ansiosamente o dia em que isso acontecer – digo. – Será que você pode aproveitar e falar com a Bora?

– Ah, pode acreditar que a Bora está na minha lista desde o primeiro dia.

Nós todas rimos e, aos poucos, percebo que estou relaxando no calor suave e terapêutico da água. Quando saímos da área de banho, estou tão à vontade que nem ligo para as mulheres que nos encaram quando passamos.

– Vamos para o andar do *jjimjilbang* – diz Tiffany. – Com sorte, o Henry ainda está vivo.

É só nessa hora que lembro que deixamos Henry e Steve sozinhos na parte masculina do spa.

– Ah, droga. – Abro o armário rapidamente e pego o telefone. Encontro quatro mensagens de texto do Henry.

Bom, não fui encurralado no vestiário masculino. Isso sempre é bom.

Também não vi ninguém tentando tirar uma foto minha! Graças a Deus pelas regras rigorosas do spa.

...Acho que ninguém sabe quem eu sou. Posso ficar aqui o dia todo? Isso é incrível. Nenhum desses *ahjussis* e dessas crianças barulhentas liga pra mim.

ESQUECE.

As mensagens de texto param aí. Eu tento rolar a conversa para baixo, como se isso fosse fazer mais coisa aparecer. Mas, não. Nada. Não tenho ideia se Henry conseguiu sair do vestiário masculino.

Lana olha para o meu celular.

– Mas o que... – diz ela. – Ele está bem?

– Pra falar a verdade, não sei.

Digito uma mensagem rápida para o Henry.

Desculpa. Você está bem? Estamos indo nos vestir pra ir pro andar do *jjimjilbang* agora.

Henry não responde. Meu coração bate mais rápido a cada segundo, até que tenho uma vontade repentina e irracional de correr para o lado oposto do prédio e entrar no vestiário masculino para salvá-lo. Sinto-me muito mal porque foi por minha causa que ele veio.

Nesse momento, recebo uma nova mensagem.

HENRY CHO: Bom, eu tentei ir pro andar do *jjimjilbang*, mas fui emboscado por um grupo de pessoas... eles estavam me esperando sair do vestiário pra tirar fotos. Estou bem. Steve está aqui comigo.

– Ué – diz Tiffany. – Pra onde foi todo mundo?

O vestiário feminino, que estava cheio antes de irmos para os banhos, está quase vazio agora. Fora nós três, só tem algumas senhoras idosas e criancinhas com as mães.

– Ah, não – digo. – Henry!

Capítulo Vinte e Oito

EM UMA CORRERIA LOUCA, NÓS TRÊS NOS SECAMOS E VESTIMOS os uniformes do spa antes de subir correndo a escada até a sauna. Quando chegamos ao terceiro andar, mal conseguimos passar pela multidão no topo da escada.

– Anda, pessoal! – grita Tiffany. – Abram caminho! Tenho certeza de que bloquear a escada é perigoso em caso de incêndio! É ilegal!

– Cadê ele? – pergunta Lana, olhando em volta. – Não estou vendo.

Pego o celular e mando outra mensagem. Estamos no andar da sauna. Cadê você??

De repente, Lana diz:

– Tenho uma boa ideia de onde ele pode estar. Olha!

Ela aponta para a aglomeração à nossa frente. Todo mundo está de costas para nós, em volta de alguma coisa... ou alguém.

– Com licença! – grita Tiffany, abrindo caminho de forma agressiva. Os corpos não se afastam facilmente, mas Tiffany usa as mãos e os cotovelos para empurrar quem não se mexe. Lana vai logo atrás e pede desculpas para todo mundo que nos olha de cara feia. Elas são uma equipe tão fofa que não consigo deixar de sorrir logo atrás.

Na metade do caminho, consigo ver Steve. Ele está parado na frente de uma porta com os braços cruzados, olhando com determinação para a frente como um leão de chácara de uma casa noturna exclusiva. Só que, diferentemente de um leão de chácara, ele não está deixando ninguém passar, não importa o que digam. Está imóvel como um gigante de pedra. Eu nem sei se está piscando.

Mas então nos vê e abre um sorriso largo.

– Skye! – diz ele, acenando com entusiasmo. – O Henry está lá dentro. Ele está te esperando.

Steve nos deixa entrar e fecha a porta assim que passamos. Algumas pessoas gritam e nos xingam, mas as vozes ficam abafadas quando a porta é fechada. Estamos em um espaço pouco iluminado e meus olhos demoram um pouco para se ajustar. Quando se ajustam, reparo em três coisas: 1) estamos em uma sala de massagem particular, 2) Henry está recebendo uma massagem em uma das camas, e 3) ele está *sem camisa*.

Bom, talvez não tenha sido bem nessa ordem que reparei nas coisas. Provavelmente foi o contrário.

Quando nos ouve entrar, Henry levanta a cabeça do apoio circular e nos olha brevemente. A senhora que está fazendo a massagem em suas costas para por um segundo e nos olha de cara feia antes de continuar o trabalho.

– Ah, oi – diz ele. – Vocês vieram.

A voz dele soa bem arrastada, talvez no tom mais relaxado que já ouvi.

– É sério? – diz Tiffany. – Você está recebendo uma massagem *agora*?

Henry se levanta lentamente e agradece à massagista em coreano enquanto entrega a ela algumas notas de vinte. A senhora assente e vai para o fundo da sala.

– Desculpem – diz ele. – Foi meio sem querer. Eu estava procurando um lugar para me esconder até as pessoas lá fora se acalmarem. Entrei aqui e vi que era uma sala de massagem. Eu me senti mal por usar de esconderijo e pedi uma.

Apesar de estar vagamente ciente do que Henry está dizendo, a maior parte entra por um ouvido e sai pelo outro porque estou distraída demais pelo fato de estar cara a cara com *Henry Cho sem camisa*. Embora não seja a primeira vez que o vejo sem camisa, é a primeira vez que o vejo sem camisa de forma tão... direta. Tento não descer o olhar do rosto dele. Tento mesmo. Mas o peito exposto é difícil de ignorar. Assim como os ombros.

Meu Deus, ele tem ombros tão largos e lindos, penso na mesma hora que Lana percebe meu olhar e sorri.

– Tudo bem – sussurra ela. – Eu sou gay e mesmo assim acho que ele é esteticamente lindo. Caramba, não estou surpresa de ele ser modelo.

Henry abre um sorrisinho como se tivesse ouvido o que Lana disse. Eu não ficaria surpresa se tivesse – o sussurro dela foi mais próximo em volume do grito de uma pessoa normal do que de um sussurro de verdade. Eu fico vermelha.

Mas Tiffany nem se abalou.

– Veste uma camisa aí! – grita ela e joga uma toalha na cara dele. – Nossa Skye ainda é inocente!

Henry pega a toalha e dá uma risada.

– Tudo bem. *Mas* essa não é a primeira vez que Skye me vê sem camisa.

Ele levanta as sobrancelhas para mim e Lana e Tiffany fazem um ruído surpreso ao mesmo tempo.

– Skye! – "sussurra" Lana. – Achei que tivesse dito que vocês dois não tinham nada!

Henry pega a camisa do spa na bancada e a veste casualmente, como se não soubesse que estou tentando matá-lo com o olhar agora.

– Foi só uma vez! – tento me explicar. – E ele estava machucado e sendo tratado. Eu só olhei por acaso... quer dizer, eu não...

Quando paro de falar, todo mundo ri. Até eu caio na risada depois dessa tentativa fracassada de me justificar.

Sem o peito nu do Henry na minha frente, consigo pensar sobre outras coisas. Mas, embora meu cérebro comece a funcionar normalmente de novo, tenho que limpar a garganta algumas vezes antes de conseguir formar frases coerentes.

– E então – digo para Henry. – Você vai ter que ficar aqui dentro o tempo todo que estivermos no spa?

Ele dá de ombros.

– Acho que posso ir pra outra área se vocês quiserem. Tem uma sauna específica que vocês queiram experimentar? – De repente, ele olha para trás de mim e comenta: – Que sutil, meninas. Muito sutil.

Olho para trás e vejo Lana e Tiffany se afastando nas pontas dos pés. Tiffany continua de costas para nós enquanto Lana se vira e acena.

– Se divirtam, vocês dois! Tiffany e eu vamos andar pelos ambientes.

Não sei se elas querem aproveitar o spa juntas ou se estão tentando me deixar sozinha com o Henry. Se as conheço bem, devem ser as duas coisas.

Quando fazemos contato visual, Lana ri. É, definitivamente são as duas coisas.

– Tudo bem – digo com relutância. – A gente se encontra depois?

– Claro! – diz Lana. – É só me avisar quando estiver pronta pra ir embora.

Depois que elas saem, vejo que Henry *ainda* está me olhando.

– E aí? – pergunta ele.

– Hã?

– Você não respondeu a minha pergunta.

– Que pergunta?

Henry estica a mão para sentir a temperatura da minha testa.

– Você está bem? – pergunta ele com uma preocupação que seria convincente se não fosse o sorriso torto. – Seu rosto está tão vermelho. Eu perguntei que sauna você queria olhar primeiro.

Afasto a mão dele e tento ignorar o fato de que meu rosto está pegando fogo *de novo*.

– Para! Vamos olhar a sala dos sais do Himalaia. Era uma das minhas favoritas quando eu era criança.

Henry ri.

– Está bem.

Steve faz um trabalho impressionante para me proteger junto com o Henry quando vamos até a sala dos sais do Himalaia. Quando passamos, as pessoas gritam nossos nomes. Olho instintivamente nas primeiras vezes, mas depois consigo parar. Está na cara que só estão nos chamando para conseguirem fotos melhores.

Felizmente, o local está vazio porque todo mundo está lá fora tentando ver o Henry. Steve monta guarda na porta para podermos entrar.

A sauna é bem como alguém imaginaria uma sala de sais do Himalaia, com blocos de sal rosa cobrindo o espaço todo, do chão ao teto. Tudo tem um cheiro agradável de limpo e inspiro lentamente o aroma dos sais.

O indicador de temperatura do lado de fora mostrava que está 39 graus aqui dentro, mas parece mais quente com o Henry do meu lado. No passado, só frequentei saunas com a minha mãe e, na maioria dessas ocasiões, ela ficou reclamando de alguma coisa ou de alguém. Estando só o Henry e eu, o silêncio no ambiente é palpável.

Sinto o suor se formando e escorrendo pelo meu rosto lentamente. Olho para baixo e vejo que manchas nojentas se formaram na minha camiseta, debaixo das axilas. Sinto certa vergonha e cruzo os braços. No espaço escuro e quente, só enxergo o bastante para identificar o rosto do Henry.

Quando nossos olhares se encontram, ele sorri e me entrega uma toalha.

– Ei – diz ele. – Você sabe fazer aqueles chapéus de toalha de carneirinho que as pessoas sempre usam nos dramas coreanos?

Apesar de já ter visto muitas vezes na televisão, nunca aprendi a fazê-los porque minha mãe acabaria dizendo que é coisa de gente boba. Quando explico isso para o Henry, ele franze a testa e diz:

– Bom, vou fazer um pra você. Ou pelo menos vou tentar. Eu pesquisei como fazia quando estava vindo pra cá.

Com mãos ágeis e hábeis, Henry dobra a toalha no meio e então de novo, até estar longa e fina. Em seguida, enrola cada lado de forma que as duas pontas ficam curvadas como chifres de carneirinho.

– Toma – diz ele. – Experimenta.

Preciso fazer uns ajustes para a toalha cobrir completamente meu cabelo, mas, quando termino, o rosto do Henry se ilumina com um dos sorrisos mais brilhantes que já vi nele.

– Você está muito lindinha – diz ele. – Estou com vontade de tirar uma foto sua agora. – Ele vê minha expressão e diz correndo: – Não pra postar no Instagram nem nada. Só pra... capturar o momento. Mas a luz está muito fraca pra uma foto decente.

O Henry me acha lindinha? O elogio faz meu coração dar um pulo, mas não demonstro no rosto. Alguns anos atrás, dois garotos me chamaram de lindinha e morreram de rir quando pareci satisfeita. Henry parece estar falando a verdade, mas deve só querer dizer lindinha nesse momento específico. Eu me acho lindinha quase todos os dias, mas duvido que alguém que namorou uma garota tão perfeita como a Melinda vá se interessar por alguém como eu.

É nessa hora que lembro que nos últimos dias ele parou de repente de responder a minhas mensagens. Uma parte de mim pensa que eu devia deixar pra lá, mas, ao mesmo tempo, sei que vai me incomodar depois se eu não perguntar agora. O fato de não ser a primeira vez que ele some por um motivo misterioso também não ajuda.

– Por que você parou de repente de responder às minhas mensagens? Achei que tinha se cansado de mim. Fiquei surpresa quando você respondeu hoje.

O sorriso tranquilo some do rosto do Henry. Ele nem me encara.

– Eu... acho que entrei em pânico – diz ele.

– Mas por quê?

Ele dá de ombros. Percebo que está se esforçando muito para agir de modo casual.

– Tem tempo que não fico tão próximo de alguém. Não só fisicamente, mas... todo o resto.

– Por causa de toda aquela história de não ter amigos?

– Mais ou menos. – A voz dele soa tensa e estranha. É tão diferente da sua tranquilidade habitual que chega a ser quase engraçado.

– Mas você não era próximo das pessoas que namorou?

Penso nos *stories* do Instagram com a Melinda. Eles *pareciam* íntimos, com tantos beijos e mãos dadas que me incomodava às vezes.

– Não muito. Quando celebridades namoram... nem sempre é por causa de uma conexão emocional. Longe disso. Muita coisa é superficial. Por exemplo... – Henry expira com força. – Você estava lá quando Melinda e eu brigamos, né?

Faço que sim, prendendo o ar. Ainda me sinto mal por invadir o momento particular dos dois, embora as câmeras também estivessem lá.

– Melinda e eu nunca devíamos ter ficado juntos. – Henry faz uma careta. – Quando começamos a namorar, minha autoestima estava muito baixa. Eu era novo no mercado, estava começando como modelo e tudo mais e, bom, achava que tinha sorte por ela gostar de mim, apesar de saber que era só porque eu parecia um *idol* de K-pop.

– Como é que é?

– Pois é... ela até me chamava de *oppa*. Era estranho. Enfim, quando a gente terminou, ela basicamente me disse que eu não servia pra nada porque só tinha a *aparência* de um *idol* de K-pop, mas não o talento. E se inscreveu na audição do programa! A briga no primeiro dia foi porque eu estava tentando convencê-la a não participar da competição. Eu sabia que ela só estava querendo participar porque criou um fetiche com a nossa cultura.

Penso naquela conversa estranha que tive com Melinda sobre o kimchi e estremeço.

– Mas você a protegeu depois – digo.

– Bom, é. Ela pode ser ridícula, mas não merece ser exposta na televisão assim. Mas você e eu não somos assim. Eu...

Steve abre a porta e grita com uma voz bem paternal:

– Está na hora de sair! Vocês dois não deviam ficar num lugar só por tanto tempo. Não é saudável.

Quando estamos saindo, olho para Henry torcendo para ele terminar o que ia dizer. Mas ele não termina.

E como estou ocupada olhando para ele, quase esbarro em Tiffany e Lana, que estão paradas ao lado da porta. Lana ri quando vê meu chapéu de toalha de carneirinho.

– Caramba – diz ela. – Skye, esse chapéu de carneiro é tão fofo. Foi você que fez?

– Não, foi o Henry.

Ela ri ainda mais.

Até Tiffany parece estar se esforçando para não sorrir. Ela balança as sobrancelhas para nós.

– Que sorte que vocês tiveram um tempinho sozinhos, hein?

Eu me viro para o Henry, achando que ele vai estar com uma cara convencida. Mas ele voltou a abrir aquele sorriso falso.

– Posso fazer um pra você – diz Tiffany para Lana enquanto seguimos para a sauna ao lado.

Lana abre um sorriso e aperta a mão da Tiffany de forma quase imperceptível. O pequeno gesto me deixa feliz e triste ao mesmo tempo. Lana e Tiffany são um casal muito fofo e fico triste por não poderem expressar afeto em lugares públicos coreanos do mesmo jeito que um casal heterossexual. Normalmente, não curto muito demonstrações públicas de afeto, mas demonstrações assim entre LGBTs são raras e eu queria que fossem mais comuns.

Steve se esforça para manter as pessoas longe, mas ainda demoramos alguns minutos para encontrar outra sauna vazia. Agora que a surpresa da presença do Henry passou, muita gente voltou a fazer o que estava fazendo antes de ele chegar.

A segunda sala em que entramos é coberta de tijolos vermelhos de argila que estão agradavelmente quentes debaixo dos meus pés. Assim que nos acomodamos nas esteiras lá dentro, Tiffany começa a fazer um chapéu de toalha para a Lana, que ri e também coloca a toalha no chão. Quando percebo, as duas estão fazendo chapéus de toalha uma para a outra.

– Elas são tão lindas juntas – digo. Só depois que as palavras saem da minha boca percebo com quem estou falando.

Ah, droga. Henry não sabe que Lana e Tiffany são um casal. Minha cabeça se enche de pânico e medo, mas ele só assente e diz:

– É.

Olho para o rosto dele procurando sinais de uma reação negativa. Ele parece estar achando graça, embora haja algo na expressão que não consigo identificar. Arrependimento? Tristeza? Seja o que for, faz meu coração se apertar, apesar de eu não fazer ideia do que ele está pensando.

– A gente pode comer *patbingsu* depois? – pergunta Henry de repente, me pegando totalmente de surpresa.

– O quê?

– *Patbingsu.* Raspadinha coreana.

– Eu *sei* o que é *patbingsu*. Só fiquei surpresa. Por acaso você também nunca comeu *patbingsu*?

– Não. Fico vendo as pessoas dos K-dramas comendo *patbingsu* nos spas coreanos e sempre quis experimentar.

Isso chama a atenção da Tiffany e da Lana. Tiffany geme.

– Tem *alguma coisa* que você já experimentou? – pergunta ela.

– Comida francesa cara demais – responde Henry. – E as melhores massas que tem por aí. Minha família não come comida coreana. E, quando come, é sempre *jeong-sik* muito tradicional e extravagante. Aquelas coisas gourmet que os reis comiam.

– Coisa de gente rica – resmunga Tiffany, revirando os olhos.

– Nem me fala – reclama Henry.

– Vamos dividir um *patbingsu* grande! – exclama Lana.

Nós todos rimos, porque ela fica tão feliz e empolgada que a voz sai bem aguda.

– Vamos! – eu respondo. – Eu topo.

Olho para Henry e nós dois sorrimos.

Capítulo Vinte e Nove

DEPOIS DO *PATBINGSU* AÇUCARADO, TIFFANY E LANA DESmaiam num coma alimentar no piso aquecido do spa e Henry me oferece carona para casa.

Ainda estou meio energizada de tanto chocolate e leite condensado e não reparo que ele fica quieto na maior parte do trajeto, até que ele limpa a garganta.

– Então... a Lana e a Tiffany. Elas estão juntas, né? Tipo, são namoradas?

Olho para a frente do carro. Steve está ouvindo um podcast de comédia em volume alto e ele e Portia estão rindo das piadas. Duvido que consigam nos ouvir com tanto barulho.

– São, sim.

Devo parecer nervosa, porque Henry ergue as mãos.

– Não me entenda mal. Não tenho nada contra elas. É só que... bom, lembra o que a Lana falou de achar que eu era um cretino?

– Tenho certeza de que ela estava brincando – digo rapidamente. Essa conversa está me deixando inquieta, como se estivéssemos falando de uma coisa sobre a qual eu não deveria saber.

– Não. A Lana deve ter te contado, mas uns amigos dela estudavam na minha antiga escola. Até me lembro de vê-la em muitas postagens dos meus amigos antes de nos conhecermos hoje... quando a gente ainda se seguia nas redes sociais. E a Harvard-Westlake é bem pequena. Ela deve ter avisado sobre mim. Acertei?

Eu minto muito mal, então faço que sim.

– Avisou... mas isso foi antes de a gente se conhecer.

Henry ri, mas o som é brusco e amargo.

– Tudo bem. Os boatos são verdade. Como falei antes, eu não tenho mais muitos amigos. E é tudo minha culpa.

– O que houve?

Sem dizer nada, Henry me olha por um momento, como se estivesse tentando decidir se pode confiar em mim.

– Um dos caras de Harvard-Westlake – diz ele por fim. – Ele era meu namorado.

Ainda estou assimilando as palavras quando ele acrescenta:

– Eu sou bi. Também gosto de garotas. Mas, naquela época, eu tinha um namorado.

O Henry é bi, penso. *Como eu*. Tenho uma vontade repentina de fazer um *high-five* com ele, como se tivesse acabado de descobrir que somos sócios de um clube superexclusivo. Mas não parece adequado no momento, então só fico calada escutando.

– Quando assinei o contrato de modelo, meus pais começaram a se meter na minha vida. Eles vinham me deixando em paz desde que fui estudar em Harvard-Westlake. Eu estava sozinho nos Estados Unidos, eles estavam na Coreia... era ótimo. Mas aí eu me tornei uma "celebridade", como eles. Acho que é compreensível, porque a imprensa sul-coreana descobriu sobre meu contrato de modelo e divulgou amplamente. Dei tantas entrevistas e apareci tanto online e nos jornais e revistas que foi constrangedor. De repente, meus pais queriam estar no controle de *tudo*. Até da minha vida pessoal.

– Ah, não – digo. Já estou sofrendo porque consigo ver aonde isso vai chegar.

– As coisas meio que explodiram quando eles descobriram que eu tinha um namorado. Disseram que eu nunca faria sucesso na Coreia do Sul se descobrissem que eu não era hétero. Eu falei que era bi, que gostava de meninos e de meninas, mas não importou. Eles só disseram: "Arruma uma boa namorada, então. As garotas não vão ficar doidas por você se souberem que tem namorado. Não vai ajudar sua imagem".

– Henry, lamento muito.

– Não – diz ele. Tudo sai baixo e rápido, como se ele não conseguisse parar agora que começou a me contar tudo. – Você não tem motivo pra lamentar. E eu também não mereço a solidariedade. Fui extremamente ingênuo. Queria que meus pais largassem do meu pé e menti pra eles. Falei que terminei com meu namorado. Correu tudo bem por um tempo, mas acabamos sendo descobertos. Uma garota tirou uma foto quando estávamos dando um beijo. Meus pais surtaram e pagaram a pessoa pra não postar a foto online. Depois, ofereceram uma quantia absurda para o meu namorado terminar comigo.

– *Como é?* – Estou com tanta raiva que minha voz sai num grito.

Portia e Steve olham para nós. Portia baixa o volume do podcast e pergunta:

– Está tudo bem?

– Está, sim – digo. – Desculpe.

Henry espera que Portia aumente o volume do podcast e continua:

– Foi uma ameaça disfarçada de suborno. Meu namorado, claro, perdeu a cabeça. Com todo o direito. Os pais dele descobriram e o transferiram da escola. Meus pais e os dele fizeram tudo na surdina e nossos amigos nunca souberam os detalhes. Mas sabiam que uma coisa ruim tinha acontecido e que era culpa minha. Todos os meus amigos também eram amigos dele. Então foi assim que perdi todos os meus amigos. É por isso que não tenho nenhum.

A história do Henry me deixa muito triste. É um lembrete doloroso de por que não posso namorar meninas.

– Lana e Tiffany... – digo. – Parece que as duas foram expulsas de casa.

Henry suspira.

– Mas elas estão bem agora. Estão morando juntas e... bom, você viu as duas. Elas são fofas. E estão felizes.

– Que bom. Fico feliz por elas.

– Nós não vamos ser pais homofóbicos idiotas, tá?

Henry levanta as sobrancelhas.

– Opa, você não acha que é meio cedo pra estarmos falando de filhos?

Dou um soco de leve no braço dele.

– Você sabe o que eu quero dizer. Nós... os futuros coreanos e coreanos-americanos, sabe? Nós temos que ser melhores do que a geração dos nossos pais.

– Ah, com certeza.

Eu espero alguns segundos e digo:

– Eu também sou bi.

Ele se senta mais ereto na mesma hora, um sorriso hesitante se abrindo no rosto.

– Ah, é? Que incrível.

E pronto. Henry me aceita sem hesitar nem por um momento. E eu também o aceito.

– Acho que isso nos torna... bi ao quadrado?

– Bi ao quadrado – diz ele com um sorriso. – Gostei.

Capítulo Trinta

A RODADA SEGUINTE DA COMPETIÇÃO É BRUTAL. AS COISAS ficam feias quando as pessoas se enfrentam no palco, fazendo o melhor que podem para vencer. Como só tem dez pessoas na parte vocal, nos reunimos em volta da televisão da sala verde enquanto esperamos nossa vez de cantar.

Por uma virada cruel do destino (ou, mais provavelmente, pelos caprichos cruéis dos jurados), Mindy, orientada pelo Gary, e Isabel, orientada pelo sr. Park, acabam se enfrentando no palco, apesar de terem sido parceiras na rodada anterior. Isabel vence com uma mistura poderosa de música e rap que destrói a interpretação fofa, mas também comum, de uma música do Mamamoo. Quando os jurados escolhem Isabel como vencedora, Mindy sai chorando do palco.

Lana, orientada pelo sr. Park, é a próxima. Antes de ir, ela aperta a minha mão com força.

– Boa sorte – digo quando ela passa pela porta.

Olho para a televisão com ansiedade quando ela canta contra Kevin Byun, um garoto coreano-americano orientado pelo

Gary e que, impossivelmente, parece mais angelical do que ela. *Isso não pode ser bom!*, penso, ainda mais quando Lana fica nervosa demais e exagera uma nota alta. Nunca a ouvi cometer um erro desses antes, mas acho que é resultado da pressão que ela sente durante a apresentação.

Quando é eliminada, Lana fica tão triste que tenho vontade de correr para o palco e dar um abraço nela. Como não posso, envio uma mensagem de texto cheia de corações e palavras para encorajá-la. Vou ter que falar com ela depois.

Outras coisas dramáticas acontecem, como quando um dos cantores admite que espiou o *outro* competidor e escolheu uma música do mesmo artista para poder superar o rival. Todos esperamos que os jurados o desclassifiquem na mesma hora, mas eles eliminam o outro competidor, dizendo que o espião foi, nas palavras do sr. Park, "melhor mesmo do que o outro indivíduo". Os dois caras começam a brigar e os seguranças precisam tirá-los do palco.

Finalmente, restam quatro pessoas que ainda não se apresentaram. É um momento estranho, no estilo "e não sobrou nenhum", como se estivéssemos sendo removidos um a um. Sinto uma camada de suor na testa e fico abrindo e fechando as mãos para aliviar a tensão.

Além de mim, vejo Melinda e duas outras pessoas que só conheço de rosto. Melinda não se vira nem para mim nem para os outros competidores na sala. Só fica olhando para a frente, como se fosse superior a nós. Em aparência, ela está mesmo em outro nível. O cabelo louro forma cachos perfeitos, a pele é lisa e *realmente* acetinada e os olhos estão maquiados com a quantidade certa de lápis esfumaçado. Eu não ficaria surpresa se a maquiagem dela tivesse sido feita por um profissional.

Voltei a ver as pessoas se apresentando na televisão quando recebo uma mensagem de texto.

HENRY CHO: Como você está? Já chegou a hora de se apresentar?

EU: Ainda não. Estou tentando controlar os nervos. E você?

HENRY CHO: Acabei de sair de casa. As apresentações de dança começam logo depois das de vocês.

Meu coração dói um pouco quando ele fala de dança, mas continuo tentando ser encorajadora quando respondo.

Boa sorte! Avisa como foi.

HENRY CHO: Pode deixar. Boa sorte pra você também.

Ele envia uma foto da Bola de Neve comendo picolé e seguro uma risadinha.

EU: QUE FOFA.

HENRY CHO: Quando vejo essas fotos me dou conta do quanto mimo essa cachorra. 🙄

EU: Ela merece!!!!

Fico sorrindo para mim mesma até que, com o canto do olho, vejo Melinda me olhando de cara feia do outro lado da sala. Seu rosto está cheio de acusações, como se ela soubesse que estou trocando mensagens com o Henry. Tento ignorá-la o máximo que consigo. Não quero saber de drama hoje.

Mas é claro que, nesse momento, como o programa é *desse* tipo, a diretora de palco entra na sala e diz:

– Skye e Melinda, agora são vocês. Venham esperar nos bastidores.

Por que estou surpresa?

Seguro um gemido e sigo Melinda para fora da sala verde. Está claro pelas duplas de hoje que os produtores fizeram tudo possível para que as apresentações sejam as mais "dramáticas" possíveis. Estou decepcionada comigo mesma por não esperar isso.

Se um olhar pudesse eletrocutar, Melinda teria me fritado cem vezes até chegarmos ao palco. Tento ignorá-la ao máximo. Já fui eliminada de uma parte da competição. Não posso me permitir essa distração agora.

– Moças – diz Davey quando chegamos aos nossos lugares. – A rodada vai ser assim. Primeiro, vamos pedir a Melinda para cantar. Depois, Skye. Os jurados vão avaliar as duas depois que Skye terminar. A vencedora seguirá em frente para o grupo de cinco vocalistas da rodada final de *Você é minha estrela brilhante*.

Diferentemente das outras vezes que subi no palco, a plateia do estúdio fica em silêncio e espera com expectativa enquanto Melinda se apronta para cantar. Mas, assim que as primeiras notas da música começam a tocar, todo mundo, inclusive eu, leva um susto.

Ela está cantando "No One", de Lee Hi, a artista que escolhi na primeira rodada.

Ah, ela não fez isso! Não consigo evitar e fico boquiaberta, sem acreditar, mesmo tendo uma câmera ali pronta para capturar minha reação. Apesar de não ser tão ruim quanto cantar uma música do mesmo artista que vou cantar hoje, ainda é bem ruim, e a reação da plateia só confirma isso. Nos primeiros versos, todos ficam em silêncio.

Mas tenho que admitir: a pronúncia de coreano da Melinda é excelente e ela está acertando no tom apaixonado que a música merece. Oscilando os quadris com a batida, em pouco tempo ela captura a plateia no feitiço de sua voz soprano de fada, cantando sobre ficar solitária à noite. O tempo todo, ela olha para a câmera com confiança sexy, como uma modelo Victoria's Secret adolescente.

Quando chega ao refrão, todo mundo está aplaudindo, e alguns caras na primeira fila estão *babando* enquanto a veem cantar. Tento não fazer uma careta muito óbvia por causa da câmera. A escolha de música da Melinda, as reações da plateia... é tudo intenso demais para mim.

Eu tenho que vencer contra Melinda, penso. *Não posso perder.*

Mas, enquanto tento me concentrar, minha visão escurece sob as luzes quentes do palco.

– ...Skye?

Ao ouvir meu nome, tenho um estalo e volto a prestar atenção. Melinda terminou de cantar e os jurados, a plateia, as câmeras, *todo mundo* está me olhando. Tenho vontade de gritar. Como pude me perder desse jeito?

– É sua vez – diz o sr. Park com um tom meio irritado. Ele deve estar pensando que sou uma vergonha para ele como pupila.

– Certo. – Faço que sim para indicar que estou pronta para começar.

– Agora é Skye Shin! – anuncia Davey.

As notas iniciais de flauta de "Gotta Go", da Chungha,

começam a tocar, e expiro rapidamente antes de começar. Não consigo passar uma magia de fada como a Melinda, mas confiança sexy? Isso eu consigo.

Estalo os dedos com a batida e entro na hora certa, esforçando-me para transmitir a melancolia de ter que abandonar o amor da sua vida à meia-noite. Deixo a música tomar conta de mim de forma tão completa que estou perdida nela quando chego ao refrão.

Chungha é uma artista muito voltada para a dança, e é inevitável fazer parte da coreografia enquanto canto, balançando os quadris e os braços em volta do corpo. Bora levanta as sobrancelhas, mas o sr. Park me observa com orgulho nos olhos.

Quando chego na ponte, a plateia está aos gritos, e vejo algumas pessoas dançando comigo no auditório. Quando canto a nota mais alta perto do fim da música, permito que minha voz ecoe pelo teatro e seja recebida por aplausos trovejantes.

– Aí está, pessoal! – diz Davey. – Melinda e Skye, duas moças com talento enorme. Quem vai ficar e quem vai ser enviada para casa?

O sr. Park pega o microfone primeiro.

– Srta. Shin – diz ele com um brilho nos olhos. – Parabéns. Você me deixou orgulhoso hoje, seja qual for o resultado final.

Gary olha para Melinda e para mim.

– Uau – diz ele. – É uma escolha muito difícil. Melinda, você fez uma apresentação incrível. Essa rodada não foi fácil pra você, considerando a barreira do idioma. E sua apresentação da música da Lee Hi foi muito boa. Você seguiu todas as minhas dicas e sugestões. – Ele se vira para mim. – Skye, você foi fenomenal, como sempre. A emoção, as notas altas, o jeito sexy. Tudo isso estava presente. Vai ser uma decisão muito difícil.

Ele faz uma pausa e meu coração parece estar prestes a desmoronar. Bora não vai votar em mim e, sem o voto do Gary, estou ferrada. Fecho os olhos e rezo para o que quer que exista por aí de força superior que ele me escolha.

– Gah – diz Gary, se encostando na cadeira. Ele faz um sinal para Davey. – Volte pra mim depois. Ainda preciso de tempo para pensar.

Quando chega a vez da Bora, ela nem me olha.

– Melinda, você foi fantástica. Tem um talento verdadeiro.

Claro que ela vota sem hesitar em Melinda. Meus coração bate cada vez mais alto e meus ouvidos estão ecoando quando Gary pega o microfone.

– Pronto – diz ele. – Acho que tomei uma decisão.

– A expectativa está nos matando! – exclama Davey, e a plateia ruge, concordando. – Em quem Gary vai votar? Melinda ou Skye?

Sei que Davey só está prolongando o suspense porque é o trabalho dele, mas, no momento, sinto vontade de bater na sua cara. Conforme os segundos passam, minhas pernas começam a tremer e tenho a sensação de que vou desmoronar.

– Melinda – diz Gary.

Meu estômago despenca.

– Estou muito orgulhoso de você. Você foi tão longe.

Melinda sorri.

Mas Gary se vira e olha para mim.

– Mas, Skye, você foi superior no canto hoje. Acho que nunca mais vou conseguir ouvir a música original sem pensar na sua versão primeiro.

Gritos soam na plateia. Melinda começa a gritar de raiva e parte na minha direção, como se fosse me atacar. Por sorte, Davey entra entre nós e levanta meu braço.

– Parabéns, Skye! – diz ele. – Você é a quarta pessoa do grupo de cinco finalistas.

Ele se vira para a câmera.

– Lembrem-se: a apresentação final será ao vivo e vocês, sim, *vocês* vão ter a chance de votar para que seu candidato ou sua candidata vença o *Você é minha estrela brilhante*! Vai ser no dia 5 de dezembro, às 18h no horário de Los Angeles e 11h no horário da Coreia, bem aqui na SBC. Sintonizem e votem nos seus favoritos!

Somos levadas para fora do palco, com Melinda me xingando o tempo todo. Mas não ligo porque, nesse momento, vejo Henry me esperando nos bastidores.

– Você conseguiu! – diz ele. – Você tirou a Melinda da competição.

Meu coração ainda está batendo forte por causa das avaliações dos jurados, e o sorriso enorme do Henry só faz com que bata mais rápido. Antes que eu me dê conta do que está acontecendo, ele me envolve com os braços em um abraço forte que me faz derreter.

As câmeras estão ao nosso redor, mas eu não me importo nem um pouco.

– Pois é – respondo. – Parabéns, ela já era.

Ele ri.

– Eu que devia estar dando os parabéns. Estou orgulhoso de você.

– Os dançarinos têm que ficar na sala verde! – grita a diretora de palco nesse momento, olhando diretamente para o Henry.

Ele me solta e diz:

– Olha só. Vamos sair qualquer hora dessas. Eu te mando uma mensagem, tá? Quero muito te levar em um lugar.

– Tudo bem – respondo, tentando manter a calma apesar do rosto quente. – Vou esperar ansiosamente.

Henry abre o seu sorriso torto e genuíno antes de se afastar.

Capítulo Trinta e Um

EM COMPARAÇÃO AO TANTO DE COMPROMISSOS DO MÊS anterior, as semanas antes do recesso de Ação de Graças parecem se arrastar. Nos meus novos momentos de tempo livre, fico olhando as redes sociais. Antes, eu via ocasionalmente uma postagem ou tweet porque minhas amigas da escola me marcavam. Essa é a primeira vez desde a estreia que me permito mergulhar inteiramente no Twitter e no Instagram.

Quando Clarissa descobre que abandonei meu banimento pessoal de redes sociais, ela me mostra a *hashtag* #FaClubeRainhaSkye, com a qual muitas outras garotas *plus size* do mundo todo postaram mensagens pessoais dizendo que *eu* as inspiro. Quero responder a todas e dizer como elas são importantes pra mim, mas Rebecca me impede.

– Melhor não conversar – avisa ela. – Elas não são suas amigas. No máximo, são suas fãs. E fãs podem ficar cruéis a qualquer momento.

– É verdade – diz Clarissa. – Pensa só como é rápido o cancelamento de celebridades nas redes sociais. Acontece mesmo!

O conselho das minhas amigas, como sempre, faz muito sentido. Portanto, no momento, não respondo a nenhum tweet e nenhuma menção no Instagram.

Toda a atenção é bizarra e me deixa muito agradecida, mas também me sinto culpada porque ninguém, nem mesmo minhas amigas da escola, sabem que fui eliminada da dança depois da minha apresentação com o Henry. Ainda não, pelo menos. O episódio vai passar amanhã à noite.

Não consigo parar de pensar em como vai ser quando eu for eliminada, mesmo sendo só de uma categoria, depois de me defender da Bora. Estou com medo de acabar me tornando outra "lição" para garotas gordas que podem ter medo de se defender.

Fico deitada na cama e acabo olhando o Instagram, lendo postagens das pessoas que ainda estão na parte de dança da competição. A última postagem do Henry foi dele deitado no chão do estúdio alugado, impecável como sempre, com a legenda "breve descanso depois de um longo dia". A da Imani foi dela se alongando em uma barra com algumas amigas do balé. Eu acabo parando.

Está bem tarde quando fecho o Instagram. Por sorte, é sexta à noite e não o meio da semana. Mesmo assim, tenho ensaio no dia seguinte, por isso preciso do descanso.

Estou quase indo dormir quando reparo que tenho notificações não lidas. A mais recente é do Henry, que me mandou um meme engraçado de cachorro várias horas atrás.

Faz tanto tempo que ele mandou o meme que não sei o que responder. Digito "HAHAHA", mas apago e escrevo uma coisa menos horrível. Mas, antes que eu possa enviar, um balão com três pontinhos aparece.

HENRY CHO: Ainda está acordada?

Eu me sento de repente e olho a mensagem, sentindo certo constrangimento porque o Henry me viu ter dificuldade com uma resposta. Respiro rápido algumas vezes antes de responder.

É, não consegui dormir. Amanhã é a transmissão do episódio da nossa dança.

HENRY CHO: Eu sei.

Há uma pausa e os três pontos surgem e somem de novo, como se ele estivesse tentando decidir o que dizer. Meu coração está quase explodindo de expectativa quando finalmente recebo outra mensagem.

HENRY CHO: Quer ir ao Observatório Griffith hoje?

Por um momento longo, acho que li errado. O Observatório Griffith fica ao norte de Hollywood, em uma colina perto do letreiro. Quando meu pai morava com a gente, me levava caminhando até o observatório todo mês, para passarmos um tempo de pai e filha. Nessas manhãs de domingo, conversávamos sobre tudo e qualquer coisa. Era um dos meus passeios favoritos quando criança, mas a última vez que fui até lá em cima foi *anos* atrás, antes do meu pai se mudar para o norte da Califórnia.

E agora, o Henry quer ir lá espontaneamente. Às três da madrugada.

Hã, sei que está fechado agora, respondo. E eu moro bem longe de L.A.

HENRY CHO: Posso ir te buscar. E o parque em volta do

observatório fica aberto 24 horas. A gente só tem que ir andando, mas não é uma caminhada ruim. Vou levar a Bola de Neve.

É essa última parte que me convence – pelo menos é o que digo para mim mesma.

Eu só quero ver a Bola de Neve, penso sem parar. Tento ser casual na resposta.

Legal! Me avise quando estiver aqui.

Henry responde com uma carinha sorridente e um sinal de positivo.

Corro de um lado para outro do quarto, me esforçando para não fazer barulho. Fica frio durante a noite agora, ou pelo menos tão frio quanto dá pra fazer em Los Angeles, então boto um moletom rosa fofo e quentinho e uma calça de moletom confortável.

Meu pai veio passar o fim de semana em casa e seus roncos ecoam pelo corredor quando desço sorrateiramente pela escada e saio pelos fundos. Três da madrugada é a *única* hora em Los Angeles em que há pouco ou nenhum trânsito, e Henry chega na minha casa em menos de uma hora.

Eu estava esperando que o carro preto, mas ele aparece num conversível azul-celeste vintage. Está usando uma jaqueta de couro azul-marinho, e a roupa junto do carro o faz parecer saído de um filme dos anos 1950. Bola de Neve está sentada no banco de trás e, na luz fraca da rua, os dois no conversível parecem uma coisa saída dos meus sonhos.

– Você é de verdade? – sussurro quando ele para na frente de casa. Minha mãe tem sono leve e não quero acordá-la. – Cara, você não economiza quando quer impressionar uma garota.

– É bom te ver também – sussurra ele com um sorriso. – Faz muito tempo.

Henry se inclina para abrir a porta do passageiro. Bola de Neve pula em mim assim que me sento e lambe toda a minha cara. Eu a abraço com força. O pelo branco e longo é tão macio e quentinho. Encosto o rosto nela enquanto seguimos para a rodovia.

– O Suburban é do Steve e eu não queria acordar ele ou Portia de madrugada. Este é o meu carro – explica Henry. – Foi a primeira coisa que comprei quando assinei meu contrato de modelo. Mas só o pego tarde da noite ou de madrugada nos fins de semana, quando não tem trânsito. Ficar preso no trânsito de Los Angeles em um conversível é o inferno na terra.

– Compreensível.

Nós seguimos pela rodovia 5, que está praticamente deserta a essa hora. Faz um frio que me deixa feliz de ter pensado em usar moletom quando Henry dispara pela rodovia no silêncio da noite. Nunca neva no sul da Califórnia, mas as temperaturas de inverno chegam a 5 graus e dá para ver neve nos picos das montanhas San Gabriel, em volta da cidade. É uma noite de luar e dá para ver as estrelas no céu noturno limpo.

Henry fica em silêncio durante todo o trajeto até o observatório, mas coloca hip-hop coreano em volume baixo pra tocar. A música e o motor fazem um zumbido suave e em pouco tempo acabo cochilando.

– Ei, chegamos.

Acordo e vejo que Henry parou em uma área de floresta.

Tem alguns carros parados perto de nós apesar de ser tão tarde. Henry pega duas lanternas no banco de trás.

– Toma uma – diz ele. – Vamos precisar delas pra enxergar na caminhada até o alto.

Nós saímos do carro e acendemos as lanternas. Bola de Neve também sai e corre na nossa frente enquanto subimos lentamente a colina.

– Ela sempre gosta de ir na frente e me esperar no alto – explica Henry. – Vamos torcer pra ela não aparecer com um coelho morto ou algo do tipo.

– Se acontecer, tem boa chance de a gente não conseguir enxergar.

Fora a área iluminada pelas lanternas, está tudo escuro. Não consigo ver nem minhas pernas quando olho para baixo.

– Por que parece que estamos indo enterrar um cadáver? – pergunto enquanto andamos.

Henry dá risada.

– A vista vale a pena, eu juro. Eu sempre venho aqui de madrugada quando preciso de sossego pra pensar ou relaxar. Aqui, segura minha mão.

Antes que eu entenda o que está acontecendo, Henry me leva pela trilha segurando a minha mão com firmeza. É macia e está quente, e fico feliz de estar escuro e ele não conseguir me ver corar.

Não tenho noção do tempo que demoramos para subir a colina por causa da escuridão. Parece uma eternidade, principalmente porque tenho que tomar cuidado para não tropeçar nas pedras do caminho. Mas, em pouco tempo, vejo um leve brilho dourado vindo do observatório à frente – e ouço o tilintar da coleira da Bola de Neve.

– Acho que só falta um minuto – diz Henry. – Bola de Neve! Vem cá!

O tilintar fica mais alto e, sem aviso, levo um monte de baba de cachorro na cara.

– Que nojo! Bola de Neve! – Dou uma risada e aponto a lanterna para ela. Felizmente, ela não está carregando nenhum coelho, e olha para mim com o que só pode ser descrito como um sorriso de cachorro.

Lembra um pouco o sorriso do Henry.

– Você tem sorte de ser fofa – digo para ela enquanto faço carinho em sua cabeça.

– Skye, olha pra cima.

Levanto o rosto e a visão à minha frente tira meu ar.

Banhado em luz dourada, o Observatório Griffith aparece no alto da colina, a poucos metros de nós. As paredes brancas e os domos cinzentos parecem comuns durante o dia, mas agora, iluminada junto ao céu escuro, a construção poderia ser qualquer coisa, desde um tempo místico a uma aeronave alienígena prestes a levantar voo.

Mas o observatório não é a única coisa linda que dá para ver daqui. Atrás da construção há uma vista deslumbrante de Los Angeles. A cidade não é bonita; é espalhada e confusa, cortada por holofotes e luzes ocasionais dos helicópteros que passam. Mas, apesar de ser uma bagunça, de cima da colina as luzes douradas e brancas dos arranha-céus e dos prédios em volta são lindíssimas.

– E aí, a vista vale a pena? – pergunta Henry. – Achei que você precisava de uma distração de tudo.

– Vale, sim – digo baixinho.

A combinação da vista linda e a atenção do Henry me deixa sem palavras.

– Obrigada. Você é sempre tão legal comigo.

– Ah... você merece o melhor. Você é a Rainha Skye.

Ver "Rainha Skye" nos cartazes das pessoas me fez sorrir, mas ouvir o Henry falar na minha cara me faz ficar vermelha.

– Ah, para.

– Não, sério. Ainda me lembro de te ver naquele palco quando você fez a primeira audição... Você foi tão *incrível*. Aposto que mudou a vida de um monte de gente naquele dia, e continua inspirando as pessoas por continuar na competição.

– Ah, Henry.

Ele olha para mim e a intensidade repentina em seus olhos tira meu ar, da mesma forma que aconteceu quando vi o observatório minutos antes. Sempre achei Henry lindo, mas agora, com a vista de Los Angeles às suas costas e as luzes brancas e douradas do observatório no rosto, ele parece brilhar como um anjo. É ridículo alguém ser tão atraente.

Estou tão ocupada encarando-o que só me dou conta de que ele também está me encarando quando afasta o rosto. É nessa hora que percebo que ele está *vermelho*. Henry Cho, o modelo profissional. Vermelho!

– O que foi?

– Desculpa – diz ele. – É que você... é tão linda.

Todos os dias, eu me esforço muito para lutar contra o estereótipo de que pessoas gordas têm autoestima baixa. Claro que me sinto mal de tempos em tempos por causa do que minha mãe e outras pessoas dizem e cheguei a odiar minha aparência quando era mais nova. Mas, hoje em dia, eu não me acho feia. Sou atraente e às vezes até linda, dependendo de como estou em certos dias. E sei disso.

Mas, apesar de eu *saber* que sou linda e atraente, o fato de Henry achar isso me deixa muito feliz. Porque eu também sempre o achei lindo.

– Skye – diz ele, lenta e deliberadamente.

– O quê?

– Estou tentando dizer uma coisa já tem um tempo, mas agora acho que estou pronto.

– Pronto pra quê?

Estou tão cheia de expectativa pelo que ele pode dizer que quase sinto medo de respirar.

– Eu gosto de você.

Assim que ele fala, percebo que é uma coisa que eu já sabia. Apesar de ser *mesmo* um pouco difícil de acreditar que alguém como Henry Cho possa gostar de uma pessoa desconhecida como eu, a verdade é que ele não é sutil no jeito que me olha desde que nos conhecemos. Também não foi sutil nos gestos grandiosos, como dirigir até Orange County e voltar a Los Angeles só para me mostrar a vista.

E assim como uma parte de mim sempre soube que ele gosta de mim, uma parte de mim sabe o que sinto por ele há muito tempo.

– Eu também gosto de você – digo.

Henry fecha os olhos de alívio. Esse pequeno gesto é tão fofo. Já ouvi histórias de terror sobre os caras bonitos da escola que são muito convencidos e supõem automaticamente que todo mundo gosta deles. Henry é mais atraente e famoso do que todos somados, mas o fato de estar com medo de eu não gostar dele o deixa tão adorável que sinto vontade de beijá-lo na mesma hora.

– Posso te beijar? – pergunto de repente, antes que consiga me controlar.

Henry leva um susto, mas abre um sorriso lento.

– Pode, claro. Obrigado por perguntar.

Ele se inclina e nossos lábios se tocam. Uma vez, duas, até que, em pouco tempo, estamos nos beijando intensamente. Os lábios dele estão macios e quentes nos meus, e o tempo todo eu penso: *Não acredito que isso está mesmo acontecendo.*

Capítulo Trinta e Dois

QUANDO FINALMENTE PARAMOS, HENRY ESTÁ VERMELHO como se tivesse ficado corado todo o tempo que ficamos nos beijando.

Dou um tapinha de brincadeira no braço dele.

– Por que você é tão fofo?

Ele fica ainda mais vermelho. Penso na sua arrogância quando o vi de camiseta colada. Aquele Henry não podia ser mais diferente do tímido na minha frente agora.

– Não entendo – digo. – Você não era tímido assim antes. O que mudou?

Ele evita meu olhar e observa o chão.

– É diferente. Estou acostumado com gente me achando bonito. Se não fosse assim, não conseguiria fazer meu trabalho. Mas isso... não é a mesma coisa. Emoções e sentimentos são intensos demais pra mim às vezes.

– Bom, eu te acho muito lindo – admito. – Mas, sinceramente, isso só me fez querer *não* gostar de você ainda mais. Eu achava que você era um cretino convencido.

– Bom, fico feliz que não foi o suficiente pra te fazer desistir.

– Ah, tá – digo e reviro os olhos.

Ele ri.

A essa altura, está começando a clarear e, no nascer do sol rosa e azul, vejo o contorno suave do letreiro de Hollywood na colina ao lado.

– Uau – digo. – Eu não sabia que o letreiro não é iluminado à noite. Por que ninguém pensou em botar luzes nele?

– Parece que é questão de segurança – diz Henry. – As letras eram iluminadas, mas isso provocou um engarrafamento perigoso um tempo atrás que deixou um monte de gente presa no cânion.

– Claro que o trânsito seria o motivo. Por que não estou surpresa?

– *Hashtag* problemas de L.A.

– Exatamente.

Uma brisa forte nos atinge e gera arrepios pela minha coluna. Eu tremo.

– Olha, nem ligo de dizerem que o pessoal de Los Angeles é fresco. Dez graus é frio. Eu devia ter colocado um casaco mais quentinho.

– Toma. – Henry tira a jaqueta de couro e a coloca nos meus ombros. – Não sinto tanto frio. Na Coreia é *bem* pior.

Quando voltamos para o carro do Henry, eu pergunto:

– E agora?

– E agora?

– A gente está junto?

– Só se você quiser.

– Eu quero.

Henry se inclina para me dar outro beijo, mas meu celular toca. Olho a tela e vejo que é a minha mãe. Claro que é.

Eu atendo.

– Haneul, por que você não está em casa?

Ouvir a voz dela é meio perturbador porque nem consigo lembrar quando foi a última vez que ela falou comigo.

Digo a melhor mentira em que consigo pensar às pressas.

– Lana teve que fazer umas coisas em Los Angeles e foi me buscar bem cedo hoje. Desculpe ter esquecido de avisar. Eu me arrumei correndo.

– Entendi – diz ela. – A competição está quase acabando, não está? Você devia terminar logo pra poder se concentrar nas aulas.

– Terminar logo... – repito lentamente. É incrível como bastam algumas palavras para eu desejar que a minha mãe não estivesse falando comigo de novo. – Está dizendo que eu devia ser eliminada de propósito?

– Bom, você já não cansou de aparecer na televisão toda semana? Você não...

Eu desligo. *Hoje, não, Satanás. Hoje, não.*

Tento fingir que não tem nada errado, mas Henry pergunta:

– Você está bem?

Dou um suspiro.

– Não é nada. Só minha mãe sendo ridícula, como sempre.

– Ela continua não te apoiando?

– É. Acabou de me dizer que eu devia abandonar a competição porque está cansada de me ver na televisão.

Henry aperta os olhos.

– Ela parece os meus pais antes de eu começar a trabalhar como modelo.

– Ugh, sinto muito que você também tenha que aguentar essas coisas.

– Não tem problema. Eles estão na Coreia e eu estou aqui.

Nós paramos para tomar café numa lanchonete e Henry me leva até o estúdio.

– Divirta-se no ensaio de hoje – diz ele antes de ir embora.

– Obrigada.

Não dou muita atenção ao fato de ter chegado com o Henry até entrar no prédio e ver todo mundo (os outros quatro competidores, a equipe do programa *e* a de filmagem) me olhando. Todos devem ter me visto com ele pela janela.

Claro que as câmeras já estão gravando cada gesto meu.

– Foi o Henry Cho que trouxe você? – pergunta Isabel. – Vocês estão juntos?

As pessoas começam a murmurar. No começo, fico incomodada pela atenção, mas daí penso: *Por que não?* Não tenho nada a esconder. Além do mais, graças aos boatos, Deus e o mundo já acham mesmo que estamos saindo.

Eu dou de ombros.

– Pois é. Agora é oficial.

Todo mundo – bom, todo mundo menos as garotas que estão me olhando de cara feia como se eu tivesse atropelado os cachorros delas – comemora. Perco a conta da quantidade de gente que me dá parabéns. O nível de entusiasmo das pessoas é meio hilário.

Felizmente, elas perdem o interesse em mim assim que o sr. Park e Gary começam nosso ensaio final. O desafio da última rodada é bem direto: cantar a música que melhor exibe nossas habilidades. Nada de times, nada de batalhas, nada de parceiros. Mesmo assim, todos estão tão nervosos porque a rodada final vai ser transmitida *ao vivo* que não conseguem socializar muito.

Quando estou sozinha na sala de ensaios, desejo que tivessem pedido para fazermos alguma coisa ridícula, porque ensaiar sem a Lana por perto para me fazer companhia nos intervalos é chato. Estou grata por ter chegado tão longe, mas não consigo afastar a solidão. Em uma tentativa de esquecer o sentimento, eu me concentro totalmente na música por algumas horas. É um cover de um grupo feminino de K-pop, mas um pouco mais lento, para que pareça menos vigoroso e mais expressivo. Espero que os jurados (bom, o sr. Park e Gary) e que os espectadores que votarem durante o programa ao vivo me deem pontos extras pela criatividade.

Enquanto fico repassando a música, penso em todas as garotas *plus size* por todo o mundo que disseram que eu as inspirei. Sinto-me feliz e honrada, mas também fico com vontade de me esforçar ainda mais, principalmente porque sei o que vai acontecer no episódio que vai ao ar esta noite.

Espero deixar todo mundo orgulhoso no final, penso. *Espero que as pessoas continuem assistindo depois do episódio de hoje.*

Mais tarde, em casa, estou tentando estudar e fazendo questão de *não* ver *Você é minha estrela brilhante*, quando meu telefone toca. Faço uma careta e espero que não seja a minha mãe, que ainda não voltou do trabalho, nem minhas amigas. Acho que ainda não estou pronta para lidar com as reações delas. Mas não é nenhuma delas. É meu pai.

Eu atendo na mesma hora.

– Oi, o que houve? – digo.

– Skye! Skye! Você soube?

– O quê?

– Bota seu nome no Google – diz ele.

– O quê?

Ainda estou tentando entender que meu pai me mandou procurar meu nome no Google quando vejo os resultados.

A Adele coreana também é excelente dançarina

Quem é essa nova garota maravilha?

Skye Shin: a nova superestrela de K-pop

Meu nome aparece em muitos sites de notícias coreanos, e tem clipes meus dançando com o Henry em todas as redes sociais. Mas, em vez de só dizer "garota dançando com Henry", as legendas citam meu nome sem parar.

Entro no Twitter. Alguém me mencionou num tweet: Que droga é essa? @newskye16 foi eliminada? Inacreditável.

Abro o fio para olhar as respostas.

Ela era a melhor dançarina da competição!, diz outra pessoa. Aposto que só foi eliminada porque é gorda.

Isso não é discriminação? É ilegal, não é?

A sequência está ganhando mais curtidas a cada segundo. Já passou de mil. Eu olho o relógio – faz menos de uma hora que o episódio foi transmitido.

Fecho o aplicativo do celular e respiro fundo. Não faço ideia se um apelo de redes sociais vai servir de alguma coisa, mas estou muito feliz e agradecida por essas pessoas estarem do meu lado.

– Ainda está aí? – pergunta meu pai, e lembro que ele ainda está na linha.

– Estou.

– As pessoas estão com raiva porque você foi eliminada. Você acha que isso vai mudar alguma coisa?

Como não tenho ideia, só respondo:

– Não sei, pai. Talvez.

– O que quer que aconteça, estou muito orgulhoso – diz ele. – Você está inspirando tanta gente! Minha pequena Skye, provocando uma mudança real no mundo. E só com 16 anos! Não consigo nem imaginar aonde você vai chegar quando for adulta.

– Caramba, que pressão.

Meu pai ri. Quase o vejo piscar.

– Eu falei de um jeito bom. Que orgulho.

– Obrigada, pai.

Tem muito barulho no local onde ele está. Ouço um aviso, alguém chamando um passageiro de um voo da Southwest Airlines.

– Você está voltando para o norte da Califórnia? – pergunto, já meio triste, como sempre fico cada vez que não consigo passar muito tempo com ele nos fins de semana. É a única coisa que detesto na competição. Como estou sempre ocupada ensaiando e botando os deveres de casa em dia, raramente vejo meu pai quando ele está na cidade agora.

– Estou – responde ele. – Eu *ficaria* até amanhã, mas estamos trabalhando num projeto grande agora. Devo precisar ir ao escritório no domingo.

– Ah, que saco – digo. – Sinto muito.

Ele ri.

– Tudo bem. Estou acostumado. Além do mais, não tem ninguém me esperando em casa mesmo.

Há um silêncio constrangedor preenchido só por ruídos de aeroporto e percebo que meu pai não pretendia ter dito essa parte final em voz alta. Tento mudar o assunto.

– Você...? – Paro de falar, tentando controlar o terror que surge na mesma hora no peito. – Você sabe se a mamãe me viu sendo eliminada da competição de dança?

Meu pai fica alguns segundos sem responder e, enquanto isso, soa um anúncio nos alto-falantes. É baixo e não consigo ouvir tudo, mas escuto a palavra "embarque".

– Ela me disse que está muito ocupada hoje – responde ele. A linha fica cheia de estática e ouço a movimentação de gente ao redor, como se meu pai e os outros passageiros estivessem entrando no avião. – Mas, como a conheço, acho que ela deve ter arrumado um tempo pra assistir. Já mandei uma mensagem dizendo pra ela ser gentil com você, mas ela ainda não respondeu.

Dou um suspiro.

– Obrigada por tentar.

– Não foi nada. Tenho que ir agora. O avião vai decolar daqui a pouco. Falo com você quando eu pousar. Boa sorte.

– Obrigada, *Appa*. Boa viagem.

Nós desligamos e, mega tensa e ansiosa, espero minha mãe chegar em casa.

Capítulo Trinta e Três

MINHA MÃE FAZ A FESTA COM O FATO DE EU TER SIDO ELIMINAda da parte de dança da competição. Ela começa a falar assim que chega em casa e ainda não parou quando nos sentamos para jantar.

– Ah, foi melhor assim, Haneul – diz ela por fim. – Cantar é seu verdadeiro talento e fico feliz de você ainda estar na competição de canto.

Eu queria que ela entendesse que amo cantar e dançar igualmente. Que, mesmo que eu só vença a competição no canto, quero ser o tipo de artista de K-pop que canta e dança muito bem, para mostrar a todo mundo que corpos grandes não são algo a ser temido. Eu cresci achando que alguém do meu tamanho jamais conseguiria dançar e não quero que as crianças assistindo em casa pensem o mesmo.

Tudo isso está passando na minha cabeça enquanto tento (e não consigo) continuar jantando.

Minha mãe repara que parei de comer e diz:

– Por que você está sem apetite? Fiz seu prato favorito, carne *soondubu*. Você finalmente começou a dieta?

É nessa hora que decido que chega. Não posso fazer nada sobre Bora ter me desclassificado da competição de dança, mas posso mudar o que acontece na minha própria casa.

– Não, mãe. – Como ela só vai desconsiderar o que digo se eu começar a ficar emotiva, mantenho a voz firme. Falo de uma forma que soa estranha e tensa até pra mim mesma. – Eu perdi o apetite por causa dos comentários absurdamente grosseiros que você fez sobre meu peso.

– Querida, eu só quero o melhor pra você. Quando for mãe, vai olhar para trás e sentir gratidão por eu ter me importado tanto com você.

– Gratidão? Mãe, não tem a menor chance de eu sentir gratidão pelas coisas que você disse pra mim ao longo dos anos.

Penso no dia do jjimjilbang, o spa coreano, quando caí no choro na frente da Lana e da Tiffany porque as palavras da minha mãe me deixaram sofrendo de vergonha. Por que minha própria mãe, a pessoa que alega me amar e se importar comigo mais do que todo mundo, não consegue ver o quanto está me magoando?

Existe outro tipo de abuso, disse Lana naquele dia. E, quanto mais reflito, mais percebo que ela está certa.

– Durante todos esses anos, você falou que não sou magra nem bonita o bastante. E isso fez com que eu me odiasse pela maior parte da minha vida. Eu finalmente consegui me amar e me aceitar. Por que você não pode me apoiar?

– Apoiar? Haneul. Olha pra você. É ótimo que você se aceite, mas não existe aceitação que mude a sua aparência. Não vai mudar o que as pessoas veem quando olham pra você.

– Mãe, não tem nada de errado em ser gorda. Não é porque você sentiu necessidade de mudar por ter medo das pessoas que eu também preciso!

Minha mãe fica paralisada. Quando fala de novo, sua voz sai num sussurro.

– Shin Haneul. De que você está falando?

– Sally me mostrou as fotos. Sei como você era na época da escola. Você era gorda como eu.

Ao ouvir a palavra "gorda", minha mãe se encolhe como se eu tivesse dado um tapa na cara dela.

– Eu sei que você sofria *bullying* quando era criança – continuo, porque ela não disse nada. – E entendo que isso te deixou com medo da minha aparência. Mas sou saudável e estou feliz com meu corpo. Então, pare de tentar me mudar.

Minha mãe parece estar sofrendo, mas não reage a nada do que digo. Ela não me insulta mais, mas também não diz que me aceita. Seu silêncio fala muito.

Agora, já estou chorando como um bebê. Mas, em vez de me sentir partida em pedacinhos, estou estranhamente calma por dentro. Chorar não parece mais um ato de derrota, e sim uma libertação. Porque tudo que aconteceu nos três meses que se passaram foi mais do que o suficiente para eu parar de me preocupar com o que as pessoas pensam de mim. E isso inclui minha mãe.

Em vez de me destruir, a recusa dela de me aceitar desperta uma ideia na minha mente.

Apesar das lágrimas, minha voz sai forte e firme quando falo.

– Eu posso ter sido desqualificada da parte de dança da

competição, mas vou provar que você está errada. Vou fazer o mundo todo ver que sou bonita e poderosa do jeito que sou e você vai ter que assistir.

Minha mãe ainda está me olhando de boca aberta quando saio da sala de jantar.

Mais tarde, procuro no YouTube os clipes da minha performance com Lana. O canal de *Você é minha estrela brilhante* publicou o vídeo apenas duas horas atrás, mas ele já foi visto duas mil vezes e a contagem não para de subir. Depois de assistir algumas vezes, encontro o clipe da minha dança com Henry. Foi publicado na mesma hora, mas tem o triplo de visualizações.

O fim do segundo é sofrido demais e sempre paro antes de chegar lá conforme revejo a apresentação com o Henry algumas vezes.

Decido criar um grupo de mensagens com Henry, Lana e Tiffany.

Oi, pessoal, digito. **Preciso da ajuda de vocês.**

Capítulo Trinta e Quatro

– MAL POSSO ESPERAR PRA VER A CARA DA BORA – DIZ LANA quando estamos indo para o local das apresentações, no centro de Los Angeles.

Estamos no Suburban do Henry, seguindo lentamente pela Figueroa, a caminho da final do *Você é minha estrela brilhante*. Diferentemente das rodadas anteriores, a hora de chegada de hoje é no fim da tarde e o trânsito está horrível. Por sorte, saímos bem cedo e não estamos atrasados.

– Vocês acham mesmo que vai dar certo? – pergunto. Tento não demonstrar, mas o nervosismo fica evidente na minha voz.

– Espero que sim – diz Tiffany. – Nos esforçamos pra isso.

– Acho que vão estar ocupados demais pra notar – diz Henry. – Ou nem vão se dar ao trabalho. Mas, se *criarem* caso, eu chamo o Steve.

Steve faz o sinal da vitória no banco do motorista.

– Não se preocupa, Skye. Já estou pensando em alguns jeitos de distrair o pessoal. Tenho uns truques na manga da minha época de leão de chácara em Las Vegas.

No banco da frente, Portia dá risadinhas. Nem consigo imaginar que tipo de distração Steve tem em mente, então só dou risada junto.

– Obrigada, Steve – digo. – Obrigada a todos.

Todo mundo diz alguma variação de "De nada" e me sinto a garota mais sortuda do mundo por ter essas pessoas do meu lado.

Nesse momento, recebo uma mensagem de texto.

REBECCA NGUYEN: Clarissa e eu estamos indo pro teatro! Estamos tão animadas pra te ver cantar!

Abro um sorriso e respondo com vários emojis de coração.

Todos os competidores que estão na final receberam dois convites para dar a familiares ou amigos. Meu pai está em Seattle a trabalho de novo e eu nem falei com a minha mãe. Minhas amigas da escola foram uma escolha fácil.

Foi uma decisão arriscada, mas acabei mudando minha música para um hino *girl power* da Ailee, minha cantora coreana favorita. As pessoas chamam a Ailee de Beyoncé coreana (ela já era a Beyoncé coreana *anos* antes de qualquer pessoa *me* chamar assim) por causa da sua energia e habilidade vocal inacreditável. É exatamente quem quero canalizar na minha última apresentação na competição.

Por sorte, a dança que acompanha a música é fácil, embora seja bem chamativa. Em outras palavras, é perfeita para o plano no qual meus amigos e eu trabalhamos durante boa parte do recesso de Ação de Graças.

Quando chegamos ao local do show, acontece exatamente como o Henry falou. Essa é a única apresentação que vai ser transmitida ao vivo e as coisas estão dez vezes mais loucas do que o normal. Nos bastidores, as pessoas estão tão ocupadas correndo de um lado para o outro para aprontar tudo que ninguém presta atenção na gente. Henry ganha alguns olhares, mas sempre rápidos. A maioria das pessoas também o ignora.

A diretora de palco repara em nós e faz cara feia para as minhas amigas quando vê que não estou sozinha, mas não expulsa ninguém. Com a voz cansada, ela diz:

– Você vai subir ao palco em duas horas. Vá para o camarim para fazer o cabelo e a maquiagem.

– Até mais tarde – digo e aceno para os meus amigos.

– Boa sorte! – Lana pisca e acena com entusiasmo.

Dou uma última olhada neles antes de entrar no camarim. Os três estão no celular com as costas na parede, relaxando. Como estão parados sem incomodar ninguém, todo mundo acaba esquecendo que estão lá.

Estou tão nervosa que nem percebo como sou puxada e empurrada enquanto a cabeleireira e a maquiadora me preparam para o palco. Maquiagem e cabelo profissionais parecem ser um benefício que ganhamos por estar entre os cinco finalistas.

Já que estou tentando canalizar mulheres fortes como Beyoncé e Ailee, peço um delineado forte e um batom vermelho ousado, duas coisas que minha mãe sempre disse que eu devia evitar. Também coloco um vestido de lantejoulas douradas que envolve minhas curvas e parece gritar "Rainha!". Além de me deixar atraente e me sentindo bem, também chama a atenção de um jeito que seria o pior pesadelo da minha mãe.

Na verdade, esta noite toda é capaz de se tornar o pior pesadelo dela. Mas vai ser para o bem dela. Espero que assista ao programa hoje.

Quando volto para os bastidores, Lana e Tiffany assobiam.

– Uau, Skye! – exclama Lana. Ela segura minha mão e me gira. – Olha essas lantejoulas! E essas curvas! Você está brilhando, gata!

Henry não diz nada e quase fico magoada pela falta de reação, mas daí percebo que ele está de queixo caído. Ele está *realmente* boquiaberto por minha causa, como os caras nos filmes, sem nem piscar. Estou começando a ficar preocupada quando ele sai do transe e diz:

– Você está linda, Skye. Quer dizer, você é sempre linda, mas... uau.

Tiffany dá um empurrão de brincadeira no Henry.

– Para de babar e sai da frente, amorzinho.

Henry deixa Lana e Tiffany passarem, mas, quando chego perto dele, me segura delicadamente pelo braço e me abraça. De repente, estamos nos beijando, não numa pegação exagerada em público, mas o suficiente para me deixar sem ar.

– Você vai ficar cheio de purpurina! – exclamo quando paramos.

Ele dá um sorrisinho.

– E eu estou com cara de que me importo? Esse beijo valeu.

Dou uma risada.

– Prioridades.

– Exatamente. Boa sorte hoje, Skye. E, seja qual for o resultado... sinto muito orgulho de você. Não tenho dúvida de que vai impressionar todo mundo. As pessoas *não* estão prontas pra você.

– Ah, obrigada.

Dou um beijo em sua bochecha e ele fica vermelho.

Então Henry se afasta para eu me aquecer antes de ir para o palco. O tempo parece passar rápido demais e logo a diretora de palco sussurra:

– Skye! No palco em cinco... quatro...

Olho para Henry e ele abre um sorriso tranquilizador. Eu me preparo para entrar no palco, com Lana e Tiffany um pouco atrás. Elas ainda parecem ocupadas no celular e não prestes a entrar no palco comigo.

E é *exatamente* isso que elas estão prestes a fazer.

– Três... dois... um. Vai!

Quando entro no palco, fico surpresa com a barulheira e a claridade. O comitê da competição aumentou o nível nessa rodada e parece que tem cinco vezes mais luzes do que antes. Também trouxeram uma banda para tocar ao vivo.

A plateia enlouquece quando me vê e ouço gritos de "Rainha Skye! Rainha Skye!".

– Ei! Vocês não podem ir aí!

Tem uma agitação atrás de mim, mas Henry bloqueia os assistentes de palco e Lana e Tiffany conseguem entrar comigo. A plateia faz ruídos de confusão. Mas é tarde para a organização fazer alguma coisa porque, nesse momento, os trompetistas tocam a abertura da minha música. Deu certo!

Lana e Tiffany entram em ação e dançam em sincronia

atrás de mim enquanto me movo pelo palco. Não preciso olhar para trás para saber como elas estão maravilhosas. Nós dançamos juntas quase todos os dias da semana no estúdio de ensaios do Henry.

Eu começo a cantar e as pessoas se impressionam com o poder da minha voz. Todas as preocupações e ansiedades das últimas semanas somem dos meus ombros enquanto danço com Lana e Tiffany, o tempo todo sem errar uma nota.

A banda entra na música com tudo e me afasto de Tiffany e Lana para dançar com eles. O tempo todo, sorrio para a câmera e para os jurados, que me encaram com choque óbvio nos olhos.

Bora parece irritada. Ela está sussurrando com raiva no ouvido de alguém da equipe, mas o sujeito só balança a cabeça.

Que bom, penso. Espero que ele tenha dito que ela não pode me impedir.

Enquanto isso, a plateia está enlouquecendo. As pessoas até acompanham os oohs e aahs do refrão enquanto canto as notas, e todo mundo está se movendo com o ritmo. Quando chega a hora do solo instrumental, Lana, Tiffany e eu dançamos juntas. E a plateia faz mais barulho.

Eu me afasto das minhas amigas de novo e me apoio nas costas de um dos trompetistas. Para cada nota alta dele, canto uma igual.

A música é essencialmente sobre o fim de um relacionamento, mas também fala de mostrar ao mundo que você não precisa de ninguém e não liga para o que os recalcados fazem e pensam. E é exatamente isso que quero. Olho diretamente para

Bora e solto minha última nota alta, deixando o vibrato dominar minha voz.

O auditório praticamente sacode de tanto barulho que a plateia está fazendo. Bora e o sr. Park tentam acalmar as pessoas, mas elas não param de gritar e entoar "Rainha Skye! Rainha Skye!".

Davey entra no palco e balança as mãos para a plateia.

– Opa, opa, opa! Calma, pessoal! Está na hora de ouvir os comentários dos jurados!

Mesmo assim, demora alguns minutos para todo mundo ficar quieto.

– Bem – diz o sr. Park com uma tosse leve quando finalmente conseguimos ouvir o que ele está dizendo. – Você sabe planejar uma surpresa, srta. Shin.

– Nem me diga – diz Gary. – Que virada incrível.

– Ao contrário – diz Bora. – Eu não diria que foi "incrível". Nem um pouco. Srta. Shin, você violou as regras. Foi egoísta e deu a si mesma uma vantagem injusta perante todas as outras pessoas. Você merece ser desqualificada.

Várias pessoas vaiam, mas não sei se estão me vaiando ou vaiando Bora.

– Como assim, do mesmo jeito que eu fui desclassificada da competição de dança por uma regra que nem existia? – respondo. – Primeiro, eu não era "profissional" o bastante pra você. Agora tem que inventar outra regra pra me desclassificar aqui também?

Há alguns ruídos de surpresa da plateia e, desta vez, está claro de qual lado as pessoas estão. Bora repuxa os lábios.

– Pode me desclassificar de novo, Bora – continuo. – Mas só quero que todo mundo saiba que não há regras oficiais dizendo que os competidores não podem refutar os jurados quando eles fazem comentários injustos e discriminatórios. E não há nenhuma regra dizendo que não podem trazer dançarinos de apoio e que não podem dançar enquanto cantam em suas apresentações. Eu verifiquei. Mas *há* regras contra *bullying*.

Bora aperta os olhos.

– O que você quer dizer?

– Nossa, ela te pegou de jeito – diz Gary com uma risada. – Vamos lá, Bora. Olha pra elas! – Ele aponta não só para mim, mas também para Tiffany e Lana, que ainda estão recuperando o fôlego. – Isso deve ter dado um trabalho danado. E esse nível de dedicação é incrível.

O sr. Park, que ficou nos observando em silêncio o tempo todo, finalmente volta a falar.

– Me diga uma coisa, srta. Shin. O que fez você decidir incrementar sua apresentação assim? Houve algum motivo especial? Você deve ter tido um, porque isso não pode ter sido fácil. Oficialmente, nem teve tempo pra ensaiar a dança. E meus registros indicam que essa não é a música que você disse que apresentaria.

Abro um sorriso para a câmera quando respondo.

– Eu só queria que minha última apresentação aqui em Los Angeles fosse memorável.

Tomo o cuidado de não dizer só "última apresentação" porque não estou descartando a chance de poder me apresentar na Coreia do Sul.

– Entendi. Bom, parabéns. Você conseguiu torná-la memorável.

Davey entra na conversa.

– Se Skye for sua favorita para vencer, deixem claro nas redes sociais usando a *hashtag* "RainhaSkye"! E se você ainda não votou, lembre-se de votar, votar, votar no seu favorito dos cinco finalistas, antes que a votação termine, no fim da última apresentação. Palmas para Skye Shin!

A plateia grita de novo, e Lana, Tiffany e eu saímos correndo do palco com sorrisos largos no rosto.

Nos bastidores, corro direto para os braços do Henry.

– Você foi incrível – diz ele. – Olha.

Ele me mostra o celular, onde está vendo a transmissão da competição ao vivo. Várias mensagens aparecem nos comentários a cada segundo. Apesar de ainda haver alguns emojis de porco e mensagens crucis aqui e ali, a maioria das pessoas diz que fui fantástica e mereço vencer. A transmissão mostra o placar, que é atualizado com o número de pessoas de todo o mundo que mandou mensagens de texto para votar. Estou com mais pontos dentre todos os competidores até o momento.

Ele passa para o Twitter e para o Instagram, onde as pessoas já estão postando capturas de tela e vídeos meus. E isso não é tudo. Também tem inúmeras postagens de garotas gordas dizendo coisas como "Ela é minha heroína! #RainhaSkye" e "#Rainha Skye me inspirou a me amar!".

Meu coração fica tão abalado que começo a chorar. Ver as pessoas postando coisas semanas depois do evento é uma coisa, mas é bem diferente ver gente de todo o mundo reagindo minutos depois que me apresentei.

– Você conseguiu – diz Henry com a voz suave. – Estou tão orgulhoso de você.

– Ainda não temos o resultado final. Me parabenize depois!

– Tudo bem, vou dar parabéns agora *e* depois.

Como só vão anunciar os vencedores no fim da noite, fico na sala verde com os outros finalistas, vendo os dançarinos na televisão. Todo mundo está ansioso com suas próprias apresentações e ninguém conversa muito, mas fico grata pelo silêncio. Meu coração está disparado pela expectativa nervosa de descobrir não só como vou me sair, mas também como todo mundo vai ficar nos resultados. Não consigo nem olhar meu celular.

As duas únicas pessoas que ainda estão na competição e que fazem diferença para mim são Henry e Imani, e os dois fazem apresentações maravilhosas. Henry faz um cover perfeito de "District 9", do Stray Kids, que me deixa muito feliz, principalmente porque parece que ele está se divertindo muito no palco.

Mas a verdadeira estrela do show é Imani, que arrasa com sua apresentação de "Cactus", do ACE. A coreografia de "Cactus" é complexa e exige várias mudanças de ritmo e passos precisos de *break dancing*, que precisam ser executados rapidamente enquanto a pessoa se desloca pelo palco. Imani faz isso tudo *e* transmite impecavelmente a emoção da letra, levando algumas pessoas às lágrimas. Ela é nota dez enquanto todo mundo é cinco.

A plateia aplaude de pé e sinto muito orgulho da sua apresentação incrível. As pessoas sempre falam mal de dançarinas no K-pop, dizendo que elas só conseguem fazer as coreografias mais simples, mas Imani é prova de como as garotas são capazes de dançar até melhor do que os integrantes originais de um grupo de meninos.

Finalmente chega a hora do resultado. Somos levados para o palco e todos os dançarinos formam um grupo enquanto fico em outro grupo com os cantores. Troco olhares com Henry e Imani e desejamos sorte uns aos outros em silêncio.

Acontece que o Henry estava certo. Com incríveis *cem pontos* na frente de todo mundo, eu ganho a competição de canto do *Você é minha estrela brilhante*. E, como achei que aconteceria, Imani ganha a competição de dança.

Imani e eu damos um abraço apertado enquanto o auditório explode em aplausos. Lágrimas de felicidade escorrem pelos nossos rostos quando ficamos lado a lado com nossas coroas. Balões cintilantes em formato de estrela caem do teto e, por um breve momento, sou cercada de luz.

Todo mundo no auditório comemora por nós, até o sr. Park. Mas Bora não está em lugar nenhum.

– Ouvi falar que ela foi despedida pelo *bullying* que fez com você – sussurra Imani no meu ouvido. – E por tentar influenciar outro jurado.

Antes que eu possa pensar nisso, as câmeras nos cercam e Davey coloca o microfone na minha cara.

– Você primeiro, Skye – diz ele. – Algumas palavras de reflexão sobre sua vitória?

Olho para as luzes das câmeras e celulares e digo:

– Isso é pra Skye pré-adolescente, que ouviu de outras pessoas que não era capaz de seguir os sonhos dela. Também é pra todas as garotas por aí que ouvem todos os dias que não podem fazer alguma coisa só por causa da aparência. Se eu consegui, vocês também podem realizar seus sonhos.

Davey aplaude e vai entrevistar Imani.

– Isso é pra todas as garotas negras por aí que amam K-pop – diz ela. – Uma boa parte do fandom e até alguns dos artistas nos odeiam em vez de pensar no quanto contribuímos pra comunidade. Bom, está na hora de mudar e vou me esforçar pra fazer com que isso aconteça. Vou ser o orgulho de vocês. Fiquem de olho.

A plateia comemora e Davey entrega um troféu e um envelope branco para cada uma de nós.

– Skye Shin e Imani Stevens – diz ele. – Parabéns por vencerem o programa *Você é minha estrela brilhante*. Dentro dos envelopes vocês vão encontrar uma passagem de avião pra Coreia do Sul, onde terão oportunidade de entrar na PTS Entertainment como duas artistas em treinamento em junho do ano que vem.

Nessa hora, estou chorando tanto que nem consigo ler direito o que tem no papel. Mas já não ligo mais.

Olho para as câmeras, torcendo para a minha mãe estar assistindo em casa.

Capítulo Trinta e Cinco

MEU PAI ME CHAMA PELO FACETIME ASSIM QUE CHEGO NOS bastidores. A conexão está bem ruim e mal entendo o que ele fala. Só vejo algumas imagens do meu pai e seus colegas de trabalho com expressão confusa. Pelo que entendo, eles saíram para jantar. Mas acho que isso não impediu meu pai de ficar de olho na rodada final da competição.

O áudio é mais ou menos assim: "AHHHHH! Skye... que orgulho... aqui está o Tim... e o Jacob... AHHHHHHH!".

Eu não sabia que a voz do meu pai podia ficar tão aguda, mas acho que eu tinha que ter puxado de alguém.

Assim que desligo, Lana e Tiffany correm até mim para me dar um abraço. Estou chorando sem parar.

– Eu não teria conseguido nada disso sem vocês. Muito obrigada.

– Você merece *tudo*! – diz Lana. – Obrigada por nos dar um momento final pra brilhar. Foi tão divertido.

– Definitivamente, foi um bom jeito de passar nossa última noite em Los Angeles – acrescenta Tiffany.

– Vocês vão embora amanhã? – Sinto uma tristeza repentina quando me dou conta do que significa o fim da competição. Vou ver Imani na Coreia do Sul e vou sair com o Henry aqui em Los Angeles, mas quando verei Lana e Tiffany de novo?

– Ah, não fica triste! – diz Lana. – Não no seu grande dia, pelo menos. O norte da Califórnia não fica tão longe de Los Angeles. Você devia ir nos visitar na Bay Area quando tiver oportunidade. Pode ficar com seu pai, né?

Faço que sim e as abraço com mais força ainda, fazendo promessas de vê-las novamente.

Clarissa e Rebecca me encontram assim que saio dos bastidores, gritando e comemorando.

– AH, MEU DEUS! – exclama Rebecca.

– *Rainha!* – grita Clarissa.

Clarissa fica tão empolgada que quase bate na minha cara com o buquê de flores cor-de-rosa que ela e Rebecca levaram para mim. Dou uma risada, o corpo tremendo de alívio e do que sobrou da adrenalina desde a apresentação no palco.

Estamos dando um abraço de grupo quando alguém limpa a garganta atrás de nós. Nem preciso olhar para saber quem é. Os olhos arregalados das minhas amigas dizem tudo.

– Oi – diz Henry. – É um prazer conhecer vocês. Sou Henry Cho.

Eu sempre achei que Clarissa ia gritar e perder a cabeça quando finalmente conhecesse o Henry, mas o que acontece é mais preocupante. Ela só fica imóvel, com o rosto branco como papel. Rebecca não está muito melhor, mas consegue sair do transe e dizer:

– Sinto muito por você ter perdido. Mas achei que sua apresentação foi ótima.

Henry dá de ombros com bom humor.

– Imani foi muito melhor. Ela mereceu. E eu me diverti, o que é mais do que eu podia esperar de tudo isso.

Minhas amigas parecem confusas, mas sei exatamente o que ele quer dizer. E estou feliz por ele. Henry entrou na competição porque estava com raiva de uma pessoa, mas saiu dela se divertindo de verdade.

Seu olhar se volta para mim e se suaviza. Ele se aproxima e solto minhas amigas para que ele possa me envolver em um abraço apertado.

– Ei – sussurra ele. – Parabéns. Está vendo? Eu sabia que você ia vencer.

Só quando vejo o choque das minhas amigas é que me dou conta de que esqueci de contar para elas um detalhe muito importante.

– Ops. – Solto Henry e abro um sorriso nervoso para as duas. – Hã, pois é... surpresa! Vocês acertaram. Eu e o Henry estamos namorando... de verdade. Não só no programa.

– Skye! – grita Clarissa.

– Desde quando? – pergunta Rebecca ao mesmo tempo.

Nesse momento, não consigo controlar. Dou risada até lágrimas saírem dos meus olhos.

A casa está silenciosa quando entro pela porta. As luzes estão apagadas e não tenho nem como saber se tem alguém em casa.

Isso é estranho, porque já passa da dez. Minha mãe costuma chegar antes disso.

– Mãe? – chamo. Passa pela minha cabeça que ela pode não responder mesmo se estiver em casa. Ela voltou a me dar gelo depois da nossa briga à mesa de jantar.

Claro que eu sabia que não podia esperar da minha mãe o mesmo tipo de reação que meu pai teve, mas, mesmo assim, eu esperava... *alguma coisa*.

No fim das contas, encontro minha mãe no jardim, cuidando dos arbustos. Não pergunto por que ela está cuidando do jardim no escuro e no frio. Está óbvio pelo horário que ela está tentando me evitar.

Primeiro, acho que ela não me ouviu me aproximar. Mas ela diz:

– Então você conseguiu.

A voz dela soa estranhamente seca e, por um segundo, me pergunto se devo dar as costas e torcer para ela voltar a me ignorar. Levar gelo é melhor do que as palavras amargas que ela pode ter para mim depois da minha vitória.

– C-consegui – digo, e odeio a falha na minha voz. Mas não consigo evitar. Fico tensa perto dela, sem saber o que esperar.

– Eu vi sua apresentação. Você fez um ótimo trabalho.

– Obrigada.

Eu não baixo a guarda. Ainda estou esperando um "mas".

Mas aquele vestido não caiu bem em você.

Mas você não precisava dançar.

Mas suas amigas eram mais bonitas do que você.

Minha mente está girando com tantos "mas" que, quando ela continua a falar, não entendo o que ela diz.

– Desculpa, o que foi?

– Eu disse "Parabéns pela vitória". Você foi bem melhor do que todo mundo da competição. Pra falar a verdade, alguns dos outros tinham zero talento. Eu questionei as avaliações dos jurados no programa várias vezes.

– Espera. – Sei que devo estar pedindo, mas não consigo deixar de prolongar o momento. – Você gostou da minha apresentação?

– Gostei. Achei muito... inovadora. Aquela Bora pegou muito no seu pé, mas Gary estava certo. Foi você que teve a iniciativa de levar as amigas e incluir a coreografia de dança.

– E você gostou da minha dança?

Minha mãe fica imóvel. Sei que forcei a barra. Todos os meus muros de defesa sobem de novo.

– Você dança bem, Haneul – diz ela. Sua voz está tensa, como se ela estivesse se esforçando para deixar o tom neutro. – Sempre dançou bem. Além do mais, você fez o que prometeu que faria. Mostrou pra mim e pra todo mundo no mundo que podia vencer a competição. E aqui estamos agora. Parabéns. Seu pai e eu votamos em você.

– Obrigada.

Sempre que pensei nesse momento, imaginava uma expressão de vergonha no rosto da minha mãe, contrabalançada pelo meu sorriso arrogante. Mas, em vez de me sentir arrogante, continuo bem triste. E minha mãe não parece estar com vergonha.

Ela parece estar mesmo com orgulho de mim, do jeito controlado dela.

Tudo ainda é meio surreal, como se eu não estivesse acordada. E essa conversa parece mais falsa do que vencer a competição.

– Admito que fui muito dura com você – continua minha mãe quando não digo mais nada. – Eu sempre quis perfeição de você, é verdade. E você está certa, parte disso tem a ver com a minha criação e com as coisas que vivenciei quando criança. Seu pai e eu tivemos uma longa conversa no telefone sobre isso tudo antes de você chegar em casa.

Quase espero que ela peça desculpas pelas coisas cruéis que disse para mim nos últimos anos. Mas ela volta a cuidar do jardim, como se eu não estivesse aqui.

Estou entrando em casa quando ela pergunta:

– Quando é sua viagem pra Coreia?

– Só no verão. Acho que é por consideração com quem ainda está na escola, como eu.

– Que bom. Agora, você pode se concentrar na escola. Mas, se o treinamento for bom, pode ser que você tenha que ficar na Coreia do Sul mais tempo. Você sabe disso, não sabe? Aí talvez tenha que ter aulas em casa ou ser transferida pra uma escola perto da empresa enquanto continua o treinamento.

Meu coração bate mais rápido só de pensar. Morar na Coreia por muito tempo é uma coisa que nunca considerei nem nos meus sonhos mais loucos. Mas é uma aventura nova para a qual estou pronta.

– Eu sei.

Ela me olha de novo. Não tem lágrimas em seus olhos, como nos meus, mas a expressão dela fica um pouco mais relaxada.

– Como falei antes, eu *sinto* orgulho de você – diz ela. – Desculpe se pareceu o contrário.

Parte de mim sabe que ela só está dizendo isso agora porque eu ganhei, mas decido aceitar o que tenho. Talvez eu não precisasse da aprovação dela, afinal. Sei meu valor, agora mais do que nunca. Se isso for tudo que vou receber dela, que seja.

– Obrigada.

Não falo "Obrigada por acreditar em mim" nem "Obrigada por sempre estar do meu lado" porque nós duas sabemos que essas palavras seriam mentira. Não é o tipo de relacionamento que tenho com a minha mãe. Está na hora de aceitar.

Capítulo Trinta e Seis

NA MANHÃ SEGUINTE, HENRY ME SURPREENDE APARECENDO na minha casa.

– Nós vamos a Santa Mônica.

– Sério? Mas ainda está frio lá fora.

Não falo nada, mas a mera menção à praia traz de volta lembranças dolorosas da minha mãe me dizendo que eu devia ter "feito uma dieta" antes de ir à praia.

Ele revira os olhos.

– Está 15 graus. Fora do sul da Califórnia, isso é um tempo ótimo. Além do mais, a gente não vai entrar na água. Vai ser divertido, prometo.

O trânsito até Santa Mônica está tão ruim que, quando chegamos lá, já passa do meio-dia e já botei em dia os *stories* de todas as minhas amigas no Instagram. Rebecca e Clarissa estão num brunch em Malibu (#nemmechamaram), Imani está no lago Big Bear comemorando com a família e Lana e Tiffany estão viajando para o norte da Califórnia, ouvindo hip-hop coreano antigo no carro com as janelas abertas.

Ver que minhas amigas estão se divertindo já me deixa feliz, pelo menos até os carros pararem completamente. Estamos a poucos quarteirões da praia. A rua é basicamente um estacionamento longo.

– Vamos para a praia, ele disse – resmungo. – Vai ser divertido, ele disse.

– Não seja chata – diz Henry, rindo. – A gente pode ir andando daqui. Dá no máximo uns dez minutos?

Depois de nos despedir de Steve e Portia, andamos o resto do caminho. Como Henry falou, levamos dez minutos para chegar ao nosso destino.

Santa Mônica é tão a cara de Los Angeles quanto uma praia pode ser. Debaixo do céu azul limpo, o píer está lotado de gente pescando, tirando fotos ou indo a lojas e restaurantes. Músicos tocam violão e bateria enquanto carrinhos de comida vendem cachorro-quente e outras delícias. E acima de tudo está a roda-gigante, pintada de vermelho e amarelo, combinando com o resto dos brinquedos.

No meio da agitação, as gaivotas passando voando baixo. De vez em quando, pousam na nossa frente como se quisessem comida, apesar de Henry e eu não estarmos comendo nada.

– E agora? – digo. – Chegamos. O que você quer fazer?

– Vamos na roda-gigante – diz ele. – Ouvi falar que a vista é linda. Vem, é por minha conta.

– É a coisa mais clichê de fazer aqui hoje, mas tudo bem.

Claro que não conto ao Henry as muitas vezes que fantasiei em andar na roda-gigante num encontro. Seria constrangedor demais.

Quando chegamos lá, espero que Henry vá comprar nossos ingressos. Mas ele faz sinal para eu me aproximar.

– Vem, vamos tirar uma foto juntos. Quero ter uma lembrança deste dia.

Estou chegando perto quando uma garota exclama:

– Olha! É a Skye Shin e o Henry Cho!

Ela e duas amigas se aproximam. Primeiro, acho que vão pedir autógrafo para o Henry, mas elas entregam as canetas e os livretos de Santa Mônica para *mim*.

– Você pode dar um autógrafo? – diz a primeira garota. – Você é uma inspiração pra mim. Sempre tive dificuldade de amar meu corpo e... bom, te ver no *Você é minha estrela brilhante* mudou minha vida.

– A minha também – diz uma das amigas. – Eu sofri muito *bullying* na escola e depois de um tempo começou a me afetar, sabe? Não sei nada de K-pop, mas vi no Twitter os vídeos de quando você se defendeu daquela jurada. Você é *incrível*.

As garotas ao meu redor têm corpos de tamanhos e formas variadas. De magrelas a gordas, todas são lindas.

– Claro – respondo. – Fico feliz em dar meu autógrafo.

Enquanto isso, Henry parece satisfeito em ficar para trás. Ele tira algumas fotos minhas autografando os livretos das meninas.

– A Rainha Skye em ação – diz ele com um sorriso orgulhoso.

Depois que as garotas vão embora, Henry vira o celular para o modo *selfie* para tirar uma foto de nós dois.

– Na verdade, deixa comigo – digo.

Ver as garotas me deu uma ideia. Pego o meu celular e tiro uma foto de nós.

– Vou postar isto – digo. – E você, ou a Portia, pode repostar no seu Instagram.

Henry pisca.

– Tem certeza?

– Tenho. Está na hora de eu parar de me esconder de todo mundo nas redes sociais.

Henry abre o seu sorriso torto e largo. Ele parece um garotinho que acordou e encontrou a árvore de Natal cheia de presentes.

– Vamos tirar *um monte* de fotos fofas! – grita ele.

Tenho que rir com o entusiasmo dele.

– Meu Deus – digo. – Não é à toa que você tem tantos seguidores no Instagram.

Quando terminamos de tirar fotos no píer, com paradas ocasionais para dar autógrafos a pessoas que nos reconhecem do *Você é minha estrela brilhante*, o sol está se pondo no horizonte.

– Pronto – diz Henry. – *Agora* nós vamos na roda-gigante.

Mesmo no brilho laranja-avermelhado do sol, as luzes néon rosa e azul do brinquedo se destacam no céu cada vez mais escuro. Parece algo saído de um livro de contos de fadas. Enquanto Henry compra os ingressos, tiro uma foto rápida. E posto todas as fotos boas de nós dois, da roda-gigante e do píer no meu Instagram, marcando Henry na postagem.

Quando estamos sentados um em frente ao outro no brinquedo, Henry diz com timidez:

– Sei que você disse que é uma das coisas mais clichê de se

fazer aqui num encontro, mas eu sempre quis andar na roda-gigante com alguém importante pra mim.

– Tudo bem, eu também.

Ele ri.

– Que bom. Então não sou o único riscando uma coisa da minha lista de desejos hoje.

Henry se inclina e logo começamos a nos beijar sem parar enquanto a roda-gigante nos leva mais alto lentamente.

Quando nosso carrinho chega no alto, Henry se afasta com um sorriso.

– Olha só. Você vai amar a vista.

Agora que o sol se pôs, o píer todo está iluminado com luzes fortes. Parecem pisca-piscas pequenininhas de cores néon, mas tudo continua lindo.

Está muito escuro e não dá para ver o mar ao redor, mas ouço o sussurro suave das ondas abaixo. E a brisa fresca do mar é tão gostosa que fecho os olhos.

– Eu não consigo acreditar que isso é real – digo.

Henry segura a minha mão.

– É real. E graças a você. Você se esforçou muito e conseguiu passar por toda a competição e inspirou muita gente. Você é incrível, Skye.

– Você sabe que essa deve ser a bilionésima vez que me chama de incrível, né?

– Não consigo controlar. – Ele está mais perto agora, com o rosto a centímetros do meu. – É verdade.

Começamos a nos beijar de novo – no começo de forma

suave e delicada, mas então com beijos longos e intensos, até que precisamos parar para recuperar o fôlego.

Digo para ele o que não pude dizer para a minha mãe.

– Obrigada por acreditar em mim o tempo todo.

– Eu vou sempre acreditar em você. Porque você é...

Dou uma risada.

– Incrível, eu sei.

Ele bate de leve no meu nariz.

– Não. Desta vez, eu ia dizer fabulosa.

Solto outra gargalhada.

– É mesmo?

– Estou brincando. Eu ia dizer que você é extremamente dedicada. Não conheço ninguém que se esforce como você.

Nós ficamos abraçados até nosso carro da roda-gigante voltar ao chão.

– Estou preocupada com o que vai acontecer na Coreia – digo quando saímos. – E se o esforço não for suficiente? Deve ter muita gente lá que pensa como Bora.

– Bom – diz Henry, numa imitação tão boa do Steve que tenho que rir. – Eu sempre posso ligar e dar um jeito...

Dou uma risada e bato de leve no braço dele.

– Para, essa imitação foi tão boa que foi meio assustadora. Eu acabei descobrindo o que fazer na competição, então acho que posso fazer o mesmo na Coreia.

– Isso aí. Se ajuda em alguma coisa, quando comecei como modelo, eu também não tinha ideia se as coisas dariam certo pra mim. Às vezes, a gente tem que dar um salto de fé.

– Obrigada.

Henry estica a mão e a seguro.

Andamos lentamente pelo píer iluminado num silêncio confortável enquanto criancinhas correm de um lado para o outro e quase esbarram em nós. Parece que estou numa cena de um drama coreano.

– Além do mais – diz Henry quando chegamos no fim do píer –, você vai me ter lá pra te dar apoio moral.

– Como é?

Ele mostra o celular. Na tela tem uma passagem de ida e volta para a Coreia do Sul.

– Não acredito!

Ele dá de ombros.

– Eu tenho família lá, lembra? Posso passar o verão com eles quando você estiver lá.

– Eu achava que você odiava a sua família. Na verdade, melhor você não ir. Seus pais parecem horríveis.

Sinto pânico quando penso no que eles fizeram com o Henry.

Ele fica com uma expressão distante, mas aperta minha mão com mais força.

– É... mas ver como você se defendeu da Bora me fez perceber uma coisa. Assim como ouvir sobre você e sua mãe.

Passei uma boa parte da noite passada contando ao Henry em detalhes o que aconteceu com a minha mãe depois da rodada final.

– Perceber o quê? – pergunto.

– Eu não posso ficar fugindo. Eles são a minha família e vou ter que lidar com eles mais cedo ou mais tarde. É provável que nunca me aceitem como eu sou, mas posso me esforçar pra que, quando chegar a hora de deixar para lá, eu possa ficar em paz comigo mesmo e dizer que eu tentei.

Eu o puxo num abraço.

– Se você tiver certeza – digo.

– Eu tenho.

Só paramos de andar quando chegamos no limite da praia. Os sons de vozes e risadas estão baixos agora, quase engolidos pelo rugido suave das ondas quebrando na areia.

– Qual foi a última vez que você foi à Coreia? – pergunta Henry, olhando para o Oceano Pacífico.

– Não vou desde que eu era criança. Quando cheguei na puberdade, minha mãe ficou com vergonha do meu tamanho e não quis me levar pra visitar os parentes.

Eu nunca contei isso para ninguém e a sinceridade na minha voz faz Henry apertar com força a minha mão.

– Sinto muito.

– As coisas são como são. Mas, no fim das contas, minha mãe parece estranhamente animada com a minha viagem agora. Até insistiu em ir comigo. Provavelmente porque tem uma coisa da qual se gabar.

– Provavelmente.

– Mas, quer saber? Ontem percebi que não ligo mais para o que ela pensa. Minha mãe é quem é, mas ainda posso mudar quem eu sou e o tipo de impacto que tenho nas outras pessoas. Por isso, vou tentar ficar mais forte como pessoa e continuar tendo um impacto positivo nos outros, como foi agora.

– Não tenho dúvida de que você vai conseguir.

Nós olhamos para o mar por mais um tempo, até ficar frio demais.

Verifico se Henry está olhando na minha direção. Ele não está.

– Você ainda não acha que está frio?

Chuto a água na perna dele. Não fico perto para ver a reação dele, mas ouço-o reclamando enquanto corro.

– Você está de brincadeira! Ora, sua...

Ele sai correndo atrás de mim, e em pouco tempo estamos rindo e correndo pela areia, na direção das luzes do píer. Henry corre mais rápido do que eu imaginava e me alcança rapidinho.

– Peguei!

Nós caímos na areia. Henry acaba em cima de mim e, embora esteja escuro demais para ver seu rosto com clareza, tenho certeza de que ele está vermelho. E isso basta para eu começar a beijá-lo de novo.

Quando paramos, Henry se levanta e me puxa junto. A maior parte da areia cai do meu corpo quando me levanto, mas um pouco fica grudado na pele. Não ligo. Os beijos valeram.

Henry manda uma mensagem de texto para Portia e estamos andando até o estacionamento quando me lembro das fotos que postei antes de entrarmos na roda-gigante.

– Espera, me deixa olhar o Instagram.

Henry geme.

– Você está virando uma de nós.

Mas ele me deixa olhar mesmo assim. Minha postagem tem quinhentas curtidas e não para de aumentar, com estranhos deixando comentários como fizeram na postagem do Henry. Tirei meu Instagram do privado há pouco tempo e minha conta está explodindo com novos seguidores.

Olho os comentários, que são quase todos legais. Mas ainda tem alguns emojis de porco e outros comentários nojentos.

Só que, diferentemente de antes, os comentários não me deixam triste. Claro que magoam. Eu estaria mentindo se dissesse que não. Mas a dor não é nada em comparação à vergonha esmagadora que senti na primeira vez que vi comentários parecidos no Instagram do Henry.

– Desculpa, Skye – diz Henry. – Eu não devia ter sugerido que tirássemos fotos...

– Não – interrompo. – Eu sou gorda. As pessoas acham que por isso eu devia me odiar e, como não me odeio, elas ficam incomodadas. Mas isso é só uma parte de quem eu sou, e estou *feliz* com quem eu sou.

Henry sorri, como se finalmente tivesse entendido aonde quero chegar.

– Você está vivendo a vida da melhor forma possível – diz ele. – Essas pessoas, não.

– Exatamente.

E assim, na frente das luzes de contos de fadas do píer de Santa Mônica, eu puxo Henry para outro beijo.

Agradecimentos

Escrever este livro foi uma das coisas mais difíceis que já fiz, e eu não teria conseguido sem as pessoas incríveis que tenho na minha vida.

Primeiro de tudo, quero agradecer aos meus pais. Obrigada por nem piscarem quando, no quarto ano, falei que queria ser escritora, mas obrigada também por me aconselharem a procurar outras carreiras mais práticas (haha). No fim das contas, tantas experiências ecléticas me tornaram a escritora que sou hoje. Nossa jornada foi longa, com muitos altos e baixos, e sou muito grata pelo apoio de vocês hoje.

Também quero agradecer aos meus amigos, que me apoiaram quando comecei a escrever este livro. Aneeqah, já falei inúmeras vezes que nossos encontros de escrita foram vitais para o meu processo. Obrigada por me ajudar a ser uma escritora melhor (e também uma escritora mais extrovertida, como minha "publicitária não oficial"). Agradeço também a Brianna Lei, Anita Chen, Francesca Flores, Rebecca Kuang, Becca Mix, Katie Zhao, Anusha Naeem, Andrew Su e todas as outras pessoas que leram as primeiras versões deste livro. Seu encorajamento e sugestões foram vitais para este livro de tantas formas que nem consigo expressar. Obrigada também ao #magicsprintingsquad, por me dar a família que eu sempre quis no mundo editorial. Espero que façamos muitos outros retiros.

Uma equipe inteira é necessária para transformar uma história num livro real, físico, e sou grata às pessoas envolvidas no processo de fazer o meu. Deixo um agradecimento enorme à minha agente, Penny Moore, que leu vários manuscritos meus e entrou numa batalha corajosa com cada um deles até encontrarmos não um, mas dois (!) que prevaleceram. Obrigada por não desistir de mim, por sempre estar ao meu lado e por ser tão entusiasmada com meus projetos. E agradeço a Mabel Hsu, minha editora, que chamou este livro de "projeto dos sonhos". Obrigada sempre pelo olhar apurado e pelas observações sábias. Comemoro o sonho de nós duas ter virado realidade. Agradeço também a Molly Fehr, Amy Ryan, Michael Frost e Tanya Murray Frost por criarem a capa e o design perfeitos para este livro, e a Nicole Moreno, Gweneth Morton, Kristin Eckhardt, Aubrey Churchward, Sabrina Abballe e Tanu Srivastava por todo o apoio adicional.

Apesar de ter experiências tangencialmente relacionadas que deram forma à escrita deste livro, não sou artista de K-pop nem *plus size*. Um agradecimento especial vai para Dong-geun "Donny" Han, por me receber no estúdio numa noite de verão em Seul e me explicar sobre sua competição de K-pop e sua experiência no mercado. Agradeço também a Sophia Carter-Kahn e April K. Quioh, as cocriadoras do podcast *She's All Fat*, pelas discussões sobre a experiência *plus size* e a importância do amor próprio radical. Nenhuma recomendação que eu possa dar desse podcast divertido, brilhante e superimportante será suficiente. Além disso, quero agradecer a Sarah Taphom e Min Trindade pelas opiniões.

Eu também gostaria de dar um alô especial a todos os muitos artistas cuja música é a trilha sonora deste livro. Ele não existiria sem o "buraco do coelho" da dança de K-pop no qual caí durante um dos períodos mais sombrios da minha vida. A dança e o K-pop me ajudaram a superar aquele momento, e a música pop de um modo geral me energizou pelas incontáveis horas em que trabalhei neste livro. Seria impossível listar todos os artistas que ouvi (e que me fizeram dançar!) durante a escrita do livro, mas quero agradecer especialmente às rainhas do pop que se juntaram para formar a personagem Skye, especificamente: CLC, Lee Hi, Ariana Grande, Heize, Sunmi, Blackpink, Momoland, Lady Gaga, Beyoncé, Dua Lipa, Chungha, Yeseo, Sia e Ailee. Vocês deram a Skye a confiança e a voz, assim como uma paixão pelo palco tão tangível que eu podia sentir como se fosse minha.

Por fim, quero agradecer aos meus avós, que perdi na época em que estava trabalhando neste livro. Obrigada por sempre me encorajarem a ler e escrever desde que eu era garotinha, e obrigada por seu amor pelas histórias, que, por sua vez, abriram espaço para o meu. Apesar de eu não ter conseguido escrever meus livros rápido o bastante para vocês poderem ler, sei que estão me observando de onde quer que estejam. Sou eternamente grata por todos os verões que passamos juntos, pelas lembranças compartilhadas e pelas risadas. 사랑해요.

SUA OPINIÃO É MUITO IMPORTANTE

Mande um e-mail para **opiniao@vreditoras.com.br**
com o título deste livro no campo "Assunto".

1ª edição, set. 2020

FONTES Sabon MT Std Regular 11/16,1pt; Selfie Black 33/39,6pt
PAPEL Lux Cream 60g/m²
IMPRESSÃO Lisgráfica
LOTE L48962